枕の千両

山上たつひこ

フリースタイル

あたまの下の二・六キログラムに

装画　江口寿史

枕の千両

おれの母親はよく泣く女だった。

子供の頃から泣き虫だったらしい。

蠅が顔にとまったといっては泣き、扇風機の羽根が怖いといっては泣き、猫が道を横切ったといっては泣いた。

おれの記憶にも、めそめそと泣き暮らす母親の姿が残っている。晴れた日に、風にあおられる洗濯物を眺めては涙ぐみ、けだるい午後、遠く鳴り渡る工場のサイレンに嗚咽《おえつ》していた。子供心に忘れられないのは、暮れの大掃除の日、作業の手を止めて座敷にうずくまる母親の背中だ。彼女は畳の目を数えるうちに感情の均衡を失い、啜《すす》り上げていたのである。

その女が、おれを孕《はら》んだときだけは泣かなかった。まわりの人間はみんな泣いた。父も、父の兄弟も、母の姉妹も、親戚中がみんな涙を流した。歓喜ではない。絶望のためである。母は産婦人科医からこう告げられた。

「あなたは『枕』を身籠《みごも》っています」

母は胎児の超音波写真を見せられた。彼女の子宮には枕が宿っていた。枕とはあの枕である。人が眠るときに頭をのせるあの枕である。超音波の画像には小さな枕が写っていた。それは顕微鏡の中の原生動物のようにぴくりぴくりと規則正しい脈動をくりかえしていた。

「赤ちゃんは健康そのものです。しかし」

産婦人科医は言葉を途切らせた。

「内臓は人間のようではありません」

医師は厳《おごそ》かな顔つきになった。

「体の中は蕎麦殻《そばがら》です」

母はそのとき決心した。この子を立派に産んでみせると。母は泣き虫で強い人であった。凍《い》てついた分娩室で超音波画像そのままの姿でおれは生まれた。廊下で待っていた親父は産室に入ることができなかった。親父に付き添っていた親戚の婆さんも動けなかった。二人とも気を失っていたから。

おれは千両と名付けられた。名前をつけたのは母である。普通ではない姿のおれの将来を案じて、名前だけでも「景気よく」との母心であろうとか、なにか深い特別な意味があるのだろうとか、周囲はささやきあったが、なに、台所の棚に鎮座していた油まみれの招き猫が持っている千両小判から取った名前にすぎない。この子を立派に産み、一人前の男に育ててみせると決意した母であったが、その思いは中途で終わった。母はおれが七歳の年に死んだ。家の軒にかけられた燕《つばめ》の巣が落下し、頭に直撃を受けて死んだのである。一般に燕は軒の低い場所に巣を作る。それは小さくて軽い。ところが、おれの家にあったものは普通の巣の六、七倍もある馬鹿でかい代物で、作った本人である燕があまりの巨大さにうんざりしたらしく、雛を残したまま巣を放棄してしまった。

雛は死に、その上に雨水がたまり、土埃が堆積し、乾燥し、やがて巣は瓦四枚分ほどの重量の泥の塊となって軒に張りついた。

おれの実家は戦前に建てられた木造三階建ての町屋であった。巣はよりによって一番高い軒にかけられていたのである。その高みから岩のような巣が落下したからたまったものではない。母は即死した。燕が巣を作るとその家は栄えるといういい伝えがあるが、我が家の場合は災厄であった。おれにとって燕は母の敵《かたき》である。中学に上がる頃（おれは枕だが、人並みの教育は受けている）までは、大人になったら世界中の燕の巣をぶっ壊して歩いてやろうと真剣に考えていた。長ずるにつれ燕への憎悪は薄れたが、今でも燕の飛び交う季節になると心が落ち着かない。

1

チョモランマほどの背丈の燕がおれを見下ろしていた。そのバレーボールのような真ん丸い頭と、世間にこびた幼児的造形の顔におれは苛立った。そして、目の前に立ちふさがったそいつの姿がおれに自分の生い立ちを一瞬にして思い起こさせた元凶であることに気づき、さらにおれの血圧は上昇した。燕は羽を広げ、おれにおおいかぶさろうとした。

おれは反射的にそいつの下腹に膝蹴りを放っていた。おれは枕だが手も足もある。普段は体の中に収まっていて目立たないが、アクションを起こすときは形を現す。まあ、正確にいえば手足というよりも枕カバーの布地が伸びたり縮んだりしているだけなのだが。

「あ痛《い》たたた」

燕は豚のような悲鳴を発し、歩道にでんぐり返った。

「なにするんだよ」

燕は上体を起こし、着ぐるみの頭部を脱いだ。中から現れたのは丸い男の顔であった。

「おれはあんたにビラを渡そうとしただけなのに」

頭だけ人間に戻った大燕は口をわななかせた。彼のまわりにはビラが散らばっていた。

「びっくりしたんだ」

我に返ったおれは阿呆のように答えた。

「すまなかった」

おれは散乱したビラを拾い集め、座り込んだ着ぐるみの燕の手に返した。

「つばめ百貨店閉店セールです」

ビラ配りの燕はよろめきながら立ち上がり、まだなにかいいたげな表情のまま改めておれにビラを渡してよこした。この百足山《むかでやま》市で昭和八年に創業した老舗百貨店が廃業するのである。おれは今朝のニュースで流れていた古い映像を思い出した。気がつくと野次馬がおれと燕を取り囲んでカメラを向けていた。携帯電話を構えた娘がくすくす笑っている。燕と枕の着ぐるみ街頭パフォーマンスかなにかだと勘違いしているらしい。おれが着ぐるみだとしたら中に入る人間は身長六十センチ以下でなくてはならぬ。そんな人間をどこから探してくるというのだ。おれは買い物客でごった返すメインストリートのアーケードを足早に離れた。

信号を渡り、宝くじ売り場と格安カットの床屋の前を通って右に折れた。にぎわいが急に遠ざかる。道はゆるやかな下り勾配になっていて旧《ふる》い商店が並んでいた。大通りをちょっとはずれると昭和三十年代で時間の止まったような町筋がある。これが地方都市だ。シャッターの閉まった店も多い。「いろは帽子店」のショーウインドーから鍔広《つばびろ》の帽子をかぶった首だけの女がおれにウインクをしていた。この首のマネキンはおれの子供の頃から同じ場所で通行人に片目をつぶって愛嬌を振りまいている。帽子だけは時折新しいものに取り替えているようだが、おれの記憶では今の帽子に変わってから六年はたっているはずだ。おれは母親の死後、百足山市の親戚の家にあずけられ、そこで育った。子供の頃、この界隈は親戚の婆さんに連れられてよく歩いた。おれは帽子屋のマネキンが恐ろしく目をつぶって通りすぎたものだ。女の生首があるのにどうして警察が黙っているのか不思議でならなかったのだ。

帽子店の前をすぎたあたりからおれの胸がざわつき始めた。おれの体の中は蕎麦殻だから動くとざわざわとするのだが、それとは違う。つまり、胸騒ぎというやつだ。おれがこのかすかな発信音をとらえたのは今朝の明け方のことだった。その段階では訴えはまだ弱々しく、せっぱつまったものではなかった。だから、おれはのんびりと構えていた。早朝から昼にかけてのルーチンをこなし、ゆっくりと家を出てきたのである。それが、ここにきて突然、猶予のならぬ呼びかけに変わった。おれは小走りにゆるい斜面を下った。左へ曲がると真新しいマンションが見えた。おれの思念に訴えかけた人物はあの建物に住んでいるのだ。緊急事態の信号音が高鳴った。おれはマンションの玄関に飛び込むとエレベーターには乗らず階段を駆け上がった。おれはその気になれば三十階の高さでもエレベーターより速く上ることができる。目的の部屋は九階である。おれが部屋の前に立ったときにはまだエレベーターは三階にも到達していなかっただろう。おれは頭上のインターホンに飛びつきボタンを押した。反応はない。ドアの向こうから死の気配が押し寄せてきた。おれはドアから入ることを断念した。時間がない。荒っぽく侵入するしかなかった。おれは廊下をすっ飛ぶように走った。階段の踊り場に小窓がある。おれは小窓に飛び上がり、普通の人間なら通り抜けることが不可能な開口部をくぐった。窓から首（おれの体は全身が頭であり首であり胴体であるのだが、便宜上この表現を使っておく）を突き出すとベランダが見えた。おれの目指すベランダは四つ向こうだ。おれはふわりとジャンプし、最初のベランダに取りついた。もし、下の道路からおれの姿を目撃したら洗濯物が風に飛ばされている光景に見えたかもしれない。ベランダの手すりの縁を走り隣のベランダに飛び移る。走ってはまたジャンプ。四つ目のベランダに着地した。ガラス戸の向こうはカーテンが閉められ室内は見えない。おれはベランダに置いてある植木鉢を振りかざし、躊躇《ちゅうちょ》なくガラス戸に叩きつけた。おれは部屋に飛び込むとバスルームへ直進した。救難信号はそこから発せられているからだ。若い女がバスルームのドアに上体をもたせかけ、正座のような格好でぐったりと体を沈み込ませている。首に紐が巻きつき、その先端はドアのノブにかかっていた。おれは女の上半身を持ち上げ、首の紐をはずした。女の喉から「くう」というあえぎ声とも呼吸音ともつかぬ音声が漏れ出た。女はすぐに呼吸を始めた。蒼白だった皮膚に血の色が戻る。首を吊ってから時間がたっていなかったらしい。おれは自分の危機信号受信能力に感謝した。

　女の意識が戻った。彼女はびっくりしたように目を見開いていた。

「やあ。気分はどうだい？」

おれの呼びかけに女の目が動いた。それは長い旅の果てに故郷に戻った放浪者の目だった。彼女はまだ迷っている。自宅の戸口の前で。入るか。入るまいか。

「ここは……どこ？」

彼女はおれの顔から目を離し、視線を泳がせた。

「君の部屋だよ」

おれは女の手を軽く握った。

「君は思いつめて、ちょっと危ない真似をしたんだ」

女の目が瞬《まばた》いた。その手がこわごわ自分の喉にのびた。

「あなたは、誰？」

女は喉元に指をおいたままおれに尋ねた。

「千両っていう者だ。君がおれを呼んだんだよ」

「わたしが？」

「助けを求めてたろ。おれは死なせたくない人を死なせないために耳をすませている。街の物音を聞いてるんだ。心の耳でね。そこへ君の叫び声が飛び込んできた」

おれは自分の心臓に手を当てた。

「あなたって、枕みたい」

女は子供のような手つきでおれの体に触れた。

「枕だよ」

おれが笑いかけてやると女は再び意識を失った。

おれは女を抱き上げ、寝室に運んだ。ベッドに寝かせ、彼女の深い眠りのための枕――つまり、おれ――をあてがった。おれの役割は悩める人に夢を提供することではない。夢など見せずに真の眠りにつかせてあげることだ。崖っぷちに追いつめられた人間でも一晩完璧な睡眠を取ることで最悪の状況から逃れることができる。少なくとも自死以外の道筋を選択する余裕が生まれるのだ。女は寝息を立てている。一息ごとに緊張がほどけていく安らかな呼吸だった。おれは細心の注意を払って女の眠りをコントロールしつつ、彼女の「記憶」を探った。

彼女の名前は宮脇志保。

志保は地元の有料老人ホームで介護士として働いている。志保の記憶がおれの意識の中で再生される。どこかの駐車場の風景である。色彩は生々しく立体的で、手を伸ばせば触れることができそうなほどだ。夢の映像と記憶の映像とではカメラの位置が違う。夢は自分の目がカメラになっているが、記憶の風景はカメラがもう一人の自分という第三者の目になる。夢は一人称、記憶は三人称の物語なのである。倉庫のような建物が見えた。「JA野菜村」の看板がある。農協の野菜直売所である。野菜の入った袋を両腕に提げた女が出てきた。志保だ。日差しの具合や着ているものからすると三か月ほど前の初夏の頃らしい。志保は駐車場に停めた車のドアを開けた。

買い物袋を後部座席へ置き、運転席に乗り込む。車はぎこちない動きで発進した。車は駐車場を出て、国道へつながるかつての農道へ入った。エンジン音が少し高鳴った。異変はそこで起きた。男が突然脇道から飛び出してきたのである。そこは直売所の裏手で敷地の隅に野菜の箱やら肥料の袋やらが積まれた見通しの悪い場所であった。スピードは出ていない。だが男の体は激しく転がった。運転席の志保の顔が紙の色のようになった。男は路上でのたうっていた。志保がよろめきながら車を降りた。その声に志保はあわててしゃがみ込み男の体を抱えた。男の口が動いた。男が顔を上げてなにかを訴えた。「救急車を呼びます」志保は震え声で叫んでいた。男の口が動いた。「病院はい い……家が近くだから……そっちの方へ送ってくれ」。男の声が途切れ途切れに聞こえた。志保は判断に迷ったようだが、結局男の要望を聞き入れた。男は自分の力で立ち上がり、車の助手席に倒れ込んだ。シートにもたれた男は目を閉じ、ぐったりとして動かない。志保が男の容態を案じてしきりに話しかけている。彼女の方が怪我人よりよほど具合が悪そうに見えた。車は志保の心理そのままに不安定な動きで走り出した。男の指示通りに車は道筋を変えていく。車は市街へではなく山裾の方角へ向かっているようだった。「どのあたりですか」志保の混乱した声がする。家は近く、と男はいったが目的の家には行き着かない。すでに三十分以上も走っているのである。

道は上り坂になり道沿いに農家が点在するだけの景色に変わった。「そこを右へ」男がしゃがれた声でいった。車は舗装道路から砂利の林道へ方向を転回した。坂はいよいよ急になる。完全に山の中へ入っていた。「その先を左へ」いつの間にか男は起き上がっていた。声は命令口調になっていた。「止めろ」男の声が響いた。車が止まった。そこは行き止まりだった。周囲を岩壁が取り囲んでいる。小さな滝が蛇のように幾筋も岩肌を伝っていた。鬱蒼《うっそう》とした茂みが風に鳴った。

「あの、お宅は?」志保は荒い息を吐いた。男が底光りのする目で志保を見た。彼は怪我人ではなかった。志保はこのとき自分が罠に落ちたことを悟った。彼女は座席ベルトをはずし、ドアに手をのばした。それより早く男の手が志保の手首をつかんだ。車内の空気を裂いて志保の悲鳴が上がった。志保の記憶はこの先、手持ちカメラで撮影したような画像になる。激しくぶれ、被写体の入り乱れた映像だ。男は志保の腕をつかみ、彼女の体を運転席から手元へ引き寄せようとした。志保は腕を突っ張って逆らったが、男の力の前には無意味だった。志保のブラウスのボタンが飛び、スカートがまくれ上がる。志保のものではない突き出た口、荒れた皮膚、額の皺、それらが何度も急接近したり離れたりする。男が志保に顔を密着させようとしているのだ。男の目は血の色をしていた。大写しになった眼球が笑っていた。男は志保を抱きすくめたまま横倒しにし、骨ばった、ごつい両手を彼女の喉に回した。男はわずかな力を加えただけのように見えたが、それだけで志保の体は崩れた。男は慣れていた。獲物の抵抗力を奪い、支配することに。志保の記憶はここでいったん途切れる。彼女は意識を失ったのだ。

画像はすぐに再生した。志保の覚醒と同時に。車の天井や座席が上下左右めまぐるしく動き、後方に流れた。むき出しになった志保の脚が魔手から逃れようと必死にあがいている。その向こうにハンドルが見える。志保の指が座席の背もたれをつかんだ。男の手がそれを引きはがす。リアウインドーと座席の一部が映り、傾き、波打った。場面が雪崩のように走った。男が志保を後部座席へ引きずり込んだのである。運転席と助手席の間、天井までの空間、限られた隙間から男は女の体を軽々と引き込んだのだ。おれは襲撃者の狂猛《きようもう》さに震撼した。

志保は途中から抵抗する力を失ったようだった。男が志保の下着をはぎ取っている間も、彼女は体を震わせ、泣き続けた。

男は志保にのしかかり、肉を屠《ほふ》り始めた。男は執拗だった。猫科の猛獣が獲物を半殺しにして弄ぶように志保を辱めた。志保が咳《せ》き上げると、男はその声に嗜虐性を刺激されたらしく、動きがいっそう狂暴になった。

おれは静かな寝息を立てる志保の髪をなでてやった。薄い皮膚の、はかなげな娘だった。髪からは甘いチーズのような匂いがした。雄の性腺に訴えかける分泌臭だ。つい今しがた死の世界に片足を踏み入れたばかりだというのに。おれは若い雌の業を感じた。同時に雄であるおれの原罪も。

宮脇志保は凄惨な体験をした。殺されなかったのは不幸中の幸い――、おれはそのいい回しが性犯罪の被害女性への慰めになるのだろうかと一瞬考えたが、かぶりを振った。いやいや、やはりよかったのだ。殺害されなかったことはなによりの幸運だった。生きてさえいればいい。生きているところからすべては始まるのだから。おれの志保の記憶をたどる作業はここで終わるはずだった。だが、なにか引っかかるものがあり、おれは再び志保の記憶に潜った。

志保の地獄はまだ終わりではなかったのだ。男は長い時間志保の体をむさぼりつくして立ち去った。志保は死体のようにシートに張りついていた。日が沈みかけた頃、彼女はようやく起き上がった。志保はのろのろした動作で運転席に移った。彼女はハンドルに手をかけたままそこでもしばらく動かなかった。やがてエンジンが気だるげな音を立て、車はのろのろと走り出した。昼間の光は薄暮に取って代わられ、それも漆黒の闇に押し流されようとしていた。ハンドルを握る志保の目はうつろだった。彼女は前を向いていたがなにも見ていなかった。ヘッドライトの中を流れ去るアスファルトも家々の明かりも彼女には無縁のものだった。おれは他人の記憶を盗み見しているにすぎない。それはすべて終わったことである。にもかかわらずおれは今自分がハンドルを握っているような緊張を覚えた。志保は意識を喪失したまま車を運転していた。

ヘッドライトの光に前方を走るバイクが照らし出された。志保の表情にはなんの感情も浮かんでいない。車は速度を落とさずバイクに接近していく。ヘルメットの男の顔が光の輪の中で振り返った。志保の車はバイクの後輪を引っかけるような形で接触した。バイクは衝撃で横滑りに回転しながら車線を飛び出し、畑に突っ込んだ。志保の車は数十メートルを走って止まった。彼女の心の中までは読めないが、彼女はこのときバイクを撥ねてしまったことより、自分が終わらない時間の中にいる恐怖を覚えたのではないだろうか。畑の中にバイクとともに倒れている男がむくむくと起き上がり、襲いかかってくる光景を彼女は想像したのではないだろうか。

おれは志保にメモを書いた。

メモにはなにかあればいつでも相談にのる、という伝言と、おれの連絡番号が書いてある。この番号は携帯電話でも設置型電話の番号でもない。その番号はおれの体の受信能力と呼応するのだ。おれは通信機器など使わずとも相手と会話することができる。おれはロボットではない。枕という生命体である。体内の蕎麦殻の一つ一つがおれの細胞であり、細胞は街の物音——孤独、尋常でない悲しみ、生命の危機、をキャッチする。通信機器なしの会話などはその能力の一端にすぎない。

志保はあの日脇道から飛び出してきた男を車で撥ねた。これは偶発的な事故とは思えない。男はわざと志保の車にぶつかり、家へ送らせるように仕向けて彼女を襲った。計画的な犯行の匂いが濃厚だ。志保は心神喪失のまま帰途に着き、バイクを撥ねた。彼女に事故の責任を問うのは酷であろう。彼女は被害者なのである。警察は彼女の話を信用しなかった。人身事故の罪を軽減するためのいい逃れと見た。引きちぎられたブラウスのボタンも自己演出だととられた。彼女は強姦されたことを証明するために病院で検査も受けた。しかし、乱暴された痕跡は検出できなかった。レイプ犯はコンドームを使用していたらしい。おれがのぞいた志保の記憶の中では、それは確認できなかったが、あの男は証拠を残さぬための準備をしていたのだ。取り調べの担当刑事は「レイプ犯が避妊具を使った例は聞いたことがありませんな」といった。体液の痕跡はなくとも皮膚の接触があったのだからＤＮＡの検査をすればいいことだが、警察はそれにも関心を払わなかったようだ。志保は検査を担当した女性医師の言葉が忘れられない。「膣にちょっと裂傷があるわ。かすり傷程度だけど」医師は付け加えた。「遊びすぎじゃないの」。志保は自分が受けた辱めを証明する困難さを知った。

志保を襲った男が何者かはわからない。野菜直売所裏の事故は目撃者がいなかった。志保は警察に男の人相を伝えたが捜査にどれほど役に立ったのかは不明である。そもそも警察は彼女の訴えを疑っていたから捜査はおざなりだったのである。

志保が撥ねたバイクの青年は全治一か月の重傷だった。彼女の生活はこの数か月交通事故の加害者としてあわただしいものであった。警察の聴取、保険会社とのやり取り、それから被害者への謝罪。職場でも人身事故を起こした彼女への視線は冷たかった。世間は彼女がレイプ事件の被害者であることを知らない。志保には苦悩を持っていく場所がなかった。

ふらつく心を崩落させたのは男からの電話だった。男は志保の免許証と持ち物から住所と電話番号を知ったのだ。男は間延びした、喉の奥にこもったような声で語句を並べた。

「怖い目にあわせたな」「悪いことをしたな」「でも」「お前も悪い」「あんな短いスカートはいて」「おれ、お前の車に撥ねられて」「死にかけた」「死にかけの男は」「したく」「なるん」「だ」「知ってるか」「うんと」「したくなる」「ものすごく、し」「たくなる」「お前の責任」「太腿の奥まで見えるスカートなんかはくから」「我慢はつらい」「あんなもの見せられて」「死にかけてる男が」「お前のせい」「ひど」「い」「女」

沼の底で変態の鯰《なまず》が卑猥な独り語りをやっていた。

男のおれが聞いても肛門が縮み上がりそうになる。男からの電話はその後何度も続いた。志保はもう警察に頼らなかった。そうであろう。彼女はレイプ被害の訴えすら取り上げてもらえなかったのだ。彼女は性犯罪者に心と肉体をそぎとられ、警察に消耗させられた。この上、ストーカー被害を訴えて同じ煩《わずら》いをくり返す気力など残っていようはずはなかった。

おれは自分が侵入したガラス戸から部屋を出た。割れたガラス部分には植木鉢を並べて外から穴が見えないようにした。この部屋は九階だから普通の人間ならまず上がってはこられまいが、慎重を期すにこしたことはない。おれはきたときと同じように隣のベランダに飛び移り、ベランダの縁を走って隣のベランダにジャンプ、走ってはまたジャンプ、階段の踊り場の小窓に戻った。

この光景を下の道路から見た者があったとしたら思ったに違いない。今日は洗濯物がよく飛ぶ日だ――と。

2

おれはくたびれていた。頭のてっぺんから爪先まで腐った灯油を詰められた気分だった。

他人の記憶を読み取る作業はストレスがたまるのだ。おれはタクシーを拾った。行く先を告げると横着そうな返事があった。運転手は中年の男で性格の悪さが背中に出ていた。

こいつが、「お客さん。枕が勝手に出歩いちゃ家のモンが迷惑だろうが」などとぬかすので、料金を払う際に引きずり出して殴った。顔に三発、腹に二発。それで立ち去ろうとしたらそいつが汚い言葉でおれを罵《ののし》るのでまた殴った。タクシー運転手が過酷な労働条件で働いているのはわかる。むしゃくしゃする日もあろう。しかし、何人《なんぴと》たりとも他人に過剰な不快を与えることは許されない。人の心を傷つける権利は誰にもないのだ。少し歩いて振り返ったら運転手が這いつくばりながらまだなにかわめいていた。さすがに引き返して殴る根気はおれにはなかった。

「八代」と白地に墨文字で染め抜いた暖簾がかかっている。左下に小さく「鮨」。

おれは暖簾をくぐった。きりっとした酢飯の匂いが鼻孔に流れ込む。付け台の向こうで若い職人が笑顔でおれを迎えた。調理場の奥から白い割烹着の女房が出てきて、ちょっと艶っぽい挨拶をする。おれは生ビールを注文した。喉をうるおすと、すぐに鮨だ。こはだ、鮪の赤身、車海老、穴子、平目。おれは握りを肴に酒を飲む。鮨屋にきてつまみばかりを食う奴がいるが、あれでは職人が泣く。

この店ではすべてが静寂の中で進行する。

聞こえるのは食器棚を開ける音、食器の触れ合う音。それも控えめな音だ。店の主人と女房のやり取りにも声は一切ない。夫婦は聾唖者《ろうあしゃ》なのである。若い主人も女房も上品な顔立ちだ。身ごなしもどことなく優雅だからいずれもいい家で育ったのであろう。この、ものをいわぬ鮨職人の経歴をおれは知らない。東京日本橋のさる老舗有名店で修業したらしいことは聞きおよんでいるが、それ以上のことはわからない。おれは職人の才能と技量が形成された過程に関心はない。店の佇まいと、主人の人柄と、鮨。現在があるだけで十分である。

この店を知ったのはもう四、五年前になろうか。偶然前を通りかかり、暖簾の品のよさに惹かれてふらりと入った。店に足を踏み入れた瞬間、名状しがたい空気に包まれたことを憶えている。それは無音のなせる独特の気配だったのだが、それとはまた別の、接客の息遣いとでもいおうか、目に見えぬ端正なものがそこに鎮《しず》もっているのを感じた。

この店に長く通いたい。おれはカウンターにまだ腰もかけぬうちからそう思ったものだ。

店の常連の中には聾唖者の鮨屋という特異性を喜ぶ者もいる。料理雑誌のライターなどはありもせぬ感動話をでっち上げて随筆に仕立てたりする。そういうものを見るたびにおれは主人の心のバランスが崩れはせぬかとひやひやするのだが、この沈黙の職人は物腰の柔らかさの中に強い芯を秘めていて、軽躁な雑音には動じることがない。それもむきになって突っぱねるのではなく、大人しやかな表情でさらりと受け流してしまう。おれごときが気をやむ必要のない大物なのである。

おれはいつも口開けの客だ。この日もそうだった。

「今日は万寿貝《まんじゅ》もいいですよ」

主人は無言でおれにいう。近頃、おれは主人の「言葉」を理解できるようになった気がする。

「万寿貝をひとつ」

注文するおれは普通に喋る。主人はおれの口の動きを読み取って鮨を握る。もっとも、おれの食べるものは大体決まっているから、黙っていても好みのものが出てくるのだが。おれは生ビールをもう一杯注文し、蛸と煮蛤を追加し、鉄火巻きで締めくくった。

この上なく美しい姿の、この上なく美しい味の鮨を堪能しておれは店を出た。体の中の腐った灯油が清流の水に変わっていた。

おれはマンションの一室で眠る女のことを考えた。彼女にとって何か月ぶりかの安眠である。おれは彼女の許可を得てすぐにでも調べたい事があったが、まずは彼女の疲労回復が先だ。おれははやる気持ちを抑えた。

志保を襲った男は用心深い。志保に「もう一度会いたい」「会いにいく」と何度も電話をかけてくるが姿を現さない。男は捜査の手が伸びているかもしれぬことを警戒しているのだ。電話をかけてくるときも公衆電話を使い、そのつど場所も変えて足取りをつかませないようにしているようだった。実際は、男の狙う獲物は無防備のまま巣の中で震えているのだが。レイプ犯の行動がこれ以上大胆にならぬうちに先制攻撃を加えなくてはならない。おれは美味でゆるんだ心を引きしめた。


薄闇の中で人影がもつれていた。

尖った声もする。人影は三人だった。

男と女。そして異様な風体の女。コインパーキングの中である。まだ日は落ちきっていない。近づくと様子が見てとれた。駐車場を半分出た状態で車が停車し、若い男女が当惑しきった顔つきで車の前に立っている。

そのカップルに山姥《やまんば》のように髪を振り乱した大女が突っかかっているのである。

「接触してませんって」

若い男がすでに何度も口にしたであろう台詞をうんざりしたように吐き出した。

「音がした」

山姥は出口近くに駐車している軽乗用車の脇にかがみ込んで、バンパーを叩いた。

「確かにここに当たった」

「当たったらわかりますよ」

男は気弱そうな顔つきである。

「わかっとらん」

山姥は太いがらがら声をせり上げた。かさにかかっている。駐車している自分の車にカップルの車が接触したというのである。山姥は体格と迫力で男を圧倒していた。血の気を失った若い男は今にも倒れそうであった。

おれは頃合をみて三人の間に割って入った。

「そこまで、そこまで」

おれは手を叩きながら三人に近づいた。

若い男女がぎくりとして後退《あとずさ》った。

薄暗がりから枕がのそのそと出てきたのだから無理もない。二人はおれも大女の仲間だと思ったのだろう。山姥の方はおれを見て顔をしかめた。

「接触してない」

おれはメジャーリーグの審判のように声を張り上げた。

「一部始終おれは見ていた。間違いない。車は接触してない。この人たちは無実」

おれは首を左右に傾け、山姥に顔を突き出した。文句はいわせないというジェスチャーである。

カップルには居丈高にしていた山姥は、いまいましそうな顔をするだけでおれには食ってかかってこなかった。

「あんた達、もういっていいよ」

おれはカップルに立ち去るよう、手で示した。二人はおれを拝まんばかりにして争うように車に乗り込んだ。カップルの車は、今度は本当に別の車にボディーをこすりつけ、スタントカーばりの走行で駐車場を飛び出ていった。

「さて」

おれは山姥の方を振り向いた。

「あんたいつ車を買ったんだね。免許もないのに」

「ふん」

山姥は傷つけられたと主張していた乗用車を蹴飛ばした。

「なんでお前が出てくるんだ」

山姥は憎々しげに顔をゆがめた。

「おれだって出てきたくはなかった」

山姥は背丈が百八十センチ以上ある。麻袋を鱗のように縫い合わせた袋状のコートを着ていた。コートから突き出ているのは首と足のみである。巨大な蓑虫にも見えるし、松ぼっくりのお化けにも見える。のばし放題にのばした、埃まみれの髪が怒りにまかせて広がっている。顔は髪に隠れてほとんど見えない。

この姿で凄まれればたいていの者はたじたじとなる。山姥は一日街をうろつき、金を巻き上げられそうな相手を探す。ゆすりたかりのネタはいたるところにある。この駐車場も彼女の稼ぎ場所のひとつだった。

山姥は酔っていた。まだ宵の口だが、その体はグラグラと揺れていた。

「帰った方がいい」

おれは彼女のコートをつかんだ。山姥は振り払おうとしたが、おれは体を岩石のようにしてそれを許さなかった。

タクシーを拾い、おれは山姥を強引に押し込んだ。おれも続いて乗り込む。とたんにものすごい悲鳴が上がった。運転席からだった。運転手が体をこちらによじってわめいていた。あまりの怒号に言葉は意味をなさず、その形相とパクパク動く口だけが彼の心境を代表しておれの視界で躍っていた。それはさっき鮨屋に入る前、おれが殴りつけた運転手だった。同じタクシーに乗ってしまったのである。車を止めたとき、山姥の巨体に隠れておれの姿が見えなかったのだろう。おれにとっても向こうにとっても不幸な再会であった。これだから狭い街は嫌だ。

おれの鼻先で運転手は猛《たけ》り続けていた。

口臭と唾が暴風雨のようにおれの顔を襲った。

おれは体を後方にそらし、反動をつけてそいつの顔面に頭突きを食らわせた。鼻骨の砕ける音がして鮮血が吹き上がった。

「降りるんだ」

おれは山姥の腕を引っ張り、巨体をタクシーの外へ引きずり出した。山姥は半分眠りかけていたのでその体の重いことといったらなかった。タクシーのクラクションがけたたましく鳴り出した。運転手が緊急事態を知らせているのか、鼻を砕かれてハンドルの上に突っ伏してしまったのか、どちらなのかはわからない。


百足山のような人口四十万ほどの地方都市は市の中心部の範囲であれば、どこにいようと目的の場所まで歩いていける。遠くても一時間そこそこだ。

タクシーを呼び止めるとまたあの運転手に出くわしそうな気がしたのでおれ達は歩くことにした。山姥は歩くことに異存はなさそうだった。この女は一日中獲物を求めて徘徊しているので足は強いのである。

山姥の家もおれと同じ百足山東町界隈にある。おれは藩制時代から続く茶屋街で暮らしているが、山姥は茶屋街を抜けて急な山坂を上った子盛町《こさかりまち》に住んでいる。

日はとっぷりと暮れていた。

おれと山姥は百足山城の濠《ほり》と石垣を横目に見ながら歩いた。かつては城を取り巻いていた濠も今は観光用に一部が残るのみである。濠というよりプールだ。

山姥はふらふらしながら歩くので、そのごつい腰が何度もおれの頭にぶつかった。なにやら地震で揺れる超高層ビルにのしかかられている心地である。

「ビールが飲みたい」

山姥がいった。

「飲みたきゃ買えよ」

「今日は稼ぎがない。さっきお前のおかげで失敗した」

山姥は先を指差した。

「もう少しいくとコンビニがある」

この女はおれにビールを買えというのである。

「あの店のビールは冷え方がちょうどいいんだ」

結局、おれは山姥の要求を聞き入れてやった。しかも、缶ビール三本、酎ハイ二本、つまみまで。

しかも。しかもがもう一つつく。

おれは山姥の手を取ってやったのだ。

夜半《よわ》の秋を枕と蓑虫の化け物が手をつないでそぞろ歩き。泣ける光景だ。

百足山東町の茶屋街——旧廓。

かつての賑わいはない。バブル最盛期には黒塗りの公用車が茶屋の前にずらりと並んだものだが、今は茶屋のほとんどが休業状態である。茶屋の何軒かは建物の一部をバーに改造し、茶屋の雰囲気を味わえる飲み屋としてかろうじて命脈を保っている。

文字通り灯の消えた色町を抜け、神社横の山坂を上った。山姥を家に送り届け、寝かしつけねばならない。この泥酔状態の女を放っておくと町にさまよい出て騒動を起こすかもしれない。おれは山姥に迷惑をかけられる相手のことより彼女が心配だった。

この女の全身から発せられる狂暴さ、怒りは彼女の救難信号なのだ。

山姥は眠りを必要としている。

レイプ被害にあった宮脇志保が必要とした同じ質の眠りを――。


山姥の家は亡霊のように建っていた。

山坂を二十分ほど上った竹藪の中の一軒家である。屋根瓦は剝がれ落ち、壁は崩れ、窓ガラスは割れていた。そもそも窓そのものがほとんどない。窓枠ごと框《かまち》からはずされ、庭に放り投げてあるのだ。

家の隣は無縁墓地だった。十坪ほどの小さな埋葬地。坂道の街灯が、傾いた墓石と朽ちた卒塔婆の一部を照らしていた。街灯の届かぬ闇の中に青白い光が二つ。獣の目だ。おれは野生の眼光に監視されながら、山姥屋敷の荒れた敷地を踏んだ。

玄関の戸を開け――、というよりはずれて壁に寄りかかった引き違い戸を脇へ押しのけて中に入った。電気は通じていた。電灯のスイッチを入れたおれはしばしそこに立ちつくした。

部屋に丘陵があった。

ごみの山である。

視界いっぱいの驚愕のあとから悪臭が押し寄せてきた。生ごみというより、工業製品廃棄物の臭いだ。久々に見る山姥屋敷は凄愴さに拍車がかかっていた。

家の主は玄関の三和土《たたき》に丸まって眠り込んでいる。おれは山姥の巨体を転がすようにして部屋に運んだ。ごみの山の一角に空間があり、マットレスが敷いてある。そこが彼女の寝床らしい。周囲の産業廃棄物の山がのしかかってきそうだった。おれはとりあえず崩落の危険のある粗大ごみを取り除き、応急処置とした。

山姥は廃棄物の一部と化したようにマットレスの上で眠っている。髪が広がって顔がのぞいていた。美人ではないが、醜くはない。ちゃんとした女の顔だ。眉間に苦しげな皺が寄っていた。おれは指先でそれをならすように消してやった。

もう何年前になるかは忘れた。

その頃、笠井美奈という名前だった山姥はこの家で夫と二人の子供と暮らしていた。三十をすぎたばかりの主婦だったのだ。

家族仲も悪くなく、普通の家庭だった。

ある日、美奈は「豆腐を買いにいってくる」といって家を出た。

それきり戻らなかった。

家出をする理由はなかった。

夫はＪＲの職員で、真面目な人柄である。女性関係や遊興で家族を泣かせたこともない。経済的な困窮もなかった。美奈の交友関係にも家出の原因になるようなトラブルはなかった。若年性の認知症を患い、家に戻れなくなったのではないかとの推測もされたが、彼女の健康にも問題はなかった。

届け出を受け、警察は事故と犯罪の両面から捜査をしたが手がかりは得られなかった。

行方も失踪の理由も謎のまま。

町中が狐につままれたような心地になったものである。残された夫はＪＲを辞め、二人の子供を連れて町を離れた。夫は行く先を誰にも告げなかった。

月日が流れた。

笠井美奈は戻ってきた。

失踪したときと同じく、ある日突然に。

家は美奈の名義だったからそのままになっていた。家族の消えた建物は化け物屋敷のようになっていた。

その日から山姥としての彼女の暮らしが始まった。

美奈はなにも語らなかった。

なぜ家を出たのか。

長い失踪の年月、どこでなにをしていたのか。美奈が戻ってきた当初は町のおせっかい焼きが、入れ替わり立ち替わり美奈の元を訪れ、根掘り葉掘り質問した。親切心半分、好奇心半分である。美奈は口を閉ざしたままだった。しつこく聞き出そうとする者にはその巨体で威嚇した。

美奈の風体は次第に異様さを増し、その暮らしぶりも本人の姿形にふさわしい奇怪なものになっていった。

古い地域のことで、民生委員などもこまめに独り暮らしの家庭を訪問するのだが、山姥の家にはいつか人が寄りつかなくなってしまった。おれが美奈を知ったのは民生委員の爺さんに頼まれて化け物屋敷の様子を見にいったからだ。

「あの家は気味が悪くってしょうがないよ。あんた代わりにいってくれんか」

民生委員の爺さんはおれに手を合わせたものだ。

たいていの訪問客は美奈に怒鳴られたり、物を投げられたりして逃げ出すのだが、どういうものかおれの場合は追い返されることはなかった。

持参した焼酎を二人で飲んだ。

おれは民生委員の爺さんに託された質問もしなかった。失踪に関連する話もしなかった。ただ酒を飲んだ。酒の肴がなかったので、おれが台所に立ち、ありあわせの材料で何品か料理を作った。このことも美奈の緊張をほぐすのに役立ったらしい。

美奈は寡黙である。

その女が、その夜おれに訥々と語った話が忘れられない。

彼女が家に戻った日。

家には明かりがついていた。

夫と二人の子供が昔と変わらぬ姿でそこにいたという。

美奈は長い不在を夫と子供に詫びた。

家族は彼女を許してくれた。

その夜は家族四人で食卓を囲んだ。存分に飲み、食べ、語り合った。四人で寝床に入った。一つの布団で家族が寝るのは子供が赤ん坊の頃以来だった。四人ははしゃぎながら足をからませて寝た。美奈はこの世に永遠というものがあるのだとそのとき知った。

強い日差しで目が覚めた。

光はさえぎるもののない窓から差し込んでいた。窓ガラスもカーテンもない無慈悲な口から降りそそぐ朝の光。

美奈は荒れ果てた部屋に寝ていた。ボロボロに腐った布団の上には夫と子供のパジャマがあった。変色し、よじれた衣服。それは、彼女が一晩中抱きしめていたものだった。美奈の口から夫と子供の名がほとばしり出た。家族の姿はどこにもなかった。朝日にきらめく塵埃《じんあい》だけが彼女の声に応えるように浮かび舞っていた。

どこかで聞いたような話だ。

おれはすぐに気づいた。

ラフカディオ・ハーンの怪談である。

「黒髪」という話だ。

立身出世を夢見る武士が妻を捨てて故郷を出る。武士は新天地で首尾よく出世を果たす。新しい妻も娶《めと》る。だが、武士の心は満たされない。新しい妻は傲慢でやさしさのかけらもなかった。思い出すのは故郷に残してきた妻のことばかり。

歳月が流れた。

武士は故郷に戻った。

かつての屋敷は雑草がはびこり、荒れていたが、当時のままそこにあった。一室に明かりが見えた。妻がいた。昔と変わらぬ美しい姿で。武士は妻を抱き、詫びた。許せ。許せ。妻も泣いた。幸せな一夜が明けた。武士の隣に妻の姿はなかった。異様なものがあった。黒髪だった。彼は黒髪を抱いて眠っていたのだ。黒髪をたぐると、髑髏があった。武士の悲鳴が上がった。黒髪は蛇のように武士の体にからみついた。武士は這いずりながら逃げた。彼の髪は見る間に白髪に変わり、それがボロボロと抜け始めた。まだ壮年の武士の顔に醜い皺が寄っていく。黒髪はなおものたうつ武士の体にまといつき、その自由を奪った。白々とした光の中で、一夜にして老人の姿になり果てた武士の絶叫がいつまでも続いた——。

確かこのような物語である。

美奈の場合は主人公が逆だ。

主婦が家出をし、長い歳月をへて戻ってくる。朽ち果てた家で再会したのは家族の幻影だった。

これは美奈の作り話なのだろうか。

ハーンの小説が頭の隅にあり、それに自分の境遇を重ねたのか。

おれは違うような気がするのである。

美奈は崩れ落ちたかつての家で家族と再会したのだ。彼女はでたらめをいったのではない。彼女は自分の身に起きた不思議をおれに伝えたのである。

美奈は眠っている。

煩悶に歪んだ寝顔だった。

この女は、だから山姥ではない。おれにとっては「黒髪」なのである。おれは黒髪の頭の下に自分の体を差し入れた。宮脇志保とはまるで異質の感触だ。だが、志保もこの女も欲するものは同じである。眠りを求めているのだ。深い、美しい沈降を。

おれは黒髪の記憶をたぐろうとは思わない。彼女が失踪していた空白をどう過ごしていたのかは記憶に侵入すればすぐにわかる。

だが、絶対にごめんだ。おれは知りたくない。白日の下にさらしてはならぬ人の記憶というものがある。黒髪の記憶も触れてはならぬそうしたもののひとつなのである。

3

翌日、おれは志保のマンションを訪《おとな》った。

体の節々が痛んだ。前夜、黒髪の頭の下で一夜を過ごしたせいだ。

志保の部屋までおれはエレベーターを使った。高層階まで運動機能を使わずにいける幸福。おれにしかわからない感覚であろう。

志保の部屋の前でおれの体はこわばった。ドアの引き手に鶏がぶら下がっていた。荒っぽく羽がむしり取られ、血まみれの羽の痕が一つ一つ恨みを残すように外に向かってはじけていた。肛門から腸が抜き出され、十センチほど垂れ下がっている。

不快なアンモニア臭が漂っている。ドアの下が黄色い液体で濡れていた。この変質行為の犯人が小便をかけていったのだ。ドアをこじ開けた形跡はない。鍵は閉まっている。おれはドアに飛びつき、インターホンを押した。

「はい」

緊張した声が返ってきた。小さな足音が聞こえ、ドアが少し開いた。ドアチェーンをつけたまま隙間からのぞいた顔がおれを見て和らいだ。

「やあ」

おれは笑いかけた。ドアチェーンがはずされた。おれはドアにぶら下がったまがまがしいものの話はせず、部屋に入った。

「おれの名前は？」

おれは娘を見上げつつ尋ねた。彼女はざっくりとした生成りのシャツを着て白いスカートをはいていた。髪をポニーテール風にまとめている。それはぶきっちょな小学生の少女が初めて結んだ髪のようにまとまりを欠いていた。身長六十センチほどのおれの視点からは彼女のスカートの奥までが覗けそうだ。スカートをはいた女との対面は慣れているからむろんおれはこの程度のことで鼻の下をのばすことはない。

「千両さん」

志保は恥ずかしそうに答えた。

おれは無限空間に落ちていく彼女と邂逅《かいこう》した。彼女は孤独だった。家族や友人、愛や祝祭や善意、そして正義。あるべきものが彼女の手から滑り落ちていた。おれは誰でもない原始の海の海月《くらげ》のように彼女に呼びかけた。おれには彼女と呼応し合える確信があった。彼女も命の始まりのようなはかない光だったから。おれは彼女を助けるといった。彼女はうなずいた。その瞬間おれ達は何億年来の友人になったのだ。

「具合はどうだい？」

おれはソファの背に止まるように腰をかけた。志保はベッドの端に座っている。

「手足の感触が」

志保は息を継いだ。

「ないんです」

そういって志保は自分の腕をさすった。

「本物の眠りのあとはそうなる。今、君は知覚のない世界にいるようなもんだ。匂いも色彩も感じられない。しばらくは今の状態が続くけど、心配はいらない」

志保はおれの言葉に睫毛を伏せた。

志保の様子からは不吉な気配が消えていた。もう直情的な行動の心配はないだろう。

おれは志保に、彼女が眠っている間に彼女の記憶を読み取り、すべてを知ったことを伝えた。

志保は長い間おれの顔を見つめていた。志保の瞳から涙があふれた。それはおれへの不信や不快からくる情動ではない。単純な悲しみでもない。彼女は自分の姿を外から見ようとしていた。涙は彼女の心組みが再生しようとする始まりの証しなのだ。志保はおれを理解している。おれは人の記憶の川を遡上する。だが、その場所を荒らしはしない。盗みもしない。そして暴露もしない。

志保は、おれが守るべきルールを誰よりも遵守する人間であることを知っているのだ。

「君の車を調べたいんだ」

おれは訪問の理由を伝えた。

「車」

志保の表情が翳《かげ》った。それは彼女の悪夢そのものだった。

「もしかして、処分した？」

おれは証拠が消えるのが気がかりだった。

「駐車場に」

志保は消え入るような声でいった。彼女はそれを売り払う気力さえ失っていたのだろう。

「見てみたい。手がかりが残っているかもしれないから」

おれは志保から車の鍵を借りた。

「それから」

おれは昨日部屋に侵入する際に壊したガラス戸へ顔を向けた。ガラスの破片は片付けられていたが、無残なガラスの割れ目はそのままである。

「あれはすぐに直さないと」

おれはガラス屋を呼ぶようにいった。志保はしばしの沈黙ののち、おれを見つめた。

「職人さんがきている間、千両さんそばにいてもらえる？」

志保のまなざしは切実だった。

「知らない男の人と同じ部屋にいるのは嫌」

志保の胸の隆起が小刻みに動いている。

「おれの知り合いのガラス屋をよこすよ。親子三代のガラス屋で人物は間違いない。保証する。なんだったらそいつの女房も一緒に呼ぼう。女の人が一緒なら安心だろ」

志保がうなずいた。彼女に伝える憂鬱な事項がもうひとつ残っている。

「玄関のドアに嫌なものがあるよ」

おれは気をしっかり持ってと前置きをした上で彼女を表に導いた。おぞましい鶏の死骸を見ても志保は取り乱さなかった。それは、悪夢と向き合うのだという覚悟を必死でかき立てている彼女の姿のように思えた。

「これも、あいつの仕業?」

「たぶん」

志保がそのグロテスクな代物を見据えていった。

おれは志保の携帯電話を借りて鶏の写真を撮った。

「それから、ここも」

おれは濡れたドアの下を指し示した。志保は顔をしかめて黄色い液体を見つめた。おれが指摘する前に彼女はその悪臭に気づいていたようだ。

「奴が小便をしていったらしい。君をどこまでも辱める魂胆なんだろう」

おれは汚辱されたドアの写真も撮った。

「一応、警察に届けた方がいい。頼りにはならないと思うけど」

おれは鶏の死骸を取っ払ってしまいたかったが、警察に見せるためにそのままにしておくことにした。

「ここの廊下に監視カメラはあるかい？」

おれは廊下の天井に視線を走らせた。

志保は、監視カメラは廊下にはないが玄関ロビーに一つあるといった。

警察は鶏の死骸がドアにぶら下げられたぐらいでは捜査はしないだろうとおれは思った。マンションの管理者から監視カメラのテープを提出させ、映像を調べるに至るにはさらに犯行のエスカレートが必要なのだ。おれは読み取った志保の記憶を本物のテープにダビングして警察に提出できたらどんなにいいだろうと思った。

だが、おれは監視カメラではない。おれの体内に人に見せるための録画再生装置はない。おれは枕という生き物なのだ。おれが読み取った他人の記憶を再生して眺めることができるのはおれ一人なのだ。

マンションの駐車場まで志保は一緒にきた。彼女はおれに自分の車の場所を教えると逃げるように部屋に戻っていった。

志保の車は白のトヨタカローラである。

左のヘッドランプが壊れたままだ。バンパーにこすれた痕がある。バイクを引っかけたときの傷のようだ。この小さな車が彼女を閉じ込める檻になったのだ。狭い車内では身動きが取れない。女の力ではどうにもならなかっただろう。

おれは志保の記憶で見た事件の現場に臨場した。

男は最初怪我人を装って助手席に座った。

山の中に誘い込んで車を停めさせ、志保に飛びかかった。男は志保を後部座席へ引きずった。いったん外に連れ出して後部座席に押し倒したのではない。運転席と助手席の隙間から力まかせに志保の体を後部シートへ引き込んだのである。欲情した男の暴力であるが、それにしてもこのレイプ犯は恐るべき膂力《りょりょく》の持ち主である。後部座席のシートに小さな破れ目があった。志保がむなしい抵抗をした跡だ。のしかかった男が足を突っ張る。志保が逃れようと暴れる。丈夫な座席シートの布が裂けるのだからよほどの強い力が加わったのである。車内にはまだ凶行の直中《ただなか》のような緊張が漂っていた。

リアウインドーに白い曇りの跡がいくつもついていた。手の脂だ。あるいは腕や顔を押しつけたときの。閉鎖された車内は常軌を逸した男の欲望と悲鳴を上げる女の残した痕跡に満ちていた。

百足山市で起きた事件のいくつかはあいまいなまま忘れ去られていく。

おれはこれを因習と掟のなせる作用だと考えている。

百足山市は地方都市の名を冠せられているが実態は村といっていい。

例えば――、人が首をくくる。この出来事はまず自殺として報道されることはない。病死か、あるいは死因のあいまいな死亡記事になる。報道そのものがされない場合すらある。

村では首くくりのような忌まわしい出来事はあってはならないのである。自殺の周辺にある地方独特の人間関係や、家族の秘密、懊悩《おうのう》は村の外に漏らしたくないのだ。

必要以上に触れず、つつかず、掘り起こさず、それが村の不文律なのである。

この数年だけでもおれは首を吊った人間を四人知っている。いずれも自殺という報道はなかった。

しかし、犯罪捜査がそれと同じでは困る。おれは警察への不平を漏らしつつ車の床に這いつくばった。前の座席の背もたれの下になにかがはさまっている。折りたたまれた紙だった。警察が検視を怠ったことはこれで明らかである。見過ごすような小さなものではない。割合大きな紙切れなのである。広げるとA3判ほどのものだ。おれはそれを見てつんのめりそうになった。事件が深刻でなければ吉本新喜劇の芸人みたいになっていたかもしれない。つまり、ずっこけていたかもしれない。紙には黒々とした文字で「犯人」と書いてあったからだ。紙は濃いピンク色で曲線の輪廓を持っていた。離して眺めるとそれが何なのかが判明した。丸い耳が二つに丸い顔。クマの顔を象《かたど》ったピンクの紙なのである。幼児向け絵本のクマの顔。これはあの男が残したものなのか。おれは混乱した。犯行の凶暴さにそぐわない。志保を襲った男はこのようなものを残して世間をからかう愉快犯タイプではない。ひたすら己の性欲に突き動かされて行動する奴なのである。おれはピンクのクマの顔形に書かれた文字をつくづくと眺めた。「犯人」。太くわかりやすい書体である。だが、教養を疑う下手糞な文字だった。

犯行の遺留物らしきものはこれ一つである。おれは車に鍵をかけ、再びマンションの九階に引き返した。念のため志保に確認しなければならない。志保はおれが広げて見せたピンクの紙に距離を置いて立っていた。車から出たものは一枚の紙でも彼女には犯行現場そのものなのだ。志保はその奇妙な紙のことを知らなかった。とすると、やはりこれはレイプ犯が残していったものなのだ。

それにしても――、おれは頭を抱えた。「犯人」と書いたメッセージになんの意味があるのか。「この女は最高だった」とか「悔しかったら捕まえてみろ」という文句なら挑発の意図が明確である。ただ一言「犯人」。犯人である自分がここにいたという自己主張なのか。どうにも言葉のセンスがない。おさまりが悪い。メッセージ性が希薄である。おれはレイプ犯が知的障害者かもしれないと考えてみた。それならばこの子供っぽい主張も納得がいく。ピンクのクマも含めて。おれはかぶりを振った。志保の記憶にあるレイプ犯は絶対に知的障害者ではない。

おれは強姦魔の顔を脳裏に再生した。相手をうそ寒くさせる顔容《がんよう》である。薄い眉に笑ったような目元。あれは微笑ではなく生まれついての目の形なのであろう。硬い骨を硬い筋肉で押し固めた印象の長い顔。鼻梁はごつごつと盛り上がり、間のびした鼻溝《はなみぞ》の下に不服申し立てをするかのような突き出た唇がある。おれはそいつの額が気に入らなかった。ミミズのような皺を刻んだ狭いその部分からは嫌悪を催させるなにかが立ち上がってくる。おれは男の職業を想像した。常時、日差しにさらされているらしい皮膚は荒れている。戸外の労働に従事している人間であることは確かだ。男は薄いブルーの作業服のようなものを着ている。建設関係者、技術者、あるいは農業従事者。このような作業着にゴムの長靴をはかせてトラクターに乗せれば農作業風景の点景人物になる。

おれは志保のマンションを出て、ひっそりとした旧い道筋を歩いた。

目線を上げると電柱に作業員の姿があった。電話線の工事かなにかであろう。カーキ色の作業服にヘルメット姿である。色は違うが志保を襲った男の服と形は変わらない。電器店から男が出てきて店の前に停めてあった車に乗り込んだ。この電器屋も同じような作業服だ。

宅配業者が荷物を抱えて小走りにすぎていく。これもデザインを少し変えれば似たような服である。工務店の看板があり、社長らしき人物が拳を固めて「信頼と実績」のポーズをとっている。社長の制服はデザインも色もレイプ魔のものとそっくりだった。作業服を意識すると通行人の服がみんな作業服に見えてくる。県知事なども防災訓練の行事には防災服という作業着を着て出席する。総理大臣だって被災地視察の際は同じような服を身に着けるのである。

おれは作業服を頭から振り払った。

このままいくとおれは犯人探しを国会周辺から始めなければならなくなる。

4

おれはピンクのクマを手に「文房タガミ」へ足を運んだ。創業八十年の老舗文房具店である。かつてはこの地方の事務用品の市場を独占するほどの大文房具店であった。現在は規模を縮小したようだが、それでも並の文具屋とは格の違う専門店としての風格が漂っている。おれはピンクのクマを店員に見せた。濃いピンクの紙そのものはありふれた色紙《いろがみ》であり、専門店でなくても手に入る品だった。むろんこの店でも扱っている。

「こういう形の色紙はどういう用途に使うんでしょうか」

おれはクマの耳を指で挟んでペラペラと動かした。おれの体――布地――の一部が伸びて指の形になるのを中年の女店員は不思議そうに眺めた。それはつつしみ深い視線だった。近頃は社会的教育が行き届き、普通の人間とは違うおれの肉体を無作法に眺める奴は減った。公共の場では特にそうだ。誰もが差別をする人間だと思われたくないのだ。おれは障害者ではないが世間からは同じように見えるらしい。外見の普通でない者への気遣いや思いやりはけっこうなことだ。だが、ときに気遣われる立場になるおれにいわせれば社会の思いやりはマニュアル通りであり、どこか消去法的である。存在しているものを存在していないものと見做《みな》すために、異物をことさら受け入れるべきものとして扱うのだ。障害者の多くは障害のベテランだからそのあたりのことはすべて心得ていて、鷹揚に、したたかに対処する。まあ、ひねくれる必要もなければ、過剰に博愛主義を賛美する必要もない。障害者と健常者のコミュニケーションは塩梅がむずかしい。

幸福の黄金比率は？　答えはいずこに。

「動物の形をしたメモ帳なんかは前にうちでも扱っておりましたが」

女店員はおれの顔からピンクのクマに視線を移した。

「こんなに大きなものは見たことはないですね」

店員は「ちょっと拝借」と断っておれの手からピンクのクマを指でつまみ取った。おれは「犯人」という文字が見えないように裏面を相手に向けていたのだが、店員は無造作に裏返したりすかしたりして紙の感触を確かめた。

「これは手作りのものですね」

店員はいった。彼女は「犯人」という文字に反応をみせなかった。

おれとしては手作りであろうと、既製品であろうとどちらでもいい。ファンシー・ショップの店頭にあるようなピンクの色紙と、変質者の接点を知りたいのだ。

「こういうものは案外用途が広いんです。イベントのお知らせを書いて貼り出したり、手書きの広告に使ったり、わたしの知ってる社員食堂は可愛い形に切り抜いた色紙にメニューを書いてます」

店員は口元に笑みを浮かべた。

「社員食堂ですか」

「はい。工業用機械を作ってる会社の食堂ですけど」

おれは社員食堂のイメージを思い浮かべた。

広い食堂で従業員たちが昼食をとっている。

彼等は全員が作業服姿であろう。あの男が身につけていたような。これは有力な情報かもしれない。

「他にはどういう使い方をしますか」

おれはさらに質問した。

「あとは、教材かな」

店員は顔を上向けた。

「教材。学校ですね」

おれはうなずいた。

「あ、そうだ」

女店員はそこでなにかを思い出したようだった。

「ちょっと前に保育園の先生がこういう色紙を大量に買っていかれたことがあります」

店員の目に光が点《とも》った。

「そうそう」

店員はくり返した。

「それ、この紙と同じものですか」

おれの声はうわずった。

「はい。色もこういうピンクだったような気がします。大きさもちょうどこれぐらい」

「どこの保育園かわかりますか」

「エンジェル保育園です。わたしの娘も昔通《かよ》っていたから、よく憶えてるんです」

おれは店員に、彼女のいう社員食堂のある会社と、保育園の場所を聞いて老舗文房具店を出た。

まず保育園だ。そう。こういう色紙は幼稚園や保育園につきものなのである。折り紙、貼り紙、行事の飾りつけ、カラフルな色紙をさまざまな用途に使う。保育園は園児と保育士だけの世界ではない。設備関係の業者や給食の宅配人、事務機器のサービスマンなども出入りする。ピンクの色紙がそういう連中とどこかで結びつかないとも限らない。

工業用機械を製作する会社の社員食堂へは、保育園で聞き込みをしたあとで回ってみよう。

エンジェル保育園は市の西方兎月町《にしかたとげつまち》にある。

寺が多い地域だ。おれはその場所へ行き着くまで三つの寺の前を通り過ぎた。小さな墓地と仏具店を両脇に従えるように保育園はあった。普通なら「はさまれて」と表現するところだが、保育園の敷地が堂々としているのでそう見えるのである。建物を囲む塀に園児が描いた絵をパネルにして貼りつけてある。保育園らしく建物の壁や窓枠はお伽の国のように可愛らしい色に塗られている。遊具の部分であろうか、塀越しに赤や青のとんがり帽子の小さな屋根も見える。ちょっとした遊園地の趣である。おれは大人になった今も幼稚園や保育園の建物の色が好きで、「ああいう色の家に住みたい」という衝動にかられることがある。これほど攻撃性の対極にある色彩もないだろう。刑務所や拘置所もあのようなカラフルな色にすれば受刑者の更生に効果があるのではないか。もっとも、このアイデアは以前、元刑務官の男に言下に否定されてしまった。「刑務所をあんな色に塗ったら大変です」元刑務官の男は気色ばんだ。「なぜです」おれは元刑務官の剣幕に驚いた。「法務省の威厳に傷がつくからですか?」。おれの問いに相手は答えた。

「刑務所をあんな色にしたら受刑者が怒って暴動を起こします」

刑務所は刑務所らしい色彩でなければならぬ。それは拘禁下にある人間の願いである。なぜなら、こうした世間の概念に従属することで受刑者は社会参画の最後の一線を守れるからだ、とその元刑務官はいった。

「保育園の色は禁断の色彩です」

そうなのか。禁断の色彩なのか。おれは顔を引きつらせた元刑務官を前に神妙になってしまったものである。

十四年ほど前、大阪で錯乱した男が小学校に侵入して殺傷事件を起こして以来、小学校や中学校への立ち入りは厳しく制限されるようになった。おれは保育園の訪問もうるさいチェックがあるのだろうと覚悟していたが、検問はなかった。名前を聞かれることすらなかった。それどころか、玄関へ入るなり園児がわっと集まってきてたちまちおれは取り囲まれてしまった。子供はおれの体を触るやら引っ張るやら大騒ぎである。当節流行の「ゆるキャラ」に間違われてしまったらしい。

若い保育士がやってきた。二十歳そこその娘である。彼女は園児よりうれしそうにしていた。警備が厳しすぎるのもどうかと思うが、ここまで暢気《のんき》なのも問題であろう。もし、錯乱男がゆるキャラの着ぐるみで乱入してきたらどうするのだ。

「ええと、あの」

おれは子供達をかき分けながら訪問の理由を口にした。

「少し前に『文房タガミ』で色紙を大量に購入した方がおられますよね。こういう紙なんですが」

おれはピンクのクマを保育士に見せた。むろん、「犯人」の文字は隠して。

「あっ」

若い保育士が短く声を上げた。彼女はおれのそばを離れた。保育士はピンクのクマに反応したのではない。

「すみません。わたし、あの間違えてしまって」

保育士はおれが着ぐるみではないことに気づき、体をこわばらせていた。彼女はしどろもどろになっていた。身障者への対応のマニュアルを忘れてしまったこと、失態への自己嫌悪、反撃されることへの恐れ、彼女の頭の中でさまざまな感情が駆け巡っているのであろう。こういう反応におれは慣れているので素知らぬ顔で続けた。

「その色紙を購入された方にお会いしたいのです。ちょっと事情がありまして、詳しいわけは申し上げられないのですが」

おれは相手の誤解を利用して意味ありげな物言いをした。沈痛な表情をしてみせることも忘れなかった。体の不自由な人間の問題だと匂わせておけば相手はそれだけで逃げ腰になる。小うるさく詮索することをひかえるのだ。

「あの、はい。では園長を呼んでまいりますので」

保育士はぺこぺこ頭を下げながら奥へ消えた。保育士がいなくなると子供達が再びおれに抱きついてきた。一斉に飛びかかられたのでおれはバランスを失い床に引っくり返った。

保育園児が蟻のようにおれの上に群がった。おれの腹に頭をがんがんぶつけてくる奴、蹴りを入れてくる奴、皮膚を引き裂こうとする奴、蕎麦殻ががさがさ鳴るのでおれの体を猛烈な勢いで揺さぶる奴。おれは全員をぶん投げてくれようかと思ったが、幼児相手にそれもならない。

「いけません。やめなさい。お体の不自由な人をいじめてはいけません」

火山噴火のような声が響いた。アフリカの怪鳥ハシビロコウにそっくりの女が両腕をぐるぐる回して走ってきた。

「それは悪いことです」

園長は肩を怒らせ拳を固めて園児を睨みすえた。園長の登場でおとなしくなった子供もいたが、おれに取りついた子供達は狼藉をやめない。はしゃいだ声は高まる一方である。ぱあんという乾いた音がはじけた。一瞬にして部屋が凍結した。

男児の一人が仰向けに転がっていた。園長が子供の頰を張り飛ばしたのである。

「恥ずかしいと思いなさい。あなた方はそれでも人間ですか」

園長は相手が保育園児であることも忘れ、高尚な言葉で差別をすることの罪を説き始めた。園長の張り手を受けた園児は白目をむいて失神していた。空をつかんだ手が痙攣している。園児の一人が、堰を切ったように泣き出した。

「めそめそするな」

ハシビロコウが、泣いている園児の頭を平手で打った。水を詰めた風船を叩いたような音がした。

「先生、もういいです。大丈夫ですから」

おれはあわててハシビロコウの腕を押さえた。

「もういいです、とか、大丈夫、とか、当事者であるあなたがそんなあいまいところで妥協してどうするのですか。これは闘いです。勝利の日まで矛先をおさめてはなりません」

「わ、わかりました」

「なにがわかるのですか」

園長はものすごい力でおれの腕を振りほどいた。おれの体は弾みでフィギュアスケートの高橋大輔のように華麗にステップを踏み、回転に失敗した安藤美姫のように壁に激突した。さっきの若い保育士が園長に取りすがって制止しようとしている。奥から男も飛び出してきてハシビロコウの節くれだった脚にしがみついた。

「おやめください、園長」

男は叫んだ。

「体の不自由な人を虐待してはいけません」

おれも男に調子を合わせた。

「あんたはおれが枕だからいじめるのか」

おれの一言でハシビロコウは電流に打たれたようになった。

「弱い者いじめはいけない」

園長は真ん丸い目をいっそう見開いた。

「それはいけない」

園長は自分で自分の言葉にうなずいた。本物のハシビロコウが亀の甲羅を割るとき、己の罪業に気づけばこのような顔になるのだろうか。

「大変」

我に返った園長はおれの所に駆け寄った。

「すみません、すみません」

園長は泣きながらおれを抱き起こした。

「わたしったらなんてことを」

彼女の口からは藻と太古の魚の臭いがした。この女は昼食に沼に生息する肺魚を食ったに違いない。園長がさめざめと泣き続けるのでおれは往生した。おれは若い保育士に目で助けを求めた。娘は園長のかたわらにしゃがんだ。

「園長先生。この方は色紙のことでいらしたんです。さっきお話ししたでしょう」

保育士が話を戻してくれたのでおれはほっとした。

「ああ、そうでした。色紙でした」

園長は黄色い眼球を自分の部下に向けた。

「うちで色紙を大量に買った人をお尋ねなんです」

保育士の口調は園児に語りかけるようであった。

「色紙ってこの前買ったあの紙のことですか」

後ろから声があった。さきほど奥から飛び出してきた若い男である。保育士と園長は彼の問いに同時にうなずいた。

「それならぼくです」

青年は前に進み出た。

「ああ、そうでした」

青年の発言に園長はなにかを思い出したらしい。

彼女は両の手をぱんと合わせた。

「来月のお遊戯会に使うので買いにいってもらったんです」

青年はおれの方を見ていた。おれは文房具店で保育士と聞いて女性だとばかり思っていた。男の保育士もいるわけである。この男の保育士がレイプ犯だったら事件は一挙に解決したのだが、おれが脳裏に焼きつけた顔とは似ても似つかない。保育士の青年はちりちりの髪をふくらませ、顎鬚《あごひげ》をたくわえている。一九六〇年代のヒッピーのようだ。細い顔の上方《じょうほう》に両眼が窮屈そうにおさまっている。目と目の間隔が狭いので心まで狭そうに見える。個人的には好きになれない顔だ。しかし、この保育士がレイプ魔でなくてよかった。あんな奴が保育園のスタッフだったらえらいことだ。

「ぼくの買った色紙のことをお聞きになりたいんですか」

保育士の青年はおれの顔を覗き込んだ。

「実は」

おれはピンクのクマを再び取り出した。

「これ、わたしの車の中に誰かが置いていったものなんですが、その人物を探してるんです。こちらの保育園でこれに似た色紙を購入された方がいると聞いたものですから、もしや関係があるんじゃないかと思いまして」

「なにかご事情がありそうですね」

青年は詳しい話を聞きたそうな顔をした。おれは、それ以上は踏み込むなよ、と弱者のオーラを全開にした。

「これは」

保育士はピンクのクマを手に取り、ためつすがめつして見ている。しきりに首をかしげていた。心当たりがありそうな様子である。そいつの顔を見ているとスコット・マッケンジーの「花のサンフランシスコ」がおれの頭の中に流れてきた。フラワームーブメントを象徴する歌の一つだ。おれはその頃生まれていないが、六〇年代の曲が大好きなのである。

「確かにこれ、どこかで見た記憶があるんですが」

保育士は額に手を当て、眉間に皺をよせて記憶を取り戻そうとしていた。その仕種を見ているとやはりいかにも日本人で、おれは「花のサンフランシスコ」から城卓矢の「骨まで愛して」に曲を切り替えた。おれは自分の連絡先を書いたメモを保育士に手渡した。

「もし、思い出されたら電話を下さい」

その番号は普通の電話番号とも携帯電話の番号とも違う。銀行の暗証番号とも違うし、なにかのコード番号とも違う。数字を見た保育士は不思議そうな顔をした。

「おれに直接かかりますから」

おれがそういうと青年の顔はますます混迷を極めたものになった。

ピンクの色紙一枚に、なにやら深刻な理由が隠されているらしいと察した園長は協力的になっていた。肉体に欠陥を抱える者には親切にせねばならないという強迫観念のある女だから、おれとしてはやりやすかった。ずけずけとなにを聞いても素直に答えてくれるのである。おれはこの保育園に出入りする人物について尋ねた。園長は熱心に喋った。関係業者一人ひとりの人相、体つき、性格まで細かく教えてくれた。

おれは志保を襲った男の顔を園長に説明し、これに似た男が園児の父兄の中にいないかと聞いた。この質問は保育士たちにも向けてみた。だが、おれの求める相手はこの施設の周辺にはいないようであった。

これ以上、この幼児の園にとどまる意味はなかった。

おれが辞去を告げると園長がわざわざ見送りに出てきた。

「こんなむさ苦しい所においで下さいまして従業員一同、園児一同、まことに恐縮千万、恐れ入谷の鬼子母神、赤面の至りでございます」

ハシビロコウの園長はぺこぺこ頭を下げ、何度も対応の至らなかったことを詫びた。保育園を訪問してここまで遜《へりくだ》った見送られ方をする客も珍しいであろう。

エンジェル保育園を出て三、四分も歩いた頃、後ろからおれを呼ぶ声がした。細長い姿が手を振りながら走ってくる。さっきの保育士の青年だった。

「思い出しました、思い出しました」

保育士は膝をがくがくさせて立ち止まった。全速力で駆けてきたらしい。真っ赤な顔から汗が吹き出ていた。

「あのピンクのクマ」

彼は一度呼吸を整えた。

「動物園のショーで見たんです」

「動物園の」

おれは彼の荒い息の前に顔を近づけた。

「先月、園児を連れて百足山動物園に遠足にいったんです。そこの水族館でアシカショーを見たんですが、そのときに飼育係がこのクマの形をした紙を持っていました」

保育士の話によるとこうだった。

ショーは「アシカの海《かい》くんの三ツ星シェフ」というのである。シェフの帽子をかぶり白いエプロンをつけたアシカが登場し、レストランの客に扮した飼育係と珍妙なやり取りをするという展開だ。レストランに客が入ってくる。客はテーブルにつき、シェフの海くんにハンバーグを注文する。このとき、客に扮した飼育係は注文したあとにポケットから折りたたんだ紙を取り出し、観客に向かって広げて見せる。紙には「ハンバーグ」と大きな文字で書いてある。観客席に声がよく通らないので観客に料理の名前を印象づけるための苦肉の演出らしい。そのときの紙が、おれが犯罪現場で見つけたピンクのクマと同じものなのである。クマの形をした紙に黒々と書かれた文字。ただし、「犯人」ではない。「ハンバーグ」である。さて、シェフの海くんは注文の料理を持って客のテーブルに運ぶ。頭の上に料理をのせ、音楽に合わせて前足や後ろ足を踊るように動かしながら移動する。

このあたりの曲芸じみた動きがショーの見せ場の一つだ。アシカのシェフが料理をテーブルの上に置く。その料理はハンバーグではなくカレーライスである。客は怒ってもう一度ハンバーグを注文する。彼はさっきの紙をもう一度観客へ向けて広げて見せる。「ハンバーグ」の文字。アシカのシェフはかしこまりましたとお辞儀をし、カウンターの向こうへ消える。しばらくして再びシェフの登場。料理を頭の上にのせ、踊りながらテーブルへ。ところが、今度もまたカレーライスなのである。

客はついに激怒し、裁判に訴えると息巻く。このとき客に扮した飼育係はテーブルの上の紙を大きなジェスチャーで観客に向かって再び広げて見せる。ほらこの通り、自分の注文したものはハンバーグです、というわけだ。するとアシカのシェフは客の持っている紙を口で引ったくり、びりびりに引き裂いてポイと捨ててしまう。あっけに取られる客。アシカのシェフは巨体を揺らしながらカウンターへいき、折りたたんだ紙を口にくわえて持ってくる。アシカのシェフはそれを客のポケットにねじ込むのである。口を器用に使い客のポケットにねじ込む仕種が観客の笑いを誘う。

妙なものをポケットに入れられた客は、シェフを罵りながらねじ込まれた紙を取り出す。彼は折りたたんだ紙を広げる。客はびっくりした表情になる。そして、それを観客へも向けて掲げて見せる。ピンクのクマに「カレーライス」の文字。間違えたのはシェフではなく、客の方だった。ずるいアシカのシェフの話というオチである。

他愛のないショーだが、飼育係とアシカの掛け合いが絶妙で観客席は大いにわいたという。アシカは利口で芸達者だから相手をする飼育係の演技力しだいで面白いショーになったであろう。問題はアシカが飼育係のポケットにねじ込む折りたたんだ紙のことである。おれが車の中で見つけたピンクのクマはレイプ犯のポケットから落ちたものであることに間違いはない。犯人は気づかなかったのだ。ポケットからそれがこぼれ落ちたことに。

動物のショーは訓練をくり返す。何度も何度も。折りたたんだ紙を飼育係のポケットにねじ込む演技も訓練を重ねたのだろう。アシカは覚えた演技を舞台以外の場所でもやってみせたかもしれない。餌の時間に、プール掃除の時間に。飼育係の作業着のポケットにアシカは折りたたんだ紙をねじ込む。これは動物の遊びであろう。小道具の色紙は他の大道具などと一緒にそのあたりに置いたままだったかもしれない。飼育係もアシカの悪戯をわかっている。そして、作業着のポケットに詰め込まれた芝居の小道具のことを飼育係はつい忘れてしまう。

彼がそのままおぞましい計画を実行したとしたら。作業着を着替えずにそのまま出かけ、女の運転する車にわざと接触したとしたら。被害者を押さえつける激しい動きでポケットからそれが落ちる。薄いブルーの作業着は動物園の飼育係のイメージとも合う。では「犯人」という文字は？

おれの頭の中でなにかがまとまりかけたが、すぐにそれは消えた。答えは動物園の舞台にあるだろう。そして、それが見つかれば色紙にメニューをのせた社員食堂の探訪は必要がなくなるはずである。おれはこのあとの立ち回り先の優先順位を変更した。

「アシカショーの飼育係ですが、どんな男でしたか？」

おれは青年に確認した。

「美男子でしたよ。園児のおしゃまな女の子なんか『あのお兄ちゃんのお嫁さんになる』なんてはしゃいでいましたから」

別人である。男を見る目のない四歳の女児でもあの不気味な男の嫁さんになりたいという酔狂な趣味は持たないだろう。おれは青年に深々とお辞儀をした。

「わざわざお知らせ下さり、ありがとうございました」

突然訪ねていった上、騒動まで起こしたのである。おれは改めてそのことも詫びた。

「園長先生にはくれぐれもよろしくお伝え下さい。今日は本当にご迷惑をおかけしました」

「いいんです。あの園長は利己主義者で自己保身のかたまりですから、自分の成績だけが関心事なんです。さっきみたいに体の不自由な人に失礼な態度をしたことが上に知られたらすぐに降格ですよ。エンジェル保育園のオーナーはマスコミを意識していますから」

この青年は園の悪口をいうためにおれを追いかけてきたのかもしれない。おれはそんな気がした。エンジェル保育園のオーナーはどういう人物なのだろう。おれはふと考えたが、それは口には出さなかった。

「ああ、そうだ」

保育士の青年は戻りかけて足を止めた。

「『犯人』ってなんですか？」

青年は初めてそのことに触れた。

「そこが、今ひとつわからないんです」

おれは答えた。

5

おれは百足山動物園に電話をしてアシカショーはやっているか、と問い合わせた。田舎臭い女の声が出て「やっておりますけど」と答えた。その口調には「やってはいるが、なぜそのようなものに興味を持つのか」といったニュアンスがあった。電話の応対で判断する限り、アシカショーは、見物したければしてもいいが、見物しても見物しただけの心の高揚は得られぬと予想されるので、動物園の側には見物することを強いて勧める意思はない、という催し物のようであった。

おれは百足山動物園に向けて車を走らせた。

おれの車は昭和四十二年製造のダットサン・ブルーバードである。おれにクラシックカーの趣味はない。なにかの拍子に長寿を得てしまった車を、なにかの拍子に購入する羽目になったおれが乗っているだけのことである。

特別なメンテナンスはしていないが、十九歳の飼い犬の体調を気遣う程度にはいたわっているつもりだ。この車の製造された年にアメリカは枯葉剤をベトナムに撒き散らし、東京では美濃部亮吉が初の革新都知事になった。

カーラジオからは放送していないはずの懐メロが流れたりする。ジャッキー吉川とブルー・コメッツの「ブルー・シャトウ」、佐良直美の「世界は二人のために」。おれはこの車で覚えたのである。おれが生まれる以前、ずっと昔に流行った曲を。

市街を抜ける交差点の角に見覚えのある姿を見ておれは首をすくませた。

黒髪だった。買い物袋を提げてあたりをきょろきょろ見回している。例によって飯の種の恐喝でも働こうというのか。スーパーの万引きの直後で罪の意識がその仕種をさせているのか。おれはすぐにそのどちらでもないであろうことに気づいた。おれは黒髪を寝かしつけた夜、帰る間際に金を置いてきたのである。一か月分の生活費程度の金額である。だから黒髪は犯罪に手を染めてはいないはずだ。

今日は黒髪とは会いたくない。おれは彼女の日常が平安あれかしと祈りながらその場所を通り過ぎた。

丘陵を上り、四十分ほど走ると百足山動物園のゲートが見えてきた。正面ゲートの両脇で張りぼての錦蛇《にしきへび》と灰色熊が大きな口を開けておれを歓迎していた。虎とライオンではなく、錦蛇と灰色熊という組み合わせにおれの緊張は高まった。

園内は広かった。広すぎるとおれは思った。

イヌワシの谷だの、オランウータンの森だの、縞馬《しまうま》の草原だの、見物すべきエリアがそれぞれ離れすぎているのだ。おれに言わせれば「点在」である。これが現代的な展示のデザインなのだろうか。個人的好みでいうと、猛獣舎の隣に河馬《かば》舎があり、その前に爬虫類館があって猿の山がある。猛禽の檻が並び、その隣ではマゼランペンギンやプレーリードッグが跳ねている、というごたごたした感じの動物園がおれはいい。正面ゲートのマニアックな造りのわりに整然とした園内の風景だった。平日ということもあって入場者が少ない。そのこともがらんとした印象を強めているようだ。

アシカやアザラシの水棲哺乳類は園の奥にあるらしい。おれは象の丘をすぎ、チンパンジーの谷を渡り、アマゾンの小動物プロムナードを抜けた。オーストラリアの大パノラマ世界というエリアがある。オーストラリアの生き物をひとまとめにして展示している。百足山動物園の売り物の一つだ。カンガルーやワラビーやエミューといった動物を同じ敷地内で飼育している。アカカンガルーが黒い小型の獣を追い回していた。追われているのは体長六十センチほどの熊に似た動物である。体毛は黒で首に月の輪状の白斑《はくはん》がある。尾が長い。その獣はカンガルーに追われながらも鋭い牙をむき出して反撃を見せていた。おれは驚いた。タスマニア・デビルである。タスマニア・デビルは小型だが獰猛な肉食獣である。顎の力が強く、獲物の骨まで砕いてしまう。猛獣の中でも特に肉食性の強い動物だ。このような物騒な生き物と同衾《どうきん》させられてはカンガルーもおちおち眠れないであろう。よく見るとカンガルーやワラビーの体のあちこちに生傷がある。タスマニア・デビルに齧《かじ》られた痕だ。アカカンガルーは体が大きいから殺戮《さつりく》をまぬがれているが、草食獣にとってタスマニア・デビルは片時の油断もできぬ相手である。子供のカンガルーには耳や尾の欠けているものが多い。母親カンガルーの警戒をぐぐってタスマニア・デビルがつまみ食いをしたのであろう。飼育された環境では刺激が少ない。適度の緊張は動物にとってストレス解消になると思われるが、ここまでくると緊張の度が強すぎる。タスマニア・デビルを追い回すカンガルーの顔は引きつっているように見えた。おれは正面ゲートのデザインから想像される運営者の趣味がこのオーストラリア大パノラマに投影されているのだと思った。

水の匂いが強くなった。水棲哺乳類を展示する屋外プールである。中央に氷山を模した山が配置され、それを取り巻いてプールがある。カリフォルニア・アシカとゴマフアザラシが陽気に泳ぎ回っていた。このプールは上方向からと横方向から海獣の水中の躍動を観察できるようになっていた。ここには人が集まっていた。どこの動物園でもアザラシやペンギンは人気者だが、やはりプールであろう。人は本能で水辺に引き寄せられるのである。気のせいかおれの姿を見てアシカの動きが活発になったようだ。アシカはわざとおれの立っている場所のそばでジャンプをし、水面を叩いて水飛沫《みずしぶき》を跳ね上げる。頭上から滝のように水が降ってきた。おれはあわてて退散した。おれの体に水気は禁物である。蕎麦殻の枕は湿気に弱いのだ。

アシカショーのステージはプールに隣接して設けられてあった。半円形に舞台が作られ、川のようなプールがそれを囲んでいる。ステージの上にはショーに使うらしいビーチボールや、表彰台のようなものが置いてある。おれはショーを見るためにきたのだが、ショーは始まる気配がない。観客もまばらである。ショーが始まるまではしばらく時間があるらしい。おれはショーの会場を離れ、園内をぶらついた。七歳ぐらいの男の子が二人、なにかの包装紙を丸めてごみ箱に投げ入れる遊びをしている。

一投ごとに「ストライク」とか「ボール」とか歓声を上げていた。子供達の親は離れた所でベンチに腰をかけ休んでいる。ごみ箱は金属製の円筒型をした古いもので、金網の部分が錆びてボロボロである。いまどき珍しいクラシックな型だ。この動物園は六年ほど前に大改修して新しい観覧施設として生まれ変わったのだが、それ以前は規模も動物の数も貧弱で、いかにも地方の小動物園といったうらぶれた施設であった。このごみ箱は当時使用していたものをそのまま流用したのかもしれない。その古び方はおれの最も好みとするところである。おれは意識を集中し、思念をごみ箱へ送った。人には見えないが青い煙のようなものがゆらりと空間に出現し、それが放射状の形となってごみ箱へ走った。円筒形のごみ箱がぶるっと震えた。ごみ箱の底から小さな足がにょきっと生えた。目を凝らして見ないとわからないような小さな足だ。男の子は紙のボールを投げた。ボールは正確な放物線を描き、ごみ箱の中へ——。と、その瞬間ごみ箱はひょいと横に飛んだのである。人間が気をつけの姿勢で真横に飛びのくような動きだ。紙のボールは地面に落ちた。ボールを投げた男の子は口をぽかんと開けて立っていた。男の子は何度も目をしばたたかせ、もう一人の男の子に興奮した口調で喋りかけた。相手の子供も目を真ん丸に見開き、金縛りになったように突っ立っている。二人の少年はごみ箱がボールをよけるようにぴょんと横っ飛びに動いたのを目撃したのである。彼等はごみ箱の所へ走り寄り、その中を覗き込んだ。ごみ箱を揺り動かしたり、叩いたり、斜めに倒して底を調べていた。怪奇現象を目の当たりにした子供は逃げ出してしまうのが普通であろうが、なかなか勇気のある少年達だ。二人は母親の元へ走っていった。身振り手振りで自分が今見たものを母親に伝えようとしていた。母親は面倒臭そうに相手をしている。男の子が指を差すごみ箱の方を見ようともしない。おれは舌をぺろりと出してその場を離れた。

おれは「器物」を動かすことができる。器物。道具、器具である。長い歳月を経た器物には妖気が宿り、動き出す。ただの「物」が生き物のように歩いたり走ったりするのである。おれは自分の意思でそれらを操ることができるのだ。重要文化財に指定されている「百鬼夜行絵巻」に器物の妖怪が描かれている。琴、琵琶、扇、傘、杖、手足の生えた楽器や日用品が行列をしている。壺、鍋、釜、擂《す》り粉木《こぎ》、といった台所の用具も人間のように二本足で立ち上がってにぎやかに一団を形成している。鎌倉時代や室町時代の人々は器物が百年を経ると妖怪となり人をたぶらかすようになると恐れた。長く使った道具、家具、布団等、人の手の脂や思いが染み込んだ器物は命を宿すのだ。昔の人はこれを「霊」と表現したようだが、おれは「気」だと考えている。「気」が発生することによって器物は動き出すが、器物そのものに意思はない。外見から中身に至るまで文字通りの道具なのである。面白いのは息を吹き込まれた器物が、器物それぞれの属性を維持していることだ。錆びつき、手足の生えた包丁がやたらに魚を刻みたがったり、おとなしい数珠が仏壇を見ると突然興奮し始めたり、という具合に。その動きが生命活動ではないにもかかわらず、おれなどは彼等にも心があるのかとつい錯覚してしまうのだ。

つけ加えなければならないが、おれは違う。おれは枕の姿をした生命体である。器物はおれの仲間ではない。だが、器物とおれにはなにかの共通項があるのかもしれない。向こうはただの物体だが、おれの知り得ぬ、なにか偉大な力によって我々は結びついているのかもしれない。おれが器物を動かすことができるのもそのことの証しだといえる。おれは打ち捨てられた自転車や冷蔵庫や掃除機にたまらない親近感を感じる。錆びて壊れたそれらを見ると家に「連れ帰りたい」衝動にかられるのだ。

ショーの舞台に戻ると軽いざわめきがあった。観客も先ほどより増えたようである。おれはごみ箱を動かした消耗で軽い疲労を感じつつ席に腰を下ろした。しばらくして、ようやくステージの上に出演者が登場した。観客が拍手をした。おれも拍手した。

登場したのはアシカの格好をした飼育員と、飼育員の格好をしたアシカであった。アシカの着ぐるみは不恰好な代物で、一目で手作りだとわかる。アシカの顔の部分に丸く穴が開いて飼育員の顔がそこに収まっていた。胴体からペンギンともアシカともつかぬ鰭《ひれ》のような足が突き出ている。おれには水棲哺乳類というよりも鮪《まぐろ》が立ち上がった姿にしか見えなかった。

アシカは上半身にチョッキのような服を着ている。ブルーの作業着である。ショーは飼育員とアシカの役割が入れ替わった滑稽《こっけい》さを狙ったものだ。「アシカの海くんの三ツ星シェフ」ではなかった。そして飼育員の顔もあの男ではなかった。人間とアシカのコンビは舞台中央でもぞもぞと動いている。漫才でもそうだが、演者が舞台に登場して数秒もするとそのコンビの力量がわかる。いや、舞台に現れた瞬間にわかるといってもいい。このコンビもそうだった。アシカはともかく、飼育員がどうにもならない。笑いを誘うオーラは生まれついてのものだ。表情、体つき、仕種、声の質、ちょっとしたニュアンスが観客を喜ばせたり、不快にさせたりする。観客を虜《とりこ》にするか退屈させるかは、芸人が母親の腹にいるときにすでに決まっているのである。アシカの着ぐるみを着た飼育員はその悲劇的な例だった。着ぐるみからむき出しになっている青黒い顔は陰気で、なにかにおびえているようだった。舞台であがっているというよりも、この人物の実生活の不安がそのまま露呈している感じである。ユーモラスな扮装で登場したにもかかわらず観客席に潮が引いたような空気が生まれたのはその表れであろう。

おれは入場するときに買ったパンフレットを開いた。アシカと飼育員のショーの紹介が載っている。アシカと飼育員のコントは、癇癪持ちの飼育員が芸の覚えが悪いのろまなアシカにやきもきさせられる話である。飼育員がヒステリーを起こしてアシカの頭を叩いたりするギャグもある。最後は、アシカの物覚えがあまりにも悪いので、飼育員は自分がアシカになってお手本を見せるという筋立てである。これを、役を入れ替わった人間とアシカがやるから面白さは倍増する。ところが人間の方が無能なために掛け合い漫才が掛け合い漫才にならない。アシカに扮した飼育員はアシカの扮した飼育員にやり込められる演技をしながら芝居をコントロールし、進行していかねばならない。それがただの馬鹿なアシカになってしまっているのである。

アシカの扮した飼育員がビーチボールを鼻で飛ばす。アシカ役の飼育員はボールを頭で受けようとして失敗し、派手に転んでみせる。笑いの起きるシーンなのに客席は静まり返っている。飼育員の動きが演技ではなくぶざまにでんぐり返っているとしか見えないからである。アシカの方はこの相方《あいかた》を完全になめていた。ビーチボールを鼻先でとんでもない方向へ転がし、ボールを取りそこねた相手を本気で叩いていた。巨体をゆっさゆっさと揺らして飼育員に近づき大きな前足で彼の横面を張り飛ばしたのである。体重三百キロを超える大アシカだからその威力はすさまじい。飼育員の体は独楽《こま》のように回転し、吹っ飛んだ。おれは笑ってしまったが、観客席では笑い声ひとつない。子供などは母親にしがみついて半泣きになっていた。アシカ役の飼育員は汗だくになって奮闘しているが、彼が必死になればなるほどステージは見苦しく悲惨なものになっていくのであった。彼はこのような場所に出るべきではなかったのだ。

ショーは飼育員に扮したアシカが、飼育員の扮したアシカの馬鹿さかげんに腹を立て、自分がアシカになって芸をするというクライマックスに入る。もともとのアシカがアシカに戻るだけだから、このあたりの展開はまことにテンポがよく、アシカ自身の芸も達者なものだった。最初から飼育員抜きでアシカのワンマンショーにすればよかったのである。

おれはアシカが相方の間抜けぶりに癇癪を起こすくだりで、腹も抱えたが、緊張もした。アシカが心底怒っているのがわかったからである。アシカが飼育員を噛み殺す事態にならなかったのはまことにもって幸いであった。

おれがこの悲劇的なショーを観覧し続けたのは、このあとに「アシカの海くんの三ツ星シェフ」が始まるかもしれないと期待したからである。

「三ツ星シェフ」のショーはなかった。

おれは肩を落として舞台をあとにした。

生ごみを台車に載せて運んでくる男がいたので、「三ツ星シェフ」のショーはやらないのかと聞いてみた。男は知らないといった。

ショーの演目がどれぐらいの期間で変わっていくものなのかわからないが、もしかしたら「三ツ星シェフ」は終了したのかもしれない。おれは売店へいき、事務所の場所を尋ねた。事務所は動物学習センターという建物の裏側にあった。関係者以外立ち入り禁止のプレートが小道の入り口にかかっていたが、おれはかまわず入っていった。

事務所は、いかにも動物園の付属施設らしい質素な建物である。

役所の出張所に雰囲気が似ている。おれがドアを開けると一斉に視線がおれに集中した。檻からテナガザルが逃げ出してきて事務所のドアを開けたらたぶんこのような感じの視線が集まるのだろう。おれはちょっとだけ脱走猿の気分を味わった。事務所には三人の職員がいた。全員男である。五十代と思われる男が一人、四十代らしい男が一人、もう一人はうんと若い。一番年嵩《としかさ》の男が立ち上がっておれの方へやってきた。

「なんでしょうか?」

男は肌がピンク色で顔中に小皺が寄っていた。どことなくハダカデバネズミに似ている。ものをいうたびに大きな出っ歯が見えた。ハダカデバネズミはおれの頭のてっぺんから爪先までをじろじろと見た。おれは不審がられるのは慣れているからこういう相手の態度は気にならない。

「わたし、七稲《なないね》町の世話役をしております川島という者です。お忙しいところを、おじゃまをしまして申し訳ございません」

おれは卑屈なほど腰を折った。

「はい」

ハダカデバネズミは眉根を寄せたままだ。

「実は、今度町内で子供新聞というものを作ることになりまして、色々と記事の案を練っているところです。それで、やはり、子供には動物園がよかろうということになりまして、飼育員さん達のお話といいますか、動物園の裏話などをお聞かせ願えればと、こう思いまして、厚かましく押しかけてきたようなわけでございます」

おれはそれらしい理由を口にした。前もって取材の申し込みをせず、いきなり訪問するのは非常識もはなはだしいが、素人の取材などこの程度のものだ。おれは無知の強引さで押し通すことにした。

「子供新聞ですか」

ハダカデバネズミは露骨に嫌な顔をした。

「さっきアシカのショーを拝見させていただきました。楽しいものですなあ。子供だけではなく大人が見ても面白い」

おれは喋りつつ、体のポケットから例のピンクのクマを取り出した。ハダカデバネズミはおれの体から妙なものが出てくるのを薄気味悪そうに見ていた。

「うちの町内の人からこんなものをもらったんです。その人は動物園関係の方からいただいたそうで」

おれはピンクのクマを広げてハダカデバネズミに差し出した。今度は「犯人」の文字をよく見えるようにして。

「ああ」

ハダカデバネズミはピンクのクマを手に取って小さくうなずいた。

「可愛らしい形だからうちの子供にやろうと思ったんですが、『犯人』と書いてあるもので、それが気になりまして」

おれは相手の手元のピンクのクマを指先でちょっとつついた。「犯人」の部分を。

「これはうちのアシカショーで使ったものですよ」

ハダカデバネズミはいった。

おれは出かかった言葉を呑み込んだ。「やはりそうですか」といいかけたのだ。

「正確にいうと、この紙を使ったショーは日の目を見なかったんです」

「えっ」

「そのショーは『アシカの海くん・珍探偵』というんですけどね。アシカがシャーロック・ホームズの扮装で登場して殺人事件の謎を解くという筋立てです。稽古まではやりましたが途中で上演中止になったんです」

「面白そうですな」

おれは手帳を出し取材をするふりをした。

「私もこのショーには自信がありました。もし上演していたら評判になっていたと思います」

ハダカデバネズミはお蔵入りになったショーの話をしてくれた。

「アシカの海くん・珍探偵」は登場人物が六人。一匹（一人）はシャーロック・ホームズ役のアシカ。四人は殺人事件の容疑者。もう一人は死体。舞台は胸から血を流した男の死体が横たわっているところから始まる。まず、シャーロック・ホームズの扮装でアシカが登場。続いて四人の男がうなだれた様子で出てくる。四人の男もシャーロック・ホームズの時代の衣装を着けている。動物園のショーとしては凝った方だろう。進行役が一人いて、舞台の袖でナレーションを読み上げる。「時は十九世紀の末、舞台はロンドン……」という具合に。昔の活弁士みたいなものだ。四人の容疑者は観客に向かって並ぶ。アシカのシャーロック・ホームズは容疑者の一人一人に前足で軽く触れたり、鼻を近づけたりする。取り調べをしているという芝居である。ここからがアシカの芸の見せ所になる。アシカは容疑者のポケットに鼻を突っ込み、中からなにかをくわえて取り出す。アシカは容疑者のポケットから取り出したものをくわえて観客に向け、持ち上げて見せる。第一の容疑者のポケットから取り出したものは「人形」であった。女の子のフランス人形である。アシカはフランス人形をポイと捨てる。これは殺人の凶器ではないというわけだ。

アシカはこうして容疑者のポケットから次々と品物を引っ張り出す。第二の容疑者のポケットから出てきたのはクッキーの箱、第三の容疑者のポケットからは馬車のおもちゃ、第四の容疑者のポケットからは眼鏡である。アシカのシャーロック・ホームズはポケットから取り出したものをくわえて振り回し、放り投げる。捜査が進まずイライラしているという演技である。ここで四人の容疑者は一旦退場する。しばらくして再び四人の容疑者が登場する。四人の服装が変わっている。別の容疑者を連れてきたという設定である。アシカのホームズは最初と同じように四人の容疑者の臭いを嗅ぎ、一人一人のポケットから品物を取り出す。一人目の容疑者のポケットからはクマのぬいぐるみ、二人目の容疑者のポケットからは手袋、三人目のポケットからはウイスキーの小瓶、四人目のポケットからは帽子である。アシカはポケットから取り出したものを床に叩きつけ、踏みにじる。アシカの演技力が試される場面であろう。アシカのホームズは四人の容疑者の前でぐるぐる回ったり、逆立ちしたりして、探偵の苦悩を演じたのち、一旦退場。アシカはすぐに登場する。アシカのシャーロック・ホームズはなにかをくわえている。紙で包んだ細長いものである。アシカはそれをくわえたままダンスを踊る。アシカの動きはイライラしている場面の演技と基本的に変わらないのだが、それらしい音楽が入り、探偵の心が浮かれていることがわかる。ナレーションも探偵の心境を説明する。そして、アシカのシャーロック・ホームズは、細長い紙包みをくわえたまま巨体を揺らして第三の容疑者の所へ近づく。アシカは後退りをする第三の容疑者のポケットに紙包みを押し込むのである。容疑者はポケットに突っ込まれたものをおびえた様子で取り出す。彼は紙包みを開く。包みの中から出てきたのは短剣であった。第三の容疑者はそれを投げ捨てる。両隣の男が短剣と包み紙を拾う。一人の男が短剣をつかみ、観客にかざして見せ、一人の男が包み紙を広げて見せる。クマの顔型に切り抜かれたピンクの紙。そこには「犯人」の大文字が。逃げ出そうとする容疑者を警官が取り押さえる。犯人は逮捕。事件は解決。物語はめでたく大団円を迎えた。高らかにファンファーレが鳴り渡り、舞台に出演者が全員並んでご挨拶――。

これが「アシカの海くん・珍探偵」の大筋である。面白いことは面白い。アシカという水棲哺乳類はこのようなショーにはうってつけのキャラクターだとおれは思った。それにしてもとんでもない珍探偵ではある。強引に犯人をでっち上げてしまうのだから。珍探偵どころか悪徳探偵である。人間がアシカの演じるキャラクターに振り回され、濡れ衣を着せられるのは「三ツ星シェフ」と同じだ。動物園のショーだからどこまでも動物優先の発想で構成するのだろう。

「面白いですね。お話をうかがっているだけで芝居を観た気になります」

おれはメモを取る仕種をしながら続けた。

「しかし、すごい探偵ですな。無実の人を犯人に仕立ててしまうんだから」

「そうなんです」

　ハダカデバネズミはいった。

「それが、このショーが御蔵入《おくらい》りになった理由です」

「ははあ」

「上からお達しがありまして、『このショーは冤罪事件を連想させる。上演は見送るべきだ』と」

「なるほど」

　おれはうなずいた。連想させるどころか、「珍探偵」は冤罪事件そのものである。探偵による容疑者捏造事件である。

「わたしも最初は上司の意向に抵抗がありました。でも受け入れました。冤罪の問題はこの数年大きなニュースになっていますから。このショーをやれば人権団体から抗議がきて大騒ぎになっていたかもしれません」

「それで『三ツ星シェフ』にストーリーを変えたわけですね」

「『三ツ星シェフ』のショーをご覧になりましたか。そういうことです。アシカが文字を入れた紙を飼育員のポケットに突っ込むのは同じ芸ですから変更はやりやすかったです。それがせめてもの救いですかな」

「それで」

おれは一番聞きたかったことへ話を向けた。

「無実の罪を着せられる容疑者の役はどなたが演じられたんですか。ポケットに短剣と『犯人』と書かれたピンクの紙を突っ込まれる可哀相な男の役は」

「あの役ですか」

ハダカデバネズミはしばし視線を宙に浮かせ、それからパソコンに向かっている若い職員の方へ振り向いた。

「今村君、アシカのシャーロック・ホームズの犯人役は誰がやったんだっけ。ほら、海くんに短剣をポケットに突っ込まれる役さ」

「ええっと、あの役は」

上司から質問を受けた若い職員も一瞬考え込んだ。

「ああ、高安さんですよ。清掃係の高安さん」

職員は甲高い声でその名前をくり返した。

「そうだった。あのときはメンバーが足りなくて高安君にきてもらったんだ」

ハダカデバネズミはピンク色の皮膚をいっそうピンク色に染めた。小皺に囲まれた針の穴のような目がちょっと笑っていた。

「四人の容疑者の役は飼育員が担当する予定だったんですが、一人が体をこわして入院することになりましてね。それで急遽《きゅうきょ》、清掃係の男を代役に立てたんです。容疑者の役に演技力はいりません。本格的な演技はアシカの海くんが一人で受け持ってくれますから」

ハダカデバネズミは言葉を止め、若い職員へ顔を向けた。

若い職員は照れ臭そうに頭をかいた。この若い男も容疑者の役をやった一人なのかもしれない。

「そうだろ？　今村君」

「清掃係の高安さん」

おれはその名をつぶやいた。

「周囲にうちとけない暗い感じの男ですが、あのときは役をもらえたのがうれしかったようで、プール掃除の最中にもアシカを相手に稽古をしていたらしいですよ」

「高安さんは動物を扱うには素人でしょう？」

「もちろん、本当の稽古はトレーナーも含め全員集まってやりました。高安君は黙って突っ立っているだけです。アシカはトレーナーに教えられた通り、彼のポケットに短剣の紙包みを押し込む。プールの掃除のときはアシカと練習したというより、アシカの方が悪戯気分で彼のポケットになにかを押し込む遊びをしたんじゃないですか」

「アシカの檻の掃除は普段から清掃員の方がするんですか」

「普通は担当の飼育員がやります。ところがアシカの担当者が入院しちゃったものでね」

「ああ、そうか。入院したのはその方だったんですね」

「それで、まあ、高安君とアシカに少しでも親密になってもらおうと彼等の接触機会を増やしたわけです」

「アシカの檻の中にショーで使う小道具を置いておくことはありましたか」

おれは質問した。

「ありません。もし高安君がアシカと芝居の稽古をやっていたとしたら、彼がピンクの紙を持ち込んだんでしょう」

おれはあの男が折りたたんだピンクのクマをアシカに見せ、訓練の続きをやらせている場面を想像した。本当は短剣も持ち込んで本番通りにやりたかったが、短剣の方は持ち出せずにピンクのクマだけでがまんをした。

アシカの海くんは口を器用に使って折りたたんだピンクのクマを高安のポケットに押し込んだ。アシカは完全にその芸をマスターしていた。彼はアシカが突っ込んだピンクのクマをポケットに入れたまま檻の掃除をした。そして、作業の終わる頃にはそのことを忘れてしまっていた。彼は勤務を終え帰宅した。彼はベッドに寝転がり、しばし天井を見上げていただろうか。彼はやおら起き上がった。生臭い衝動が彼を突き動かしたのだ。彼は作業着のまま部屋を出た。ポケットに折りたたんだピンクのクマを収めたまま。

おれはさりげなく高安の人相を確認した。

「アシカと仲よくなるにはやはり優しい顔つきの方がいいんでしょうね。高安さんもそういうお顔なんですか」

おれが水を向けるとハダカデバネズミは苦笑した。彼は、人の外見のことを悪くいいたくないのだが、と前置きして高安の人相を口にした。それは遠慮がちながら的確な表現だった。彼の語った人相はあの男の顔そのものであった。

「高安さんは今どこにおられますか」

おれの呼吸は少しだけ荒くなっていた。

「高安君は辞めました」

「えっ」

「あのシャーロック・ホームズの稽古からまもなくですよ。もう三か月ほど前になりますか」

「なにかあったんでしょうか」

「わかりません。『家の事情で』とかなんとか、電話一本よこしてきただけで。まあ、ああいう人は無責任な立場だからこちらも気にしませんでしたが」

高安が清掃員の仕事を辞めたことと、志保を襲ったこととは関係があるのだろうか。志保を陵辱したことで、高安に新たな犯行の計画が生じたのか。高安の退職はそのためのものなのか。

「高安さんの住所を知りたいのですが。お会いしてアシカの海くんと競演したときの感想なんかをお聞きしたいんです」

おれは声に緊張が出ないようにつとめた。

「それはかんべんして下さい。個人情報はお教えできませんので」

ハダカデバネズミは管理者の顔になった。

「でも、こんな話を子供新聞に載せるんですか。冤罪事件の話は子供には難しすぎますよ」

ハダカデバネズミはもっともな疑問をぶつけてきた。おれはいつの間にか自分が子供新聞の記者であることを忘れていたのだ。

「いやいや。子供向けにやさしく書きますから。そこは記者の腕の見せどころで」

おれは体を揺すって蕎麦殻を鳴らした。話をごまかすときのおれの癖だ。

「いや、どうも色々ありがとうございました」

おれは手帳を閉じ、取材を終えた記者の顔をしてみせた。

「今日のアシカショーは『アシカの海くんの三ツ星シェフ』じゃなかったですね。あれはもうやらないんですか」

おれは手帳をポケットにしまった。手帳を出したときと同じようにおれの胸に収納部が出現したので、ハダカデバネズミはまた眉をひそめた。

「『三ツ星シェフ』は思ったより人気がなかったので、先月一杯で打ち切ったんです。あれはいけると思ったんですがねえ」

ハダカデバネズミは、手帳を収めたおれの胸のあたりに目をやりながらちょっと残念そうな表情でいった。

おれはピンク色の肌の管理者に礼をいい、事務所を出た。おれは小走りになっていた。急いで事務所を離れないとおれの声が彼等に届きそうだったからである。おれの腹からなにかの塊《かたまり》がせり上がってきて口から飛び出した。それはおれの笑い声だった。発作のような笑いは止まらなかった。人が見たら気管にものを詰めた男（枕）がむせ込んでいるように思っただろう。おれはカンムリヅルの檻の前で笑い、雷鳥の檻に移動して笑った。それでも発作はおさまらず、インドクジャクの目の前へいっておれは笑った。羽を広げかけていたクジャクがあわてて商売道具を閉じた。なんという素敵なショーだ。冤罪ショーではない。真犯人紹介のスペシャルショーではないか。おれはまた笑った。犯人は「犯人」と書いた紙を持参して犯行におよび、「犯人」と書いた紙を現場に残してきたのである。おれはまだどこかに笑える場所がないかとあたりを物色した。おれは苦労してその衝動を抑えた。

軽トラックから大きなバケツを下ろしている二人の男がいた。おれは彼等に声をかけた。

「こんにちは」

二人の男は作業の手を止めておれを見た。帽子をかぶり、ブルーの作業着、白いゴムの長靴をはいている。二人は軽く会釈を返した。一人が女性であることにおれは初めて気がついた。

「ちょっとうかがいたいのですが」

おれの顔は愛想がいいはずである。さっきの笑いがまだ残っているだろうから。

「高安さんはどちらにいらっしゃるでしょうか。知り合いから届け物を頼まれたんですが、園内が広くてどこへいけばいいのかわからなくて」

「高安さんって、あの、清掃係の？」

男の方がいった。頬がよく日に焼けていた。なかなかの好男子である。

「はい」

「あの人なら辞めましたよ」

「えっ」

おれは驚いたふりをした。

「もうだいぶ前だよね」

これは男が同僚の女に向かっていったのである。女もそれにうなずいた。作業着が体に合っていず、ぶかぶかである。それでも女らしい体の線が不恰好な衣服の上から見て取れた。

「辞めたんですか。困ったなあ。どうしても届けなきゃならないんです」

おれは指を噛んだ。

「高安さんのお住まいはご存じないですか？」

おれは途方に暮れた顔を男に向けた。

「わかりませんねえ。高安さんはあまり人とつきあいがなかったから」

「お兄さんがセレモニー会館に勤めてるっていってなかった？　梅が池の」

女が初めて口をきいた。同僚へ向けた目は気が強そうだった。

「ああ、それは聞いたことがある」

「梅が池。セレモニー会館」

おれは名称を復唱した。

「葬儀場ですよ。そこへいってお聞きになればいかがです」

「あの、失礼ですけど、高安さんとはお親しいんですか」

女がなにかいいにくそうにおれに聞いた。

「親しいわけじゃないんです。さっきも申し上げたように人に頼まれまして」

女はおれが高安と近しい関係ではないと知って緊張がゆるんだようだった。そのことの意味をおれは推測した。

「高安さんはとっつきにくい人だからこの役目は気が重くて」

おれは水を向けた。

「わたし高安さんが辞めてほっとしてます」

女は唇を結んだ。

「というと?」

おれは女の目を覗き込んだ。

「体に触るんです。すれ違うときとか、私が檻の掃除をしているときにすっと寄ってきて触っていくんです。すごく怖かった。なんていうか、ただの痴漢とは違う不気味さみたいなものがあの人にはありました」

女性飼育員は息を継いだ。

「私、触られたあとはしばらく震えが止まらなかった」

「乱暴はされませんでしたか」

おれは彼女の話に乗じた。その質問は、おれの演じている人物の口から出るべきものではなかった。おれは思わず心の中で首をすくめた。

「それはなかったです。でも、あれ以上あの人と一緒にいたらなにをされていたかわかりません」

彼女はおれへの疑念より自分の体験を語ることに気をとられていた。

おれはこの女性飼育員の恐怖がよくわかった。まさにぎりぎり、紙一重の接触だったのだろう。

「他の女性スタッフにも彼はそういうことを？」

「何人か被害にあった人はいます」

おれと女性飼育員の会話を男の飼育員はなぜか居心地が悪そうに聞いていた。

「ぼくらにも責任があるかもしれません。高安さんが女の子を触るという噂は耳にしていましたが、ちょっとしたいたずらだろうと、軽く考えてたんです。高安さんが辞めたあと色々な話が出てきて初めて事情がわかりました。ぼくらがもう少し気をつけてあげればよかった」

「男の人っていつもそうじゃない？　女が痴漢にあった話をしても、大げさに騒ぎすぎだとか、痴漢の肩を持ったりするんだもの」

女の飼育員は同僚の男に頬をふくらませてみせた。男は身をすくませて女の視線を受けていた。

本当によかった。あいつが辞めてよかった。高安という男がこの職場に居続ければなにが起こっていたかわからない。軽いお触りだと見えたのが実は深刻な性犯罪の前兆だったかもしれないのだ。事務所にいたハダカデバネズミはこの事態をどう見ていたのだろうか。女性スタッフの訴えを聞いてもおそらく真剣には取り合わなかったのではないか。ハダカデバネズミが高安のことを話すとき、高安が危険人物だったという認識はなかったように思える。

「ああ、届け物をするのが嫌になっちゃったな」

おれは吐息をついてみせた。半分は芝居。半分は本音である。男でもああいう犯罪者には接触したくない。しかし、いかねばならぬ。お触りをされるためにではなく、あの色魔が二度と不埒なまねをできぬようにするためにおれはいかねばならないのだ。

軽トラックから下ろしたバケツの中にはバナナやサツマイモやニンジンが入っていた。きれいに刻まれていて、人間の食べるサラダのようだった。

「これ、なんの動物の餌ですか」

おれは尋ねた。

「象です」

飼育員二人の声がそろった。象のためにも高安がいなくなってよかった。おれはバケツを下げて遠ざかる男女を見送りながら彼等の職場の治安が守られたことを喜んだ。

正面ゲートへ向かう途中、アフリカの水鳥のエリアでハシビロコウを見た。体長一メートル二十センチ、羽を広げると二メートル五十センチ。笑ったような巨大な嘴《くちばし》、かっと見開いた目、太い首、銅板を重ねたような薄紫の大きな羽、怪鳥の名にこれほどふさわしい鳥もあるまい。ハシビロコウは動かない。静止しているのは狩りのためらしい。おれはエンジェル保育園の園長が一人二役をしているのだと思った。保育園ではどたばた走り回り、動物園ではじっと動かずにいる。おれは彼女の奮闘に敬意を表して目礼し、檻から離れた。気のせいか、ハシビロコウの目がちらりと動いたようであった。

6

梅が池の葬儀場は「セレモニープラザ梅が池」という。動物園の飼育員は高安の兄がそこに勤めているといった。おれもてっきり高安の兄は葬儀場の下働きかなにかだと思っていた。

調べてみて意外であった。高安の兄はセレモニープラザ梅が池の社長なのである。別にレイプ犯の兄が大規模な葬儀を請け負う企業の経営者であっても不思議はないのだが、やはり奇異の感がある。

おれは動物園の臭いを身にまとったまま、再び家を出てダットサン・ブルーバードを東へ向けた。三十分ほど走り、バイパスから右へ折れるとすぐに山が迫ってきた。現在は死人を焼く施設も最新設備で臭いも出ないのだが、やはり、地価の関係もあって火葬場つきの大規模施設は市街を離れざるを得ないのだろう。

セレモニープラザ梅が池は堂々たる建物である。葬儀場というより、会議や会合のための多目的ホールといった印象だ。しかし、まぎれもなくここは冥界への入場口なのだ。仮に設計者が葬式のイメージが一切ない建物を造ろうと考えたとする。リゾートホテルのような葬儀場である。しかし、その場合でも死人のための建築物というサインはどこかに表れる。なぜなら、工事の基礎を請け負った業者が「ここは死人を焼く場所なのだ」と考えながらコンクリートを流し入れるからだ。柱を立てる業者が「死人を焼く場所なのだ」と考えながら柱を立てるからだ。内装を請け負った業者が「死人を焼く場所なのだ」と考えながらビニールクロスを張るからである。最後に焼却装置の専門家が登場して魂を吹き込む。かくてフランス南部プロヴァンスのリゾートホテル風建物が出現したとしても、人はそれを火葬場という施設以外の何物でもない由《よし》を信じて疑うことはないのである。

おれは駐車場に車を入れ、正面玄関をくぐった。当たり前のことだがロビーは喪服の色、一色である。受付に厳粛な面持ちで香典を出す人、悔やみをいう人、故人の思い出を交わす人、故人の闘病中の話をする人、思わぬ再会に肩を抱き合う人、ここは笑顔が少しと、あとは半泣きの微妙な表情になる。この会館は最大五百人の収容が可能で、家族葬から企業の社葬まで対応することができる。建物は豪華だし、陰気な雰囲気もないから、黒服の多い立食パーティーと見えぬこともない。実際、若い男女の中にはお見合いパーティーかなにかと勘違いしているとしか思えぬ浮かれた奴等もいる。この手合いには施設の側の対策が必要かもしれない。化学的に調合した死人の臭いを流すのである。立食パーティーと取り違えている連中はたちまちこの場所がなんであるかを思い出すだろう。

ざわめきが起こった。ホールの出入り口付近で人だかりがしている。会葬者の人の輪とは異なる動きだった。男が一人、なにかをわめいていた。派手なアロハシャツを着た中年男である。パーマを当てた薄い髪に地肌が透けて見えていた。

「社長を出せよ。責任者を」

男はなだめようとする会館の職員の手を振り払っていった。

「話が違うだろ。見積りと請求の金額が合わねえ。あとから費用を加算することはありませんなんて調子のいいこといいやがって」

男は職員の胸を小突いた。

「嘘じゃねえか」

男は頭から湯気を立てていた。どうやら葬儀費用をめぐるトラブルらしい。

「社長を出せ。出てこねえんならおれの方が突っかけていくぞ」

　男は取り囲んだ職員を押しのけて奥へ進もうとした。騒ぎに葬儀の参列者が集まってきた。男のがなり立てる内容が内容だから、野次馬と化した参列者は顔を見合わせてひそひそ笑いをしている。男が三人出てきた。いずれも総合格闘技の選手のような体格をしている。「故人の死を受け止め、故人を偲ぶセレモニーホール」にはそぐわぬ男達である。おれは一目で用心棒だなと思った。

「とにかくこちらの方へ」

　いい回しは丁重だが声には冷酷な響きがあった。葬儀費用の抗議にきた男は屈強な三人の男に腕を取られた。男の足が浮き上がっていた。三人に抱えられた訴え人は足をばたつかせながらも罵り声を上げていた。

　おれはこの騒ぎを離れた所から見ている男に気がついた。男は出張った柱に体半分を隠すようにして立っている。高価そうなスーツを着た、四十格好の男だ。焼却炉の灰の中をくぐり抜けてきたみたいな煤《すす》けた顔色をしている。半月形の目が煤の中で光っていた。おれはその額のミミズのような皺を見たとき、そいつが誰であるかを悟った。高安の兄だ。おれはこの人物に会いにきたのである。

　男は揉め事処理係の三人組が闖入者を連れ去ったのを見届けると、突き出た口元に薄ら笑いを浮かべた。男は踵を返した。おれは一歩前へ踏み出した。それだけだった。声が出なかったのだ。

おれは気後れしたのである。それだけそいつが尋常ならざる威圧感を発していたということになる。男の姿が消えてからおれはあわてた。しっかりしろ。おれは自分にいい聞かせた。

ロビーの一角に花の飾りつけがある。若い男のスタッフがその横に立っていた。

「ちょっとうかがいますが」

おれは男に声をかけた。

「さっき、ここにおられたのは社長さんですよね。ぜひ社長さんにお目にかかりたいのですが」

「社長ですか」

若いスタッフは経営者が近くにいたことに気づいていなかった。

「どういうご用件でしょうか」

「わたし、百足山動物園の飼育を担当している者ですが、こちらの社長の弟さんにお渡ししたいものがありまして。弟さんは三か月ほど前にうちを辞められたんですが、私物を残していかれまして、それをお届けしたいんです。わたし高安さんと親しかったものですから、個人的にお渡ししたいものもあるんです」

おれは持参した紙袋を持ち上げて見せた。

中には適当なものが詰め込んである。古いトレーナーやシャツだ。一番上にカメラが置いてあるのは、「どうしても手渡したい高価な品物」を印象づけるためだ。カメラはおれの部屋の押し入れに転がっていた廃物である。

「一度高安さんのお宅へうかがったんですが、引っ越しされたみたいで。それで高安さんのお所をこちらの社長さんに教えていただこうかと」

「ああ、それなら」

若いスタッフの顔が緩んだ。

「社長の弟さんはこちらにおられますよ」

「えっ」

おれは素《す》っ頓狂《とんきょう》な声を出した。

「ここの送迎バスの運転手をされています」

兄弟なのである。清掃係を辞めた弟を兄は見捨てなかったのだ。

「あと三十分ほどしたらバスが着きます。そのときにでもお渡しになればいかがです」

若いスタッフは腕時計を見ていった。おれは高安が職を得たことを世の女性のために喜んだ。仕事がなく部屋で悶々としている性犯罪者ほど危険なものはないからだ。職場で忙しくしていれば妄想に苛《さいな》まれる時間も減るだろう。

おれはカムフラージュのために提げてきた紙袋を駐車場の裏へ捨てた。

高安の日常を想像する。会館には若い女性のスタッフがたくさんいる。奴が舌なめずりをしそうな対象も少なくないはずだ。高安は運転手の仕事をこなしながら、捕らえるべき相手を物色しているのかもしれない。送迎バスに乗ってくる参列者にも若い女がいる。送迎バスには町内の住人が乗り合わせてくるから女が一人で乗ることはない。だが、もし若い女が一人で乗ってきたら。車内に高安と娘の二人きりだったら。その場合、バスはセレモニープラザ梅が池への道筋をはずれて深い山へ入っていくのだろう。おれは女一人を乗せたマイクロバスが、細い山道を上っていく光景を思い浮かべた。

マイクロバスが見えた。バスは危険な回廊ではなく、正しい順路を走ってきたようである。おれは正面玄関の目立たぬ所に立ち、バスから会葬者が降りてくるのを見つめた。バスのフロントガラスの向こうにその男がいた。

志保の記憶通りの顔。笑ったような目、ねじ曲がった鼻筋、不服を申し立てるような口元、そして、ミミズの這う狭い額。「犯人」と書いたピンクのクマを顔に貼りつけて登場すべき男だった。マイクロバスは会葬者を降ろすと、ゆっくりと動き出した。職員専用の駐車場へ向かうことはわかっているのでおれはあわてなかった。おれは口笛を吹きながらマイクロバスのあとを歩いた。

おれが駐車場に着くと、高安はバスから降りてくるところだった。おれは自分の車の場所へいくふりをして高安を観察した。身長は百八十センチ近くある。痩せているが、骨格のがっちりした体つきである。上着の袖からのぞいた手首が太い。手も大きかった。この男にのしかかられたら女は身動きがとれないだろう。高安はおれの方を見向きもしなかった。薄笑いをした半月形の目は、こいつが興味を持つ対象にしか向けられることはないのだ。高安の歩行の速度はきわめてのろい。猫背気味に膝を曲げ、前傾姿勢でぺたりぺたりと歩いていく。一足ごとに体が間抜けたように上下する。獲物を襲うときの機敏さとは逆である。だが、おれは愚鈍なリズムこそこの男の恐ろしさの象徴であるような気がした。

高安が駐車場から出るとき、丁度その前を霊柩車が横切った。高安は霊柩車の去った方をじっと見送っていた。ちょっと異様な視線だった。おれはふと思った。この男に屍姦の趣味はあるのだろうか。生きた女も死んだ女も一手に引き受けるオールラウンドプレイヤー。もしそうなら彼にとってこれほど恵まれた職場はあるまい。おれは猟奇的光景に意識が傾くのをこらえた。おれは高安の姿が消えたことを確認し、駐車場に人影のないことを確かめた。おれは針金一本あればたいていのロックされた車のドアを開けられる。昔、鍵開けの名人といわれた泥棒から教わった技術だが、その鍵のプロが「あんた、日本銀行の金庫室でも開けられるぜ」と驚嘆したものだ。その男は続けてこうもいった。「やっぱり枕は蕎麦殻だな」。おれはどう返事していいのかわからず、呆けたような愛想笑いを浮かべていたことを憶えている。おれの得意技は鍵開けだけではない。リアウインドーに少しの隙間があれば体の布地を薄く細く伸ばして差し入れ、ロックをはずすこともできるのだ。神様。おれを善人に創《つく》って下さったことを感謝します。おれの心が邪悪なら悪いことをし放題である。どれほどの悪行を犯罪史に残してきたことか、想像するだに恐ろしい。ちなみに、この、おれの鍵開けの能力は「器物」を動かす力とはまた別だ。鍵の構造も器物だからおれの思念で動かせるかとやってみたことがある。結果はぴくりともしなかった。鍵の解除は「気」とは別のカテゴリーに入るらしい。

おれはマイクロバスのドアに飛びついた。リアウインドーのロックはずしは必要がなかった。ロックはされていなかったのである。いい加減な勤務態度だといわねばなるまい。運転席を見ておれは二度びっくりした。キーが差し込まれたままである。セレモニープラザ梅が池の社長の弟は、仕事をしているという自覚も持たず、その場のルールをせせら笑い、衝動のままに肉体を運んでいるだけなのだ。この男は、女に対してだけではなく、社会を見くびって生きている。屈服させた女を見下ろすように、世間をなめて渡っているのだ。おれは懲《こ》らしめにこのままマイクロバスを盗んでいってやろうかと思ったほどである。おれはダッシュボードを開けた。異臭がした。齧りかけのままの腐った梨が入っていた。封を切った菓子の袋。これも中身が半分残っている。ティッシュペーパーを丸めたもの、ボロボロのロードマップ、染《し》みのついたマスク。おれは肥溜めの中をかき回しているようで気分が悪くなった。免許証があった。おれは脂《あぶら》でねとねとするそれをつまみ出し、シートにこすりつけて汚れをふき取った。高安の住所を写し取る。高安は古室《こむろ》谷《たに》町に住んでいた。バブルの頃、紙問屋が集団移転し、工業団地のようになっていた地区だ。現在はその工場は一軒もない。おれは免許証をダッシュボードに戻した。唾でも吐きかけて戻してやろうかと思ったが、こらえた。唾がもったいない。気配を感じて振り返った。女が乗降口に立っていた。女は大儀そうに体を揺すって乗り込んできた。おれは全身を固くしたが、女の方はおれをまったく意識していなかった。

「こういうことになると思ったのよ」

女はおれの横にどっかと座り込んだ。つまり、おれの退路をふさいだのだ。

「結局ね」

女はぐにゃぐにゃと上体をよじった。酒臭い。相当に酔っているようだった。年の頃は三十代の半ばくらいか。ぽってりとした白い体がアルコールで染まっている。喪服以外はまるで桜餅だった。アップにした髪が乱れて額から耳にかかっていた。

「あの女はわたしたちが嫌いなのよ。それだけじゃない。わたし達があの家を乗っ取ろうとしてると思ってんのよ」

女はおれの体をパンパンと叩いた。

「わかってんの、あんた」

女の手にさらに力が加わった。蕎麦殻がそのたびに頼りのない音を立てた。

「どうなのよ」

女はおれの耳元で声を張り上げた。

「わ、わかりません。いや、わかってます」

おれは気が気ではなかった。高安が戻ってきたらことである。

「土地の評価額はたったの千五百万円よ。この七割程度まで借りられるとして、いくらよ、あんた。十五年分の生活費として借りられるのはせいぜい月に六万足らずでしょ。あの女は『あんたたちに迷惑をかけたくないから』っていうけど、それは口実なの。わたしたちを家に入れたくないのよ」

女の呂律はあやしかったが言葉は聞き取れた。ただし、その内容の意味はよくわからない。

「あれ、どこだろ。さっき持ってきたんだけど」

女はぺたんと座り込んだままハンドバッグの中をかき回している。

「あんた飲んだでしょ」

女の目は据《す》わっていた。

「な、なにをですか」

「お酒よ。増田さんの分と一緒に買ったお酒」

女のバッグの中に、化粧道具に隠れたカップ酒がちらりと見えた。

「奥さん、そこにありますよ。バッグの中に」

「奥さんって、あんた」

女が手の甲でおれの肩を打った。軽い仕種だったが衝撃は強かった。

「女を見れば奥さん奥さんと」

「いや、やっぱり奥さんだから」

おれは女の肩越しにドアを見た。今にも高安の姿が現れそうだった。

「前から気になってたのよね。奥さんとか、お父さんとか。固有名詞で呼びなさいっての。私にはちゃんと名前があるのよ。勝三っていう名前が」

「か、勝三ですか」

女はおれの不思議そうな顔が引っかかったらしい。

「なによ、その顔」

「いやいや」

「なにがいやいやよ」

「変わってるなと思って」

「なにが変わってるのよ」

「女の人で勝三は変わってます」

「馬鹿か、あんたは」

女は拳で運転席の椅子を叩いた。おれの体が十センチほど飛び上がった。

「おじいちゃんの名前に決まってるでしょうが。益山勝三。私は陽子じゃないの。知ってんでしょう」

「いや、初めて聞きました」

「ああ、これだから」

女は天を仰いだ。体をのけぞらせたので喪服のスカートがまくれ、白い太腿が見えた。

「あんたはだめ。昔からだめだと思ってたら、やっぱりだめ」

女は首を振った。

「情けない。本当に情けない。勝三が聞いたらなんていうか」

女は体を起こし、頭をハンドルに打ちつけ始めた。ハンドルがめり込みそうな勢いである。おれはあわててその動作をやめさせた。

「あれ？」

女は自傷行為をやめると、またなにかを探し始めた。

「わたしのお酒は。どこよお酒は」

「ハンドバッグの中ですよ。ほらそこです」

おれはハンドバッグからカップ酒を取り出してやった。

「どうぞ、お飲みください」

おれはカップ酒の蓋を開けてやり、それを差し出した。女はおれをすごい目で睨んでいた。

「あんた」

「は、はい」

「女のハンドバッグの中に手を入れるのは女の下着に手を入れるのと同じことよ。いやらしい」

女の目玉に青白い炎が燃えていた。

「すみません。奥さんがお酒をお探しだったものですから。けしてそういうつもりでは」

「奥さんじゃない。陽子」

「すみません。陽子さん」

「あんたは本当にだめ」

「はいはい」

「はい、は一回でいい」

「はい」

おれはこの女を車内に残しておけないと思った。こんなぐでんぐでんに酔った女を一人にして高安が戻ってきたらどうなるか。乱れたスカートから太腿をさらけ出し、ボタンのはずれた胸元から乳房を半分露出した女をあの強姦犯が見たら。

「奥さん。いや、陽子さん」

おれは女を立たせようとした。

「ここにいてはいけません。とにかくここを出ましょう」

「なんでわたしが自分の家を出なきゃならないの」

「ここはマイクロバスの中です」

「失礼な。わたしの家とマイクロバスを一緒にするか」

「ここは危険なんです」

「自分の家がなんで危険なのよ」

「詳しいわけは今はお話しできません」

おれは女の腋《わき》の下に手を入れて抱え起こそうとした。女がまたぎょろりと目をむいた。

「あんた、親切ごかしにわたしのブラジャーの紐を確認したでしょ」

「奥さん」

おれは泣きたくなった。

「わたしは陽子」

「陽子さん、ここを出ましょう」

「あんたはだめ。心底だめ」

女はおれの頭をぽかぽかと殴った。先ほどまでとは違い、なぜかその力は弱々しかった。

「そうやってわたしを排除すればいいのよ。あの女がわたしたちを拒否してきたように」

女の表情が突然くしゃくしゃになった。「あの女」のことが蘇ってきたらしい。

「わたし達は一生懸命心を通わせようと努力してきた。あの人が義理の母だから余計に気を使ってきた。だけどむだだった。わたし達が近づこうとすればするほどあの女は突っぱねるの。むなしい時間だったわ。一体この十三年間はなんだったの」

女は言葉を止め、おれを見た。目が真っ赤だった。焦点があっているのかいないのかわからないほど真っ赤だった。

「あんた、聞いてんの」

「はい。あの女は悪い奴です」

「そうなのよ」

女はおれの胸倉《むなぐら》をつかんだ。

「あの女は、わたし達が同居すると生活支援資金が使えないから嫌がってるのよ。お金じゃないでしょう。家はあるんだし、一緒に暮らした方が家を担保にして生活費を借りるよりよほどあの人のためになるのに。わたしのお酒は」

「はいはい、ここです」

おれはカップ酒を女の手に持たせた。

「お話の続きはバスの外で。奥さん、いや、陽子さん」

「勝三はわたしのおじいちゃん」

「わかってます」

女がおとなしくなったので、おれは半ば強引にその体を乗降口へ誘導した。女をバスから降ろすのがまた一苦労であった。降りかけたと思ったらおれの手を振りほどき女は再びバスの中へ這い上がる。何度かそれをくり返し、やっとおれは目的を果たした。おれを相手に暴れたことで酔いが一層回ったらしく、女は地面に大の字になってしまった。どうやってセレモニーホールまで引っ張っていくかとおれが思案を始めたとき、誰かがこちらへ走ってくるのが見えた。おれは一瞬身構えたが、それは高安ではなかった。喪服姿の男と女だった。一人は四十格好の男、一人は白髪の年配の婦人である。

「陽子」

男は女に駆け寄った。白髪の婦人もかがみ込んで女の名前を呼んでいた。

「奥さんがバスに乗り込んでこられまして。ずいぶん酔っておられたので一度ホールの方へお連れしようと」

おれは状況を説明した。男がおれを見上げた。酔った女を介抱していた男が痴漢と間違われ、駆けつけた身内に殴り殺された事件があった。おれは事態を伝えている間も相手の攻撃をかわす態勢は忘れなかった。だが、男はおれを誤解してはいなかった。

「すみません。家内は酔うといつもこうなんです。今日も会食で飲みすぎてしまって」

「まことにご迷惑をおかけしました」

白髪の婦人が品のいい物腰で頭を下げた。この婦人が「あの女」なのかどうかはわからない。ともかく、これでおれは御役御免である。

「奥さんをお一人でバスの中に置いておいちゃいけません。必ずどなたかがそばにいてあげて下さい」

おれは最後の気配りをした。

「いや、わたし共は車で来ましたから」

「あ」

そうだったのである。この酔っ払い女はまるで関係のないマイクロバスに乗り込んできたのだった。運の悪い女で、運のいい女である。おれがいなかったらこの女は高安の毒牙にかかっていたかもしれない。

おれはしきりに恐縮がる二人に手を振って駐車場を離れた。

どこの誰とも知れぬ家族。

夫婦と義理の母。

土地の評価額千五百万円。自宅担保。七割。十五年の生活費。月にして六万円足らず。陽子と勝三。固有名詞はこの二つだけ。話の構造はなんとなくわかったが、わからない部分もある。ともかく、陽子には幸せになってもらいたい。なんだかわからないままおれはそう祈った。

7

錆びた鉄柵の向こうで猫がおれを睨んでいた。

おれが体を揺すって蕎麦殻の音をさせると猫は毛を逆立てた。挑戦的な猫だと思ったら、そいつの向こうに子猫が二匹いた。子連れの動物は警戒心が強い。子猫はおれに興味があるらしく、こちらへきたそうな素振りをみせた。母猫が子猫の体を鼻で押しやった。「あっちへいっちゃいけませんというわけだ。母猫は体で子猫を隠すようにして、おれを見ている。母猫はあとで子猫にいって聞かせるのだろう。「ああいう柄の悪い奴はなにをするかわからないからね」。そう。おれは殻《がら》が悪い。信州の銘柄蕎麦は使っていないからな。でも猫のおっかさん、名もない蕎麦殻もおれの体に入ると命に生まれ変わるんだぜ。ちょっとしたものだ。大事なのは心だよ。頭の悪い蕎麦屋の親父が「ソバは心で打つ」なんていうけど、あれとは違う。文字通りの心だ。血液を送る大本だよ。どこかに「ソバは血液循環系で打つ」という蕎麦屋の親父はいないものか。

おれは車を一時間百円のパーキングに停めた。高安の住まいの近くという見当をつけたつもりが、勘がはずれたようで、通りをずいぶん歩いた上、路地裏をぐるぐる回る羽目になってしまった。植木に水をやっている婆さんに不審者扱いをされ、犬二匹に吠えられ、今も子連れの母猫に睨まれたというわけだ。モルタルの灰色以外はなにもない寒々とした家並みである。おれは家の中から風が吹いてくる街というのを初めて見た。

高安のアパートが見つからないので、奴の罪状を大声で呼ばわって歩き回ろうかとやけくその気分になったとき、目の前にそれがあった。「丸子ハイツ」。低地にあるのにハイツである。木造モルタルのアパートだが、片側の壁だけがトタン張りになっていた。赤いペンキが塗られていた痕跡があるが、今は剝げ落ちて錆色に変わっている。外階段の下にプロパンガスのボンベが五本鎖で束ねてあった。おれは拘束されたボンベ達を見下ろして階段を上った。

高安の部屋は一番奥だ。マイクロバスのように鍵はかかっていないのかと思ったら、自室の戸締りだけは忘れていなかった。鍵はおもちゃのようなものだった。おれは三十秒もかからずにそれを開けた。おれは気配を殺して部屋に足を踏み入れた。室内は意外に片付いている。おれは、あのダッシュボードのような肥溜めに飛び込まねばならぬのかと覚悟していたが、それは避けることができた。部屋は六畳一間である。組み立て式の棚に旧型のテレビが一つ。本棚はあるが本はなく、たたんだ衣類や日用品が並べてある。小さな流しがついていた。まめに自炊はするらしく、調理道具がそろっていた。洗剤を三種類も並べてあるのが人を食ったようで、おれはレイプ魔から挑戦状を突きつけられたような気分になった。ポルノ雑誌やアダルトビデオの類はない。本格的な性犯罪者になるとポルノ本などには興味を持たないらしい。さすがに違うものだとおれは妙な感心のしかたをした。押入れを開けるとガラスの容器が目に飛び込んできた。梅酒作りなどに使う密閉容器だ。それが十本以上も並んでいた。中にびっしり詰まっているのは虫の死骸である。ゴキブリ、蟷螂《かまきり》、蜘蛛、蟬、蛾。名前がわからない虫もある。それが虫の種類ごとに分別されている。そして、虫の死骸は薄い布で包まれていた。女の下着である。ゴキブリはパンティー、蜘蛛はスリップ、蟬はストッキング、という具合に。

やはり本格派の部屋は違うのである。おれは感心し直した。瓶の奥の方にもなにかがあるようだったが、おれはそれ以上確認する勇気はなかった。押入れの戸を閉め、おれは深呼吸をし、心の中で宣言した。一生梅酒は飲まない。生まれ変わったら虫のいない世界へいく。時刻は午後四時を回っていた。部屋の住人が戻ってくるのは何時頃だろう。いずれにせよ、おれがこの部屋に再び戻ってくるのは深夜になる。奴が眠りについてからおれの仕事が始まるのだ。おれは部屋を出た。日のあるうちにアパートを探しておいてよかった。夜中にこんな場所で家を探して歩くのは命を捨てるようなものだ。迷って餓死するか、道路にはみ出た電柱に激突死するか、どちらかである。

闇は病んでいた。

この界隈には街路灯というものがない。あっても電球が切れている。

自然の闇は漆黒である。混じり気のないウイスキーのモルトのような闇だ。ここの闇は濁っている。闇が自分のたたずまいに絶望し、街から逃げ出したがっていた。こういう闇は人を惑わせる。おれは昼間に目的の場所を確認し、懐中電灯を携帯してきたにもかかわらず、アパートに着くまでに何度も道を間違えた。

「丸子ハイツ」は泥の海に沈んだ遺跡のように立っていた。おれは階段の下に明かりを向けた。鎖に拘束されたプロパンガスのボンベが、おれに「またきたのか」という目つきをした。この器物はおれに生命を、いや、気を与えてもらいたがっているのかもしれない。

おれは空気よりも軽く階段を駆け上がった。高安の部屋の明かりは消えていた。午前二時。おれは念のためドアの外で気配をうかがった。安全を確かめるとおれは鍵を開けた。部屋に入ると脂の臭いがした。そいつの体温と体の容積の分だけ空間が狭苦しい。おれは懐中電灯の明かりを

向けた。罪深い生き物が寝汚《いぎたな》く眠っていた。おれはそいつの顔を照らしたまましばらく立ってい
た。まぶしさでそいつが目を覚ましてもかまわないと思った。それならそれでやりごたえがある。
この獣を眠りにつかせたまま儀式を遂行するのはもったいない。恐怖と苦痛を味わわせつつ己の
肉体に起こることを目撃させてやりたいのだ。しかし、レイプ魔は目を覚まさなかった。おれは
高安の枕元に体を沈めた。高安の頭の下から枕を抜き取り、代わっておれの体を差し入れる。ど
んな鈍感な人間でも「枕が変わった」ことだけはわかる。自分の枕の感触や温度や匂いは一人一
人が体に記憶しているものだ。頭を置いただけで体はその変化を察知する。それを感じさせない
ようにするのがおれの腕の見せどころだ。つまり、この夜のおれは高安愛用の枕になりきるので
ある。気持ちのいい作業ではない。同じ頭の下になるのなら麗しい乙女の頭の下がいいに決まっ
ている。だがこれもおれの使命なのだ。おれは思念を集中し、おぞましい頭蓋骨の向こうへ呼び
かけた。レイプ犯の記憶がおれの脳内に流れ込んできた。おれは読み取りたい記憶を選別するこ
とができる。録画画像を早送りしたり、巻き戻したりするように、過去に遡《さかのぼ》ったり、現在に戻し
たりして他人の記憶を眺めることができるのだ。限界はある。何十年もの過去の記憶は不鮮明で
ある。古い映画のフィルムが劣化するのと同じことだ。記憶も劣化する。数か月単位の記憶は問
題ない。本人の記憶違いという根本の問題は別にして、半年や一年前の画像ならどんな見事なデ
ジタル処理の映像よりも鮮やかに再生できる。それを鑑賞できるのは世界中でおれ一人なのだが。
映画の冒頭で度肝を抜かれたという表現がある。高安の記憶に入り込んだおれの受けたショッ

クがそれに近いものだった。度肝を抜かれたといういいようが不正確なら、開いた口がふさがらないと言い換えよう。この方が正しいかもしれない。

「栄養士はいい」

高安の「記憶」は本人の声から始まった。

それは本人が頭の中でつぶやいたものだ。街の風景が現れた。街路樹の葉は枯れ、通行人の服は冬物である。前髪を額の中ほどで切りそろえた女が歩いてくる。肩にかかった髪がふわりふわりと揺れる。年齢は二十代の初め頃か。地味な服装だが、いかにも娘らしい体つきがそれをおぎなっていた。女のいる風景は変わる。バス停留所に立つ女。橋を渡る女。薬局に入っていく女。改札口から出てくる女。給食センターの看板がある建物に入っていく場面が多いから、この女はそこに勤務しているのだろう。画像はどこからか隠し撮りをしたような構図である。これは高安が女をターゲットと決め、あとをつけていたことを示している。何日もかけて獲物の行動パターンを探っているのだ。集合住宅の駐車場らしき場所が映る。カメラがパンするようにごみ置き場が現れる。ごみ置き場のすぐ上にベランダ。ごみ置き場を足がかりにして登れる高さだ。窓に女の姿がある。女は覗かれていることに気づいていない。次の場面は部屋の中だ。全裸の女を高安が縛り上げている。高安は女の手足の角度に注意を払ってその体にロープをかけている。女の肩や胸に赤い内出血があり、暴力を受けたことがわかる。高安は避妊具を装着し、女を犯し始める。女を縛るときに神経を使ったのは、縛ったまま犯しやすい体位を考えていたからだ。高安の行為は志保のときと同じように長く執拗だった。女は途中から意識が朦朧となり、最後は失神していた。

行為が終わったあとも高安は部屋にとどまった。ナイフを女の下腹部に押しつけて脅した。「警察に届けたらお前の体はぐしゃぐしゃ」「お前の家族もぐしゃぐしゃ」。間の抜けたいい回しが恐怖をあおる。女は震えることさえできなかった。蠟人形のように固まった皮膚が彼女の恐慌を表していた。高安は女のバッグの中をかき回している。定期券やカードを引っ張り出し、一つ一つ確認をしていた。

「お前は栄養士なんだな」

高安の問いに女がうなずく。

「栄養士は栄養のことを考えるのか」

女はうなずく。歯の根も合わない様子だ。

「他になにをするのか」

高安の言葉は詰問調である。これは相手を支配しているからというより、彼の癖らしい。日常会話がこんな調子なのだろう。女が途切れ途切れに男の質問に答えていた。「アレルギーの」「子供」「食べ物の」「種類」。女は子供の食べ物アレルギーの相談員をしているらしい。女は「蕁麻《じんま》疹《しん》」とか「呼吸困難」とか、食べ物アレルギーの説明をしていたが、恐怖で舌が引きつっているためか言葉がよく聞き取れない。高安は子供の食べ物アレルギーに興味を持っているわけではない。

「お母さんはくるのか」

高安は食べ物アレルギーの子供の母親のことを聞いていた。

「きれいなお母さんか」「若いのか」「どんなスカートをはいているのか」

高安は立て続けに質問を浴びせた。高安は子供の母親の住所を女から聞き出していた。高安は再び栄養士にのしかかった。今度は女のロープをほどいて。女の体は自由を得たが、女は逃げる気力もない。高安の行為は先程にも増して激しかった。この男の性エネルギーは底が知れない。女は高安が凶器を突き入れるたびに苦悶の声を上げた。栄養士の女は深夜近くになって解放された。高安が部屋の時計を見たので時間が知れたのである。

女は殺害されずにすんだ。おれは志保のときと同様、そのことにかすかな救いを求めた。

おれは高安の記憶にとどまり続けた。

場面が変わる。

高安が玄関に立っていた。真新しい住宅のようだ。高安はインターホンを鳴らした。応答があった。女の声だった。高安はすました顔で声をインターホンに送った。

「日本保険協会の者です。給食の食物アレルギーの冊子を作りましたのでお届けに上がりました」

ここが食べ物アレルギーの子供の家であることがわかった。おれは家の中の女にドアを開けるな、開けるなと念じた。むなしい願いだった。それはすでに終わった出来事なのだから。ドアが開いた瞬間、高安は若い主婦に躍りかかった。ごつい両手を女の首にかけた。そのまま玄関に押し倒し、首を絞めた。女がぐったりしたところで高安は手を離し、立ち上がって玄関のドアを閉めた。落ち着き払ったふてぶてしい動作である。女はすぐに目を覚ました。高安は再び女の首に手をかけた。女は悲鳴を上げたが、それはすぐに掻き消えた。高安が両手に力を込めたからである。女の首がこくんと垂れた。この男は獲物の動脈を圧迫して動けなくする技を持っていた。

高安は片手で女の首をつかんでその体を引きずった。まるで絞め殺した鶏を調理場へ運ぶかのように。高安は浴室に女を引き込んだ。衣服を脱がせ、自分もズボンを脱ぐ。避妊具を装着し、そそり立った陰茎を女に突き入れた。インターホンを鳴らしてからここまで三分とたっていないのではないか。女を浴室に引き込んだのはなにか意味があるのだろうか。たぶん、刺激が欲しかっただけなのだ。高安は同じ手口を使わないようだ。そのつど、シチュエーションを変えていた。

おれは高安を直情タイプの犯罪者だと考えていた。だがそれは修正が必要らしい。直情どころか、緻密で、計画性があり、拗《ねじ》くれた犯罪者である。狭い浴室で女を陵辱するのは異常な興奮を伴うものらしい。高安の腰の律動は狂暴だった。一撃ごとに女の体が激しく震えた。高安は女を綿菓子のように軽々と扱った。食べ物アレルギーの子供を持つ若い母親の肉体は、折り曲げられ、開かれ、よじられ、アクロバットの小道具のように踏みにじられた。高安はこの家にくる前に下調べをしたのだろう。亭主は勤めでいないこと、子供は学校にいっていること、亭主の両親も同居してはいないこと、高安の大胆不敵な行動はそれを表している。

行為が終わって、高安の恫喝が始まった。

「お前の子供は牛乳が体にかかっただけで全身が腫れ上がるそうだな」「牛乳を飲んだら死ぬんだな」「可哀相だな」「お前が今日のことを人に漏らしたら子供に牛乳を飲ませるぞ」「おれはお前の子供がどこの小学校に通っているか知ってる」「通学路も知ってる」

高安はつかえながら喋る。それが相手に、より不気味さを与える効果があることを知っているのだ。

「お前が黙ってさえいればすべては」「丸く」「おさまる」

女は死体のように体を硬直させ、高安を凝視していた。小型の草食獣が捕食者に食われる寸前にこんな目をする。高安の場合、顔を見られないようにして犯行におよび、逃走するのではなく、相手を見据えて脅し、恐怖心を植えつけることで犯行を隠蔽するのだ。この男が発散する物恐ろしい波動に耐えられる女はいないだろう。志保の場合はバイクを撥ねたために警察へいった。強姦されたことも訴えた。それは高安が志保には行為のあと恫喝せずに立ち去ったからだ。高安が志保を脅さなかったのはなにか特別の感情があったのか。それともただの状況の変化を楽しんだだけなのか。

高安が若い主婦のあとに襲ったのが志保だった。志保をどこで知ったのかはわからないが、彼女を獲物と決め、尾行し、行動を調べた。そして、野菜直売所の裏で計画を実行したのである。

高安の側からの犯行の全容は、志保の記憶とは異なる風景が見えるだろう。犯罪研究家なら興味のある映像かもしれない。

だがおれはもうたくさんだ。志保の可哀相な姿は見たくない。

おれは一旦高安の記憶を遮断した。おれはレイプ魔の頭の下から体を抜いた。異常に重い頭である。犯罪の欲望が詰まった頭部はこのような重量を持つものなのか。おれは高安の頭を思いっきり蹴り上げた。足の方が悲鳴を上げた。おれは相手に攻撃を加えるとき、体を変化させる。蕎麦殻の柔らかさから岩のような硬さになれるのだ。そのおれの足がひん曲がった。おれは足を抱えて片足跳びをせねばならなかった。高安が目を覚ます恐れはない。おれが深い眠りを与えているからだ。志保に与えたような眠りではない。この男は今夢の中で地獄の底を這いずり回っているはずだ。苦痛にゆがんだ寝顔がそれを物語っている。だが、こいつにとっての本当の地獄はこれからだ。このあとに本番は始まるのだ。

おれは再び高安の首の下に体を差し入れた。

臭い脂が頭皮を通しておれの思念に染み込んでくる。

高安はこのあと二人の女を襲っていた。

一人は女子高校生。クラブ活動の帰りらしい少女を駅の女子トイレで強姦したのである。

高安は女装していた。この男の顔と体つきはどうやっても女性に見えるわけはないが、これは防犯カメラを意識しての変装であろう。

少女がトイレに入っていく。この少女は吹奏楽部に入っているらしい。肩にかけた大きなバッグのファスナーが閉まりきらず、ホルンらしい楽器の一部が見えている。高安が少女のあとに続いてトイレに入る。ごく自然な動きだ。トイレの中に人がいればそのまま退散、いなければ犯行におよぶ。高安には段取りが出来ていたのだろう。トイレには誰もいなかった。用足し中の女性がいても目撃されなければ問題はない。少女がトイレのドアを開ける。高安は少女を突き飛ばすように押し込み、自分も中に入る。少女の首を片手で絞め、声を立てるなと押し殺した声でいう。犯行を重ねた強姦魔の凄みが少女を黙らせる。高安は少女を壁に押し付け、股をかかえ上げ、立った姿勢のまま犯した。片手で少女の自由を制御し、片手で避妊具を装着する姿はまさに悪鬼のそれである。若い犠牲者は自分の身になにが起きているのか最後まで把握できなかったのではないか。一度目の行為を終えたのち、高安は少女を便器の上に四つん這いにさせ背後から犯した。駅のトイレであるから時間はかけない。それでも高安は三十分以上も少女の体を貪《むさぼ》り続けた。

目的を果たすと高安は少女の持ち物を調べ、住所と名前を確認する。高安は少女の体の写真を撮った。ことさら屈辱的な姿勢をとらせて撮影したのである。少女はずっとすすり泣いていた。これは三つの犯行の中では初めてだ。少女の年齢や真面目そうな外見を見て、写真を脅迫の材料に使えると考えたのだろう。

放心状態の少女を残して高安はトイレを出る。このあとの高安の行動は素早かった。彼は女装姿のまま電車に乗り、次の駅で降りた。駅のすぐそばに廃屋がある。元はなにかの店舗だったらしい。高安は壊れた戸を開け、するりと中に入った。高安はそこに着替えを用意していた。女の服を脱ぎ、男の姿に戻る。高安は変装用の衣装を詰めたビニール袋を提げてゆうゆうと姿をくらましたのである。

高安が次に襲ったのはタクシーの運転手である。女性運転手だ。高安が電話でタクシーを呼んでいる。公衆電話からだ。

「大野町の交差点に立っていますから。それから運転手さんは岡本さんをお願いします。大丈夫ですね？　以前あの方の車に乗った際、とても親切にしていただいたので。私ですか。佐藤といいます。はい。ではよろしく」

高安は女を脅すときとはうって変わり、調子のいい口調である。声のトーンも柔らかい。このレイプ魔は結構な演技力も持ち合わせていた。高安がタクシー会社に指定した交差点の風景が現れる。タクシーがやってくる。高安が手を上げ車は停まる。ドアが開き、なにも知らない女の運転手はにこやかに微笑む。高安は以前、この女の運転する車に乗ったことがあるのだろう。高安はそのときに女の名前とタクシー会社を記憶した。運転手は高安が目をつけるだけあって、なかなかの美貌である。ショートカットの髪を茶色に染め、宝塚の男役のようだ。年齢はいっているが、耳元から首筋の線に色気がある。運転手の制服が中性的な魅力を醸《かも》していた。彼女は酔客などにからかわれたこともあったろう。誘いを受けることもあっただろう。しかし、自分が強姦の被害者になろうとは夢にも思わなかったに違いない。

「若宮橋の方へ。橋を渡って坂を上ってくれ」

高安は行く先を告げた。車は走り出した。あとは志保の場合と同じである。丘陵地帯の方角へ車を向かわせ、人家のない場所で車を停めさせた。女の運転手が怪訝な面持ちで後部座席を振り返ると、高安はズボンを脱いで座っていた。勃起した陰茎が見えた。亀頭が薄暗い車内でてらてらと光っている。高安は女を後部座席へ引きずり込んだ。高安は女の衣服をはがさなかった。ズボンの股の部分を引き裂き、布地の裂け目から犯したのである。

女の制服姿に倒錯した劣情を覚えたのかもしれない。この女性運転手はしっかり者で、陵辱を受けている間も、歯を食いしばり、耐えていた。泣かなかった。しかし、行為が終わり、高安の言葉で、自分の家庭事情を相手が知っていることにショックを受け、気丈な心が折れた。この女性運転手は数年前に離婚し、女手一つで二人の子供を育てていた。高安は事前に調べ上げていたのである。高安は女を脅した。

「お前は訴えても無駄。女の運転手が勤務中に男としたという噂が広がるだけ。会社は面倒に巻き込まれるのが大きらい。お前を守るより、お前を馘首《くび》にする方が簡単」

彼女にとってそれは自分の体が傷つくよりも恐ろしいことであった。

高安は志保をはさんで前後四人の女を毒牙にかけている。遡れば一体何人の女が犠牲になっていることか。おれはその数を想像しただけで暗澹たる気持ちになった。おれはこれ以上この男の記憶をなぞる気にはなれなかった。もういい。これで十分だ。この獰悪《どうあく》な男に量刑をいい渡すのにこれ以上の理由は必要ない。

おれは高安の頭の下から抜け出て、呼吸を整えた。めまいがした。犯罪者の脳内にとどまることは工場廃液の中で泳ぎ回る行為に等しい。皮膚をこするとずるずるとむけてしまいそうな感触が残っていた。おれは高安の頭をもう一度蹴り上げようとしたが、思い直し、踏みつけることにした。蹴り上げたときほどの反撥はなかったが、それでもとがった岩の表面でも踏みつけたような不快さが走った。高安が志保のマンションへいかなかった理由がわかった。このレイプ魔は他の女を狙うのに忙しく、志保一人に執心している暇がなかったのだ。

おれは高安の体を引きずった。頭部と同様に重い体である。この男の骨には鉄筋でも入っているのだろうか。高安の体を台所の流しまで引いていく。おれは流しの下の扉を開けた。洗剤を三種類もそろえているだけあって、調味料の類も充実していた。おれの部屋にある醤油や味醂は普通のものだが、ここの醤油はランクが上の特製丸大豆醤油だ。味醂も醸造用アルコールを使用していない本格純味醂である。ぜいたくな奴だ。おれはガス台の上に目をやった。空の鍋が置いてある。

おれは道具がそろっているのを見てうなずいた。おれは流しから離れ、意識を集中した。おれの思念が宙空に青い煙となって現れた。煙はゆらめいて小さな渦に変わり、次の瞬間光の束になって、流しの下へ走った。醤油の容器と味醂の容器が同時にぶるぶるっと震えた。醤油の容器の両脇にぷくっと二つの突起が現れ、それがみるみる膨らんだ。膨らみは粘土細工のように形成され、腕の形になった。中量級ボクサーのような筋肉質の腕だ。醤油の容器の下部にも突起が現れ、膨らみ、伸びて脚の形になった。短距離走の選手の脚である。味醂の容器にも同じように手足が生えた。味醂の容器の手足は黄味をおびて光沢がある。醤油の容器の手足は黒檀のように光っている。醤油は黒人アスリートのそれ、味醂の方はアジア人アスリートのそれのようだ。

おれはガス台の上の鍋に思念を送った。青い煙がゆらりと現れ、光の矢になって鍋に吸い込まれる。鍋は胴震いした。ステンレスの体が左右に振れ、鍋はやっこらしょと二本足で立ち上がった。相撲取りが仕切りのあとで立つ所作に似ていた。鍋の脚は底から突き出ているために、脚の長い肥満力士という感じになる。醤油の容器は流しの扉に手をかけて登り始めた。味醂の容器もあとに続く。「二人」は協力し合って登っていく。先に登った方が下の方に手をかし、引き上げる。今度は後ろの方が先になり、下の方を引っ張ってやる。まるで登山チームのようだ。

ガス台の上で鍋が醤油と味醂を迎えた。醤油は自分のキャップをつかんだ。筋肉質の腕がキャップを回す。醤油はキャップをはずすとそれを投げ捨てた。醤油は鍋のそばに歩み寄る。鍋は膝を折り、あぐらをかいて相手の作業に協力する姿勢をとる。醤油は腕を前後に振り、反動をつけて飛び上がった。醤油は鍋の縁に飛び乗ったのである。醤油はお辞儀をするように体を傾けた。黒い液体がドボドボと鍋の中へ流れ落ちる。香ばしい匂いが広がった。鍋の縁は不安定なため、醤油の体はバランスを失いそうになる。そのつど味醂が手を伸ばし、支えてやる。容器一本分の醤油が鍋に投入された。醤油は一滴残らず中身を放出するために体を揺すった。醤油が鍋から降り、代わって味醂が鍋に飛び乗る。味醂は帽子を取るようにキャップをはずし、上体を傾ける。とろりとした黄金色の液体が黒い液体の上に落ちていく。醬油と味醂の混ざったしぶきが撥ねる。アルコール臭を含んだ甘い匂いが醬油のそれにかぶさった。鍋の中は醬油と味醂の混合液で一杯になった。鍋はそれを確認するかのように体を揺すってみる。鍋は自分の体に満たされた容量に満足した様子である。醬油はガス台の上から身を乗り出してガスの点火スイッチをひねった。ボッと音がして青白い炎が噴出する。鍋は炎の上に腕組みをして座し、静かにその時を待つ。鍋の中が煮立ってきた。これで火を止め、十日ほど寝かせれば蕎麦つゆの元になる。だが、三体の器物が作ったものはそれではない。醬油がガスのスイッチを切る。鍋の肌は玉の汗である。鍋はゆっくりと立ち上がる。煮えた混合液がこぼれた。

醬油と味醂が鍋の両脇に立つ。二つの器物は鍋の取っ手を両側からつかんだ。鍋は両脇から支えられながら流し台の壁を降り始めた。ガス台の頂上から流しの下へ、器物のトリオは鍋の中身をこぼさぬよう細心の注意を払って下降していく。彼等を動かしているのはおれだが、器物それぞれの特性が動きに表れていて、三体が協力し合い、絶壁を下る光景はちょっとした感動的山岳ドキュメンタリーであった。床に降り立った器物達は歩調を合わせて横たわる高安のそばへ歩み寄り、かけ声を合わせて高安の腹の上に飛び乗った。鍋は高安の股間を見下ろす位置で立ち止まった。鍋は脚を屈伸させ、はずみをつけて体を前方に傾けた。沸騰した鍋一杯の混合液が一気に高安の股間に降りそそいだ。甘辛い、嘔吐を催す臭気が部屋一杯に広がった。湯気で視界が曇った。高安は下着をつけたままだ。その上から煮立った醬油と味醂がかかったのだから火傷の程度は高いであろう。布地が高温を逃がさず、皮膚は煮えた状態のままに置かれるからだ。治療困難な傷が残るはずである。それにしても異様な臭いであった。腐敗した烏賊《いか》を醬油煮にしたらこのような臭気が生まれるのだろうか。他に譬《たと》えを思いつかない。

高安の表情は苦悶にゆがんでいた。この男は今、焦熱地獄にいる。下半身を生きながら七千度の炎に炙《あぶ》られ絶叫しているのだ。彼は目を覚まさない。いや、覚ませない。おれがそう制御しているからだ。高安の受ける刑罰はこれだけではすまない。こいつの犯した罪の重さからいえば八つ裂きが妥当である。だが、おれは心を抑えた。この男が二度と女を襲えない体にしてやればいいのだ。おれは再び流しの下へ思念を放射した。青白い光が新たな調理器具に気を吹き込む。金属が触れ合う音がして黒光りのする鍋が姿を現した。天ぷら鍋である。天ぷら鍋は肩を怒らせてあたりを見回した。おれの仕事はどこだというように。天ぷら鍋に続いて出てきたのが油の一斗缶である。今時、一般家庭で油の一斗缶を置いてあるのは珍しい。しかも、高価な胡麻油である。どこまで贅沢な性犯罪者であろうか。おれは天ぷら鍋と一斗缶に彼等がなすべき役割を伝えた。仕事を終えたばかりの醬油と味醂の容器、それから、蕎麦つゆのような匂いをぷんぷんさせている鍋にも指令を出した。三つの器物は天ぷら鍋の作業を手伝うのである。

おれは五つの器物が動き出したのを見届けて部屋を出た。内側から鍵をかけたように細工をする。これで外部から侵入した痕跡はない。密室の中ですべては起こったことになる。外階段の下で重いものが動く気配がした。懐中電灯の明かりを向けるとプロパンガスのボンベが恨めしそうにおれを見上げていた。「おれも参加したかった」といっているようだ。今夜の儀式に彼等は必要なかった。だいいち、プロパンガスのボンベなんぞを参加させたらアパート全体が吹っ飛んでしまう。「丸子ハイツ」はその名にふさわしく、丘の上に建つことになっただろう。

8

胡麻油の一斗缶は天ぷら鍋にたっぷりと油をそそぎ、それを鍋は極限にまで熱する。火が入る直前の温度にまでだ。天ぷら鍋は仲間達の協力を得て床に降り、高安の下半身に煙の上がる胡麻油をぶちまける。さぞや景気のいい音がしたことだろう。腐った烏賊の天ぷらだ。いわくいい難い臭気が充満し、外へも漏れ出たことだろう。目を覚ましたアパートの住人もいたかもしれない。

高安が眠りから覚めるのは朝の七時ぐらいになる。彼は夢の中で地獄の猛火に焼かれ、目覚めても現実の大火傷にのたうつのだ。夢から覚めたのに、この世のものとも思われぬ暗黒が彼を待ち受けているわけである。高安は自分の身に起きたことを理解できないだろう。醬油や味醂の空の容器、天ぷら鍋が転がっている。床は醬油と油にまみれている。どう見ても事故だ。寝ぼけて料理をした男が、鍋をひっくり返し、大火傷を負ったのだ。

火傷の深さには何段階かある。

第一度熱傷――皮膚だけの熱傷。皮膚が赤くはれて、ひりひりする。
第二度熱傷――表皮だけではなく真皮にも傷がおよぶ。水泡、皮膚の発赤ができる。中程度の熱傷。
第三度熱傷――皮下組織まで熱が浸透する。皮膚は熱により完全に損傷し、壊死する。

おれは高安の火傷を「第七度熱傷」と診断する。沸騰した醬油と味醂と、煙の上がる油をかぶって何時間も放置したのである。患部は「火が通った」状態を超え、一昼夜煮込み続けたシチューの肉のようになっているはずだ。病院も手のほどこしようがあるまい。植皮手術では間に合わぬ。下半身を他人のものと入れ替えるしか方法はないのではないか。下半身の移植手術の例は聞かない。ブラック・ジャックならなんとかなったかもしれないが、手塚治虫はもういない。

高安のこの後の人生は火傷治療との闘いになるだろう。おれは高安の受ける責め苦を想像してみた。おれはかぶりを振った。まだまだ。この罪人にはこれでもまだ手ぬるい。

夜は明けていた。

レイプ魔の脳内を巡る旅は思いのほか手間取ったことになる。

茶屋街の入り口には生ごみの小山が出来ていた。鴉《からす》が一羽、ごみを覆ったネットの上で思案顔をしていた。

おれは自宅に戻った。

真っ先に風呂に入る。ごみ溜めと、天ぷらと、煮つけと、奇怪な臭気が染みた自分の体をおれはスポンジでこすった。おれの風呂は湯ではない。温風だ。湯なんぞにつかったらおれは死んでしまう。色々と試行錯誤をくり返し、おれの入浴はこの形になった。知り合いの町工場の親爺に特別に作らせた風呂なのである。「湯船」に入ると四方から温風が吹き出る。温風には殺菌作用もある。温度調節も自由自在。スイッチ一つで温泉の香りを楽しむこともできる。汚染物質を吹き飛ばしたおれはまず缶ビールを開けた。喉から流し込む水分は大丈夫なのである。

おれは畳の上に寝転がった。天井が低い。おれが借りているこの家は元女郎屋である。両隣も女郎屋、その隣も女郎屋だ。茶屋街の路地裏にあたるこの通りはかつての遊廓なのである。この遊里は歴史が古い。市が「藩」であった頃からここは男の遊び場だった。昭和三十一年、売春防止法が施行されるまでこの家も客を取っていた。

女郎屋の天井が低いのは客の侍が刀を振り回しにくいように、というのが定説だが、どうであろう。確かに梁には刀傷らしきものがたくさん残っている。中にはどう見ても刀というより斧《おの》か鉈《なた》でつけたとしか思えない傷もある。侍に混じって、錯乱した山猟師か樵《きこり》が商売道具を振り回したのだろうか。家の間口は三間ほどしかない。奥行きはある。鰻の寝床だ。広めの廊下で暮らしているようなものだが、表は格子造りで粋に出来ているし、築百年をすぎた木造建築はなんといっても風情がある。天井が低いのは気にならない。枕の一人暮らしには不自由はないのである。

おれは床に横たわった高安の姿を目に浮かべた。「犯人」と書いたピンクのクマをあいつの胸に貼りつけておけば話の結末らしくなったのだが、おれはあれを保育園や動物園で見せて回っているから、おれの仕業であることがわかってしまう。高安は当分退院できまい。火傷の治療は長く続く。だが、あの怪物のことだから車椅子の生活になっても邪悪なオーラを発散し続けるだろう。

奴は二度と女に悪さをすることはできないはずだ。もし、あの体で犯行を再び始めたら——。おれはサハラ砂漠の真ん中で五本のプロパンガスのボンベにリンチを受ける高安の姿を想像した。奴の存在を消すこともおれにはできる。だが。だが、である。いかなる悪党とはいえ、おれに人を殺す権利はない。手を下したらそれで終わり。おれは奈落の底を彷徨《さまよ》う亡者にならねばならなくなる。

おれは缶ビールをもう一本開け、冷蔵庫からローストチキンを取り出した。このごちそうはお茶屋の女将が自宅用に焼いたものをおすそ分けしてくれたのである。骨付き鶏腿《とりもも》の半分を昨日の夕食にした。おれは包丁で腿肉の残りをそぎ取り、バターを塗ったバゲットにトマトのスライスと一緒にはさんだ。バゲットは湿気を吸ってふかふかになっている。高温多湿の国でこの食品を良好に保つのはむずかしい。おれの体もそうだ。ちょっと油断をすると蕎麦殻が湿気を吸って体が重くなる。頭痛がし、気がめいる。いっそパリにでも移住しようか。ぱりぱりのバゲットと、かさかさの蕎麦殻は相性がいいかもしれない。

腹を満たしてからおれは体内の通信機能を作動させた。かけた相手は志保である。

「はい」

短い、張りつめた声が出た。

「おれだよ」

「千両さん」

志保の声から緊張感が消えた。

「元気かい」

「なんとか」

「その後、変わったことは？」

「大丈夫。異状ありません」

志保には妙なことがあれば連絡するようにいっておいた。電話がないのは無事の印。安心はしていたが、声を聞くとやはりほっとする。

「ところで、いい報告がある」

おれは一拍おいた。

「君を襲った奴を見つけた」

「えっ」

「元動物園の清掃係をしていた奴で、今は葬儀場の送迎バスの運転手をしている男だ。苦労したけどたどり着いたよ」

おれは続けた。

「奴は君以外に何人もの女を襲っていた。とんでもない奴だった」

「わたし、どうすれば」

志保の動揺が伝わった。

「なにもしないでいい。おれが片をつけた」

「千両さん」

「大丈夫だ。奴はもう二度と君に手は出せない」

おれは高安の醬油煮天ぷら状態になった下半身の写真を撮ってくればよかったと思った。写真を見せれば志保も少しは溜飲が下がるのではないか。だが、おれはすぐにその考えを打ち消した。男が、自分に危害を加えた相手が誰かに痛めつけられたことを聞いて、ざまを見ろ、というのとは違う。強姦された女の心理はそんな粗雑なものではないだろう。

「あの男はもう女の人を襲うことはない」

おれは声に力を込めた。

「千両さん」

志保の声は硬かった。

「なんだい」

「あの男になにかしたの」

おれは一瞬沈黙した。

「おれはなにもしてない。奴が錯乱して転んで大怪我をした。それだけだよ」

おれは嘘をいった。

「でも、絶対安全というにはまだ早い。しばらくは用心しよう。奴はまだこの世にいるんだからね」

おれはそういってから、ずっと考えていたことを志保に提案した。

「引っ越すことはできないか」

高安は肉体的打撃を受けたが、志保をあきらめるかどうかはわからない。この際、居所を変えてしまおう。心機一転だ。

「わたしも考えていました」

志保の返事は早かった。

「部屋を探すなら手伝うよ。不動産屋回りは得意なんだ」

「ありがとう」

おれは高安の情報を志保に伝えるつもりだった。名前や住所や身内のこと、現在の彼の生活状況を事細かく。加害者の動きを知ることは、被害者にとって安心につながるはずだ。

「いいです。それはもう」

志保はそれを拒否した。

「知っておいた方が有利だよ。万が一の場合にも先手を打てる」

「いえ」

きっぱりと志保はいった。情報を知ることより、高安の姿を脳裏から消し去ることが彼女には重要事項なのだ。

「警察の方はどうだった」

おれがいったのは、ドアにぶら下げられた鶏の死骸のことだ。

志保は警察の冷淡さを知っている。おれがその証拠物件を警察に見せるようにいったときも彼女は乗り気ではなかった。だが、おれは不気味な現物を見れば、ストーカー事件の担当部署である生活安全課も真剣になるのではないかと期待していた。

「話は聞いてくれましたけど」

志保は口ごもった。

「パトロールの回数を増やしてみますって。それだけ」

「死んだ鶏を見て、向こうはなにもいわなかった？」

おれの問いのあと、沈黙があった。ややあって、志保から聞いた話はおれを愕然とさせた。警察はドアにぶら下げられた鶏の死骸を押収した。志保もそれをきっかけに事件の捜査が行われるのではないかとかすかな希望を持ったという。

だが、警察が調べていたのは志保の行動だった。

行きつけの精肉店で志保はそれを知った。

店の女将がこっそりと教えてくれたのである。

「警察があんたのことを聞きにきたよ。鶏を一羽、丸ごと買っていかなかったかって」

警察はこの出来事を志保の自作自演、狂言ではないかと疑っているのだ。志保がレイプを訴えたときも交通事故を起こしたこととの言い訳ではないかと疑われた。

「警察ってものすごくしつこいんですね。一度疑うと絶対考えを変えようとはしない」

志保の言葉がおれの胸に突き刺さった。

「すまない」

おれは声をしぼった。

おれが警察へいけといったことが裏目に出てしまった。志保を傷つける結果にしかならなかったのだ。

「いいんです」

志保の口調が変わった。

「警察のことは最初から当てにしてないから」

おれは空《くう》を見つめた。

パトロールの回数を増やしてみるという返事も、その場限りのとりつくろった言葉なのであろう。警察が虚言癖のある女だとレッテルを貼った志保のために人員を回すはずがない。おれは、志保からその事実を聞かされた。

「あれから一度もおまわりさんの姿を見たことがありません」

おれの体はしぼんだ風船のようになった。それを察知したかのように志保が電話の向こうで話題を変えた。

「あの、それで、ガラス屋さんの件、ありがとうございました。すぐにきてくれて、親切にしていただきました」

おれは志保の部屋に突入する際、窓ガラスを壊した。修理をするのに知り合いのガラス屋を紹介したのだ。志保は知らない男と二人だけで部屋にいるのは嫌だといった。おれはガラス屋の女房も一緒にこさせるように話をしたのである。

「ガラス屋は女房を連れてきた？」

「いえ。娘さんと一緒にこられました」

ガラス屋の女房は人相があまりよくない。娘は夫婦に似ず器量よしなのである。志保も可愛い娘が一緒で安心だったろう。おれはガラス屋の判断に感謝した。

「ちゃんと眠れてるかい」

おれは尋ねた。

「なんとか」

志保の返事は微妙ないいまわしだった。

「眠れなかったらいつでもおれを呼んでいいよ。人を安眠させるのはおれの道楽だから」

「千両さんにいつでもきてもらえると思うだけで眠れそう」

志保は電話の向こうで小さく笑った。

なにを置いても飛んでいく。君のために最高の眠りを確保する努力をおしまぬことを約束しよう。おれは失態を挽回せねばならぬと不要なほど握った拳に力をこめた。

おれは人を真の眠りに導くことができる。だが、優れた睡眠の職人であるおれの舞台裏を世間に紹介することははばかられる。

おれは他人を安らぎの世界へ送り出したあと、七転八倒せねばならない。見苦しくも、嫌忌すべきおれのありのままの姿だ。

おれは自然のうちに眠れたことがない。

睡魔もおれの名前を聞いただけで逃げていく。おれの枕元には数十種類の睡眠導入剤が並べてある。それが自分の眠りになんの作用もおよぼさないことを承知の上でおれはそうしている。

おれの夢路は厚い鉛の箱に閉じ込められて、どこか世界の果ての崖の上にある。

おれは天下無双の不眠症患者なのだ。

おれは電話を切って、缶ビールの残りを飲み干した。

高安の大火傷は報道されるだろうか。

地元の新聞は自殺の報道は避けるが、日常の瑣末なニュースは小まめに取り上げる。社会面の片隅ぐらいには載るだろう。おれは、あの部屋の状況を記者がどのような記事に仕立てるのか、そのことに興味があった。

おれはベッドの上に突っ伏した。

昨夜は夜中すぎから動きっぱなしである。

器物を動かす作業は肉体的にも精神的にもエネルギーを消耗する。体は休息したいと訴えていた。だのに、頭の芯にある冴え冴えとしたなにかが、おれの意識が眠りへ降下することを阻んでいるのだ。

おれは体を起こした。こめかみのあたりでぎしぎしと音がする。おれは枕元の睡眠導入剤を蹴散らした。それらはおれに薬としての価値を否定された上、足蹴にされるためにそこに置かれている。

これも薬の効用といえばいいえようか。

9

おれは百足山市の中央市場へ足を向けた。

百足山市民の台所といわれるこの魚市場には、魚だけではなく、洋服や靴の店もある。若者向けの店ではない。高齢者御用達の店だ。ブティックと名がついていても華やいだ色彩がないから魚屋と見分けがつかない。婆さんのスカートやパンツの色が、灰色や茶色や黒っぽい魚の皮の色に溶け込んでいる。おれはかつて、洋服の方が周囲の環境――、魚の色に合わせたのかと思っていたが、どうも逆らしい。近頃では、市場という生態系の中で新たな進化が起こり、魚の方が婆さんの服に影響されて体色を変えてきたのではないかという気がしている。

おれは市場の南口近くの靴屋の前に立った。間口は二間ほどしかない。古い看板には「室井草履店」とある。

「こんにちは」

おれは通路にせり出した特売のサンダルの棚を引っかけないように店に入った。奥のカウンターには誰もいなかった。

「室井さん。いますか」

おれはカウンターから乗り出して声をかけた。とぼけたような足音が聞こえて小柄な主人が出てきた。

「ああ、あんたか」

痩せた小さな顔がおれを見てほころんだ。デッキブラシのように直立した白髪が表情と一緒に動いた。

「ごぶさたしてます」

おれは頭を下げた。

「久しぶりだな」

主人は背筋をのばすような仕種をした。

おれは会わなかった時間の分だけ老け込んだ室井老人の顔を眺めた。量の多い白髪もほんの少し嵩《かさ》が減ったようだった。

「今日は？」

「すみません。相変わらず買い物じゃないんです」

「わかってるよ。あんたに靴はいらないもんな」

老人は笑った。

「お聞きしたいことがあって」

「なんだい」

「セレモニープラザ梅が池って葬儀場がありますね。あそこの社長のことを知りたいんです」

「高安国太郎だろ。額にミミズを這わせてる煤けた顔色の」

おれは訪ねてきてよかったと思った。セレモニープラザの名を出しただけで経営者のフルネームが出てきた。

「あの高安はどういう素性の男ですか」

「元船乗りだよ。大祥運輸という会社の貨物船に乗っていた。二十五年ほど前になるかな、あいつの乗った船が座礁事故を起こしてね。それで船乗りを辞めた。しばらくぶらぶらしていたが、突然葬儀屋を始めた。まわりはびっくりしたんじゃないか」

「船乗りから葬儀屋ですか」

「船乗りも板子一枚下は地獄だからな。焼き場と共通点がなくはない」

「なるほど」

「最初は五坪あるかないかのあばら家が事務所だった。事務員もいなかった。あいつが営業から葬儀の手配、経理まで全部一人でやってた。才覚があったんだろうな。あれよあれよという間に今の大セレモニーホールに発展したというわけだ」

「用があってあの葬儀場にいったんですが、葬儀費用が見積りと違うと怒鳴り込んできた人がいました」

「昔はずいぶんあくどい商売もしたようだな。でも、やり方が巧妙でね、摘発されるようなへまはしない。いつの間にか、快適、明朗、安心、の優良セレモニーホールのイメージを作り上げた。葬儀費用のトラブルも聞かなくなった。あんたが見たという騒ぎは近頃じゃ珍しいんじゃないか」

室井老人がおれの背後を見た。客が入ってきたのだ。婆さんの二人連れで、それぞれが特売のサンダルを手にしていた。陰気な色のサンダルである。アオリイカの色だ。烏賊の中で最も見てくれの悪い烏賊の色。老人はサンダルを袋に入れ、愛想よく婆さんを送り出した。

「ただね」

老人はデッキブラシのような頭を指で掻いた。

「高安があそこまで事業を大きくできたのは協力者があったからだよ」

「はあ」

「大村剛三。これが高安の事業の始まりから現在までなにやかやとかかわっているらしい」

おれは老人の口から出た人物の名を頭の中で反芻した。大村剛三。百足山市の現在の市長である。

「市長ですか」

「そうだ。高安と大村とは昔から深いつながりがある。大村も政治の世界に入る前は船乗りだった。大村は大祥運輸の『第七大祥丸』の船長だったんだよ」

「あっ、じゃあ」

「そう。高安が乗っていたのもその船だ。高安は大村船長の下で働いてたんだ」

「なんだか、どす黒いものを感じるなあ。大村と高安はその座礁した船に乗っていたわけですね」

「そうだ。乗組員は四人。二人が死に、高安と大村だけが助かった」

「その座礁は本当に事故ですか」

「疑ってみたくなるよな。あの二人の悪相を見れば」

老人が口を歪め、おれもそれに倣《なら》った。葬儀屋の高安も醜悪な顔つきだが、市長の大村も灰汁《あく》の強い容貌をしている。度を過ごした個性とはあのような顔をいうのだろう。ただし、大村の方は悪相ながら歌舞伎役者を思わせる顔立ちだ。目の下に深い隈があり、本人は自分の風貌を意識して「役者の隈取りだ」と吹聴しているが、周囲では「房事過多」だともっぱらの噂である。

「第七大祥丸の事故は、当初、海上保安部が船長の業務上過失往来妨害罪として捜査をしていた。これは嫌疑不十分で不起訴処分になったんだが、海上保安部に『電話』があってね。それがきっかけで『艦船覆没・保険金詐欺事件』として再び捜査が始まったんだ。保険金詐欺に関しては海上保安部の管轄じゃないから、検察庁が乗り出してきた」

室井老人はおれの顔から視線をはずさずにいった。

「海上保安部にかかってきた電話というのは」

「密告だね。たれこみってやつだ。『あれは事故じゃない。保険金目当てに船主と船長が沈めたんだ』と電話の主はいったらしい」

「密告者は誰だったんでしょう」

「わからない。最後までそれは不明のままだ」

「仲間割れかもしれませんね」

「死んだ二人の船員の身内ってこともある。死んだのは機関長と甲板員。二人とも救命胴衣を着けていなかった。身内としちゃそのことへの不審もあるだろう。わしは機関長と甲板員を大村と高安が殺したんだと思う。船を沈める作業をするためには二人がいてはじゃまだからな」

「考えられますね」

「しかし、故意に船を沈めたという客観的証拠は見つからず、有力な供述も得られなかった。検察は第七大祥丸座礁覆没事故を保険金詐欺事件として立件することを断念したというわけだ」

「保険金は下りたんですか」

「下りたはずだ。保険会社も慎重に調査をしたんだろうが、潔白を証明した人間に支払いを拒み続けるわけにはいかんだろう。船主の大祥運輸は一億円ほど受け取ったんじゃないか」

「船長の大村へ金が渡った形跡はないんですか」

「検察庁も銀行捜査は念入りにやっただろう。大村や高安が金を受け取った証拠はなかった」

「ほとぼりが冷めてから手渡すこともできます」

「そこだよ」

　老人は椅子の上であぐらをかいている。靴下の踵《かかと》に穴が開いていた。

「船を沈めて保険金を騙し取ろうなんてせこい悪党は金をすぐに使っちまう。辛抱しきれないんだ。あとからでは共犯者に分け前なんて当たらないのさ。そこから事件がほころび始める」

「大村船長も報酬をもらえなかった？」

「と、思う」

老人は視線を壁に投げている。壁には五年前のカレンダーがかかっている。五年前の六月。老人の人生はそこで足止めをくらい、前に進めないままなのだ。

「大祥丸の座礁事件から何年かして、大祥運輸の社長が死んだ」

老人はカレンダーからおれの顔に視線を戻した。

「鮎釣りにいって川で溺れたんだよ」

おれは黙って老人を見つめた。

「大祥運輸の社長。杉本っていうんだが、こいつは鮎釣りが好きでね。その日も一人で出かけた。だが、夜になっても戻らず、家族は警察に届けた。杉本は二日後、溺死体で発見された。場所は厚美川の上流だ」

「事故じゃなさそうですね」

「殺《や》られたんだね」

「やったのは大村と高安？」

「たぶん」

「報酬をめぐるトラブルでしょうか」

「どうかな。口封じのために消されたのかもしれん」

「金よりもそちらの方かもしれませんね。もしかすると、保険金詐欺の主謀者は大村かもしれない。大村が杉本社長に船を沈めることを持ちかけた。杉本が保険金を独り占めしたことへの怒りよりも、犯行を隠蔽することがそのときの大村にとっては重要になっていた。これは主謀者の心理ですよ」

「なるほど」

「杉本社長の溺死を警察は疑わなかったんでしょうか」

おれがそういうと、老人は手の平を顔の前でひらひらさせた。

「鮎釣りにいって死ぬ奴は年がら年中だよ。わしの知り合いだけでも何人もいる。流れに足を取られて溺れた奴、川の中に長くつかりすぎて心臓がいかれちまった奴、釣竿を肩にかついで移動中、竿が電線に引っかかって感電死した奴、信じられない死に方をした奴がいっぱいいるよ。この街の連中ときたら鮎釣りになると目の色を変えるからな。鮎釣りがらみの事故死はたぶん日本一じゃないか」

「警察は釣り人が死んでも事件性を疑うことはない？」

「ないね。溺死は事故と殺人の区別がつきにくい死に方だし。まあ、首にロープでも巻きつけて浮いてりゃ別だろうが」

市長の大村剛三とセレモニープラザ梅が池の社長高安国太郎は、獰悪な過去を共有した犯罪者コンビとして生きてきたのだろうか。互いをなくてはならぬパートナーとして。二人は協力し合って捜査の手、法律の鎖を逃れてきた。対立関係は生まれなかったのか。秘密の暴露を防ぐために相棒を殺害しようという意図は生じなかったのか。相性なのだろうな、とおれは思った。息の長い漫才コンビのように稀な組み合わせなのだ。犯罪の神に選ばれた特別な二人なのである。現在の彼等の社会的地位がそれを物語っている。

もっとも――、二人の犯行を証明するものはなにもない。今となってはすべて闇の中である。おれが室井老人から聞いた大村と高安の共謀説は彼の憶測にすぎない。かつて海上保安部と検察庁が疑ったように。おれは老人の説を支持する。しかし、法廷で通用する話ではない。

「室井さん。高安の弟をご存じですか」

「葬儀屋の弟かい」

老人は記憶をたぐるように目を泳がせた。

「ああ、あの変質者じみた奴」

おれはうなずいた。

「以前に動物園の清掃係をやっていて、今はセレモニープラザ梅が池の送迎バスの運転手をしてます。おれは事情があってこの男を追ってたんですが、葬儀場でこいつの兄貴の姿を見て軽いショックを受けたんです。そいつの全身から妖気のようなものが立っていた。なんというか、弟の悪行がどこからきているのか、その因果、血脈のもとを目の当たりにしたような気がしたんですよ。それで高安国太郎という男のことを知りたくなった。兄がやったことと、弟がやったことはなんの関連もありませんけど」

「高安の弟はなにをしたんだ」

「女性を襲ったんです。詳しくはお話しできませんが」

「あの弟は子供の頃からそうだったらしいな。女の子のスカートをめくったり、下着を脱がしたり、中学生のときは音楽の時間はずっとピアノの下にいたっていうぞ」

「なんですか、それ」

「音楽の担当が若いきれいな女の先生だったんだよ。スカートの中を覗きたくてしょうがなかったんだろう」

　おれはげんなりした。掘り起こしていけば、高安の性犯罪は生れ落ちた瞬間から始まっているのではないか。とんでもない話が出てきそうで、想像しただけで胸焼けがした。

「いや、色々と貴重なお話をありがとうございました」

「少しは参考になったかね」

「なりましたとも」

おれは室井老人に礼を述べ、提げてきた手土産を差し出した。大福餅と酒饅頭の詰め合わせである。老人は甘党だった。

「すまんね」

老人は顔をほころばせながらそれを受け取った。本当は金を渡したいのである。だが、老人は絶対におれから金を受け取ろうとしない。

「ああ、そうだ」

店を出かかったおれに老人が声をかけた。

「市が文化交流館を作った話を知ってるか」

「いえ」

この街の人間はやたらに「文化」と名のつくものが好きである。いちいち気にかけていたらきりがないので、おれはそういう話題には関心を向けないことにしている。

「文化交流館は、市が和菓子屋の『はし崎』の建物を借り上げる形で始めた」

「ああ、あの倒産した店ですか」

「はし崎」は創業百五十年を誇る老舗和菓子店だった。老舗の名にあぐらをかいた放漫経営がたたり、三年前に暖簾を下ろした。はし崎の建物は敷地が三百坪ほどの豪壮な日本建築である。建物を残すのか、取り壊すなら跡地をどうするのか、という新聞記事を目にしたような記憶もあるが、基本的におれの関心外の話題であるので気にもとめなかった。

「はし崎の未亡人は今、セレモニープラザ梅が池の社長、高安国太郎の愛人なんだ」

「えっ」

おれは足を再び店の中へ向けた。

「つまり、高安は自分の女の家を市に借り上げさせたわけだ」

「初耳だな」

「女将の懐に入る家賃は市民の税金だぞ。高安は愛人の小遣いを百足山市民に立て替えさせているということになる。それを許可したのは高安の盟友大村市長」

「えげつない話ですな」

おれは苦笑するしかなかった。これも大村市長と高安社長コンビによる犯罪者漫才のネタの一つなのか。

「大村は高安に弱みを握られているから、高安の要請を断りきれなかったんでしょうね」

おれはそういったが、高安と大村の関係はもはや、そういう段階を超えているのかもしれないとも思った。弱みを握り合い、互いを監視しあう時代を遥かに過ぎ、この最強コンビは悪事を道楽のように楽しむ余裕の生活に入ったのではないか。

「はし崎の建物を借り上げることには市の幹部に反対意見もあったらしい。市長はそれを押し切った。それにしても市の職員も情けない」

「でも、これは長くは続きませんよ。高安と市長が近しいことを知っている人間もいるだろうから、遠からず市長は失職することになる。市への背任と収賄。実刑。懲役四年から五年。刑務所行きですな」

「かもしれない。大村も調子に乗りすぎた」

この一件が大村と高安にとって積悪《せきあく》の報いになればけっこうなことだが、はたしてどうか。

「天網恢恢疎《てんもうかいかいそ》にしてだだ漏れだ。天は奴等の本当の悪事に気づいていない。四年や五年刑務所に入れたぐらいではあいつらに致命傷を与えることにはならん」

室井老人はおれの代わりにその意見を口にしてくれた。

おれは老人に二度目の礼をいい、靴屋を出た。

「室井草履店」主人、室井作次。

不思議な老人である。百足山市の人と事件を知りたければこの老人に聞けばたいていのことはわかる。情報収集活動をしているわけではない。人脈があって誰かが情報を届けてくれるわけでもない。世の中の動き、人の動きに、一般人にはない特殊な感応能力のようなものがあるのだろうか。おれはこの老人と会話をしていると奇妙な感慨にとらわれることがある。老人の語る事件や人の営みがまるで自分のことのように思えてくるのだ。自分が話の当事者になった錯覚に陥る。声の質、話術の妙もあろうか。とにかくこの人物が語りだすと魅入られたように聞き入ってしまう。おれは室井老人を人の形をした「ムック」と密かに呼んでいる。新聞社などが発行する「戦後〇〇年世相史」のような刊行物だ。老人の体中が本の頁で、どこを開いても街と人の歴史が出てくる。血の通ったムック。聞き手一人一人のための情緒に満ちたムック。

おれが室井老人を知ったのは五年前。

ある人物に頼まれ、アパートから追い出されかかった青年を助けた。青年は家賃の支払いが三日遅れただけでドアに督促状を貼られ、勝手に部屋の鍵を交換された。青年は入居時に家賃保証会社を連帯保証人とする契約を結んでいた。家賃保証会社なるものの正体も知らずに契約したのである。おれはアパートに駆けつけ、青年の部屋の前で罵声を浴びせる追い出し屋を殴り倒し、追い払った。青年を消費生活センターへ連れていき、対応を依頼した。青年は怯えていた。家賃を滞らせたことを重罪でであるかのごとく追い立て屋から責め立てられていたのである。このときは消費生活センターが青年の代理人として業者と交渉し、ことはおさまった。

青年は落伍者だった。職もなく頼る友人もなかった。おれは知人の家の二階を借りてやり、アルバイト先を紹介した。おれは青年にそれ以上かかわりたくなかった。苦手なのである、こういうタイプの若者が。おれは青年のその後が気になったが、彼の姿を見るのが嫌で、時折知人に連絡をして様子を聞くだけにとどめた。少したって、知人から電話があった。青年が自殺したという。青年に行き場所はなかった。彼に残された選択肢は一つしかなかったのだ。

室井老人とは葬儀場で会ったのである。

青年は老人の息子だった。

「息子がお世話になりました」

老人は短くそういって、おれに頭を下げた。

老人の息子は十年近く音信不通だった。東京のビルメンテナンス会社で契約社員として働いているとは噂には聞いていた。老人は息子がこの街に戻っていることを知らなかった。街のことなら知りつくしている男が、自分の子供については何一つわかっていなかった。

葬儀の参列者はまばらだった。青年の生涯そのままの葬列だった。青年の死に顔は歪んでいた。泣き出しそうな顔だった。おれは斎場の職員の姿を求めてあたりを見回した。青年の死に顔は歪んでいた。遺体の顔の修復も施さずに棺に納めたのかと怒りがこみ上げたのである。おれ以外の参列者がそのことに気づいたのかどうかはわからない。あるいは、青年の死に顔はおれ一人の幻想だったのかもしれない。

五年前の六月九日。青年の死んだ日。室井草履店の壁のカレンダー。永遠にめくられることのない月。

葬儀からしばらくして室井老人がおれを訪ねてきた。彼は手土産をおれの前に広げた。大福餅の山だった。老人はなにも言わず大福を口に入れた。おれも黙って食べ始めた。

「伊勢湾台風のとき」

老人は一つ目の餅を呑み込んでから切り出した。

「わしは河生潟《かしようがた》で櫓を漕いでいた。叔父が漁師でな。その頃は親父の草履店を継ぐより魚を捕って暮すことに憧れてたんだよ。その日、舟には村の子供が四人乗っていた。投網を教えてやろうと連れ出したんだ。台風がきているのは知っていたが、名古屋の方だったし、こっちは関係ないと思っていた。ところが、舟を出して小一時間もした頃から風が強まって投網どころじゃなくなった。子供は泣き出すし、舟は転覆しそうになるし、大変な状況になった。舟の位置は潟の南側の真ん中あたりだった。わしらの村に戻るには二つの経路があった。一つはそのまま潟を突っ切って村に直接帰るコース、一つは手近な岸に舟を寄せ、葦の原を歩いて帰るコースだ。時間的には潟を横断する方が早い。葦原を抜けるとなると、ぐるっと大回りをしなきゃならんから二時間近くもかかる。小さな子供を連れてジャングルみたいな葦の中を歩くのは命がけの冒険だ。わしは迷った。迷った末、葦原を抜ける方を選んだ」

老人の食べ方は早い。彼は三つ目の餅を口に入れていた。

「雨と風の中、泣き喚く子供を叱りつけて人の背丈以上の葦原をかき分けていくのはまさに死の行軍だった。村にたどり着いたときには半死半生の有様だったよ。それでも命だけは助かった。あの日、潟で漁をしていた舟が外海まで流された。漁師が二人死んだ。もし、潟を突っ切ろうとしていたら、わしらも同じ運命をたどっていただろう」

老人は四つ目の餅を手にしていた。

「四人の子供」

餅が老人の口元で止まった。

「四人は村の子供だった。皆見知った顔だ。でも、一人だけ、どこの子供だったか思い出せない。

知っているのに思い出せないんだ。今考えてもわからない。あれはどこの子供だったのか」

「村の子供なんでしょう？」

おれはいった。

「村の子供だ。毎日のように見ていた子供だ」

「なのにどこの子供だかわからない」

「知っているのに、知らない子供なんだ」

「変ですね」

「うん」

話はそれきりだった。死んだ息子の話は出なかった。あとは二人でひたすら餅を食べた。おれは酩酊した。酔ったのである。大福餅を食べて酔っぱらったのはあとにも先にもあのときが初めてである。おれの耳に老人の声が残っている。

「あの子供は」

一九五九年九月二十六日。伊勢湾台風襲来。老人はいくつだったのだろう。二十代の初め頃か。おれは今も老人の話を思い出すことがある。大波に揺れる舟。櫓を握る青年。四人の子供。暴風の中、葦をかき分け進む青年と四人の子供。村の子供。見知った子供。知っているのに知らない子供が一人。

「あの子供は」

おれは自分の声でそれを漏らすことがある。

10

『二十一日、午前七時頃古室谷町のアパートで高安直治さん（36）が大火傷を負い病院に搬送された。高安さんは一人暮らし。午前二時頃、調理中、誤って鍋の沸騰した醬油をかぶったと見られる。高安さんは気を失い、朝まで意識が戻らなかった。高安さんは下半身に全治三か月の重傷』

レイプ魔の災難は夕刊に出ていた。丸子ハイツの写真まで出ているから大きな扱いである。夜中すぎに、独身の男が煮えたぎった醬油をかぶったという事態の異様さというか、奇怪さというか、わけのわからぬ筋立てが記事の価値を高めたのであろう。記事は大雑把で沸騰した醬油としか出ていない。味醂と油が抜けていた。記者の粗雑さにおれは失望した。

高安氏大火傷の報は新聞だけではなくテレビのニュースにも登場した。高安が搬送された病院が映っていた。「奥野病院」。評判のよくない病院である。高齢者はこの病院に入るとまず生きては出られないという噂まである。

高安もそうなればいい。おれは悪魔の祈りをささげた。

おれの体内で電話が鳴った。

「はい」

「ああ、わしだ」

室井老人だった。

「ニュースを見たよ」

老人は含み笑いをしているようだった。

「ニュース？」

おれはとぼけた。

「高安の弟が大火傷を負って病院へ担ぎ込まれた」

「ああ、さっき新聞で読みましたよ」

おれはさりげない反応をしてみせた。

「妙な事故だな。煮えた醬油をかぶって朝まで気を失っていたとは」

「普通じゃない男だから、痛みの感じ方が常人とは違うんでしょう」

「本当に事故かな」

「酔っぱらって料理をしてたんでしょう。そういう事故は多いみたいですよ」

「誰かが鉄槌を下したとか」

「鉄槌ですか」

「世間の女にひどいことをしてきた奴に神様が罰を与えたんだろう」

室井老人はおれの仕業であることに気づいている。しかし、老人は知らない。おれが他人の記憶に入り込み、その人物が心に留めた風景の中を自由に逍遥できるのを。おれは自分の能力を周囲に知られないようにしている。ただ、場合によっては相手に伝えることもある。志保の場合はそうした。室井老人にはそれができない。黒髪に対したときと同じように。

老人には隠しておくことが礼儀のような気がするのだ。老人がおれの能力を知ればおれを敬遠するようになるだろう。その前に、老人はひどく傷つくことになるのではないか。

そんな気がするのだ。

「高安の弟はこの半年ほどの間に五人の女性を強姦してます。女を脅して訴えられないようにしているから表沙汰にはなりませんが」

おれは口調を冷静にした。

「遡って調べていけば一体何人の犠牲者がいるかわからないほどです。おれの知る限りでは殺人にまでは至ってないようですが、もしかしたら殺された女もいるかもしれない」

おれは喋りながら、高安に埋められた女の死体が人知れず朽ちていく様を思い浮かべた。

「戦後まもなくの小平事件とか、大久保清の事件とか。あれはどこだったかな、千葉か、気色の悪い連続強姦殺人事件があったな。この容疑者は冤罪のヒーローだとかいわれて無罪放免になった。一年もせんうちに女の首を切り落としてまた捕まったが。こういう事件は社会のずっと深いところでつながってるんだ」

老人の声は重い。

「社会の深層ですか」

「文字通りの地下だ。蟻の巣を観察するみたいに社会を断面に切ればそれがよく見えるだろう。高安のような奴が大勢暮らす巣があって、そこから無数のトンネルが張り巡らされている。奴等はそこを通って女を襲いにいくんだ。だから、地上に出てきた奴をいくら叩いても効果はない。地下の巣ごと撃滅しないと」

「蟻なら巣ごとやっつけてしまう強力な殺虫剤がありますがね」

「それだ。そういう薬を開発して巣をピンポイントで攻撃する」

「その前に社会の断面を観察するための装置が必要です。スパッと地層を切断する機械が」

「そうか、そっちの方の開発が先か」

老人が肩を揺すったのがわかった。

おれと老人の会話は物騒といえば物騒なやり取りである。根こそぎ——？　性犯罪者の一族郎党、コロニーを丸ごと殲滅《せんめつ》。性犯罪を憎悪する女の独裁者の思想だ。こういう話は公の場ではできない。

「まあ、とにかく悪いニュースじゃない。高安もこれで二度と女に悪さはできんだろう。煮えたぎった醤油をかぶって一晩おいといたんだからな」

老人はいった。

「奴は一生車椅子生活でしょう」

「ところで」

老人は話を変えた。

「今日あんたに『文化交流館』の話をしただろ」

「はい」

「高安と大村が出席する祝賀会があるよ」

「なんですか、それは」

「稲垣渡っていう漆芸家が日本芸術院会員に就任した記念の祝賀会だよ。稲垣渡はこの十一月に例の文化交流館で個展を開く。その関係で大村と高安も出席する。大村は市長選挙も近いから張り切って出てくるよ。葬儀屋の社長が場違いな会場にきているのが面白い。二人の顔がそろったところを見物してみるのも一興だろ」

祝賀会そのものに興味はないが、「艦船覆没・保険金詐欺事件」の主役二人が芸術院会員就任の祝賀会などという場所にどんな顔で立っているのか見たいような気もする。祝賀会を覗いてみるかどうかはともかく、おれは情報の礼だけを老人に伝えて電話を切った。

祝賀会は翌週の日曜日だった。

おれは祝賀会だの、なんとか記念パーティーだの、といった集まりが苦手である。なぜ世の中にこのような催しがあるのかがそもそも不思議でならない。祝い事は家族と友人だけの少人数ですればいい。祝いの場は大がかりになればなるほど空疎になる。

おれは気が重かった。しかし、結局、出向いてみることにした。弟の事故を兄の葬儀屋はどう感じたのだろうか。弟の災難を自分の過去につなげて不吉なものが身に迫っていると予感したのか。兄が弟の犯罪を知っているのかどうかも気になるところではある。

兄は殺人容疑、弟は強姦魔。こういう血族には特殊な絆があるのではないか。我々が考える肉親愛とは異質の感情世界が。そして、他人同士の共犯者の間にもそれはあるはずだ。

その見本を見にいくのだ。そう考えるとおれは祝賀会が急に意味のあるものに思えてきた。会に潜り込むのは簡単なことだ。知り合いのお茶屋の女将に頼めば招待状などいくらでも手に入る。お茶屋には工芸作家の常連が何人もいる。そこから口をきいてもらうのである。

百足山市銀扇ホテル丹頂の間。祝賀会は盛況であった。四百人ほどの招待客が会場にあふれている。県の邦楽舞踏特選会のメンバーによる琴や鼓《つづみ》の演奏が祝賀ムードを盛り上げ、東京から呼んだ落語家が笑いを添える。消防団の出初《でぞめ》式のような梯子《はしご》乗りまで登場した。薦被《こもかぶ》りが三つ壇上に並び、法被《はっぴ》姿の出席者達が鏡割りをする。拍手。また拍手。来賓のスピーチが始まる。県議会議長、県知事、新聞社社長、近代工芸美術家協会相談役、そして百足山市長大村剛三。いずれも場慣れのした話術で会場を沸かせる。この連中が一番生き生きとするのがこのような場なのである。主役であるはずの漆芸家は夫人とともに壇上の片隅で居心地が悪そうに立っていた。篤実な感じの漆芸作家は晴れやかな場所には似合わない。彼は知っているのだ。祝賀会が彼のためではなく、壇上に次々と所笑顔《ところえがお》で立つ男達のものであることを。漆芸家は早く帰りたいのだろう。彼の工房へ。そして、彼と彼の家族だけで祝杯を上げることを願っているのだ。

大村市長のスピーチを聞きながら、おれはこの人物が点景として立っていた風景とはどんなものだろうと考えた。荒波にもまれる輸送船の中。大村と高安と二人の船員。大村と高安の犯罪を暴くのはおれの任ではない。二人は社会風景の異物、鬼胎《きたい》のような存在である。それは彼等のみに担《にな》わされた宿業《しゆくごう》ではなく、おれ自身が抱える因果でもある。おれは観察したいのだ。もろもろのことを。それだけである。

大村は二期目を狙ってこの秋の市長選挙に出る。選挙を意識してか、声も身振りも他の来賓より一段と派手だった。葬儀屋の高安は壇上には上がらない。高安は文化交流館の家主である和菓子屋の女将の情夫という立場にすぎない。しかし、彼は傍観者の立場を楽しんでいるようだった。額を這うミミズや突き出した口元や煤けた顔色が陰気な歓喜をたたえていた。その気になれば自分はいつでもこの会場を支配できるのだと密かに主張するかのように。高安は弟の事故をどう感じているのか。会場に立つその表情からは心の内はうかがえない。

おれは仕掛けてみることにした。水割りのグラスを手にさりげなく高安に近づく。おれは呼吸を整えた。自然な口調が出るように。

「失礼ですが」

おれは高安に声をかけた。

「セレモニープラザ梅が池の社長さんじゃありませんか？」

高安の眉がぴくりと動いた。不意をつかれて狼狽したという様子はない。いかにもそれは平静な態度だった。

「そうですが。あなたは？」

高安はおれを見つめた。おれは普通の人間よりはるかに背が低いから、人によってはおれに対するとき、ことさら見下ろす動作を強調する奴がいる。人格にもよるのだろうが、背の低い男にそれは多い。急にふんぞり返っておれを見るのだ。日ごろ見下ろされてばかりいるものだから、ここぞとばかりに上段からの視線を投げ下ろして鬱憤を晴らすのであろう。

高安は背の低いおれに気遣うように体を傾けた。嫌味にならない程度のさりげない仕種だった。

「私、杉本の親戚の者です。大祥運輸の社長をしていた杉本の」

おれは頭を下げた。かすかな間があった。

「ああ。杉本社長の」

高安はかつての雇用主の名前を口にした。

「高安さんのご活躍はいつもうかがっております。地元でも人が集まると高安さんの話がよく出ます。大変なご出世をされたと」

「いやいや。お恥ずかしい」

「もう何年前になりますか」

おれは感慨にひたるように背筋を伸ばした。

「杉本の親爺が鮎釣りの事故で死んでから」

おれは歳月を数える風をして見せた。

「ああ、そうでした。杉本社長はお気の毒でしたな」

「好きな鮎釣りで死んだんですから本望だったと思いますがね」

おれは水割りのグラスを舐めた。

「あのとき、高安さんは杉本の親爺と一緒にいかれるご予定じゃなかったのですか。鮎釣りに」

「えっ」

高安の額のミミズが一匹躍った。

「実は私も連れていってもらうはずだったんですよ。当時私は小学生でした。杉本の親爺には可愛がられましてね。あの人、わたしに鮎釣りの技術を教え込もうとしてたんです。わたしのどこに釣り師の才能を見出したのかはわかりませんが、『お前は見込みがある』なんてね。親爺が厚美川へいく前日、高安さんも一緒だ、と聞いたような記憶があるんです」

おれはできるだけ陽気な口調になるように努めた。

「それはあなたの記憶違いですよ」

高安は穏やかな視線を返してよこした。怖い顔だが事業の成功がこの男に余裕と温容をもたらしていた。

「杉本社長からそういうお誘いはありませんでした。あの頃はすでに大祥運輸を辞めておりましたしね」

「そうでしたか。じゃあ、わたしの思い違いかな」

おれは首をかしげた。

「わたし、思うんですけどね」

おれは水割りの氷を鳴らした。

「杉本の親爺は結局第七大祥丸の事故でだめになったんです。なまじ保険金なんぞが入ったものだから、妙に浮かれてしまって。自分の船が沈んだというのにあの人毎日飲み歩いてたんですよ。馬鹿だったんですなあ」

「あの座礁事故はわたしの人生も変えました」

高安がいった。しんみりとした口調である。

「ああ、高安さんもあの船に乗っておられたんですね」

「あの日、大村船長は出航をどうするか迷っていました。現場の海域は大気が不安定で、強風、波浪、大雨の注意報も出ていましたから。なんとかなると高をくくって船を出したのが運命の分かれ道です。わたしも含めて自分の経験を過信しすぎたのがいけなかった。出航したのが正午すぎ、夜中には暴風雨の中でした。視界はきかず、波の高さは五、六メートルもあったでしょうか。船は岩場に乗り上げました。わたしと船長は救命胴衣を着けましたが、二人の乗員は間に合わなかった。船体がきしんで壊れそうだった。大波を受けたらそれで終わりです。わたし達は海に飛び込んだ。その後のことは覚えていません。気がついたら巡視艇の中でした」

「大変だったですね」

「事故のあとは二度と船に乗ろうとは思わなかった。それでこんな商売を始めたわけですが」

「ご立派です。ここまで会社を大きくされたんですから」

おれと高安のやり取りは、私生活では犬猿の仲の俳優同士が舞台で昔なじみの二人を演じているようなものだ。まあ、おれの方は高安の素性を調べた上の芝居だが、向こうはおれを知らない。その分有利なのはおれの方であるはずだが、おれは気圧《けお》されていた。演技力は高安が一枚も二枚も上手《うわて》だ。役者としての格も。おれは名優の前の三流役者でしかなかった。

「いや、場所に似合わない話をしてしまいました」

高安は祝賀会場にいることに改めて気がついたと言わんばかりに周囲を見渡した。

「それじゃ」

高安はおれに会釈をした。

「久しぶりに昔の話ができてうれしかったですよ」

高安はおれに半分背中を見せつつそういい、祝賀の人波にまぎれてしまった。

金屏風の前で派手な着物姿の女が祝辞を述べていた。身振り手振りの入った妙な調子のスピーチだと思ったら、演歌歌手の余興であった。ひどい音程である。昔の演歌は歌のうまい歌手が務めるジャンルだったように思うが、今は売りようのないタレントが受け持つ取り残された領域なのである。

「やあ」

太った声がした。声の方に振り向くと太った顔があった。おれはとまどいを覚えた。それは目の前に出現した生き物の異体に呑まれたからではなく、たった今おれの前から姿を消した高安と、そいつとのずれに困惑したからである。

「誰かと思えば」

おれは顔をしかめてそいつの前を離れようとした。そいつは壁のような体でおれの行く手をふさいだ。

「なんであんたが」

太った男は太った喉をごろごろ鳴らした。スペインの画家ダリを気取った口髭を生やしている。髭の先端から脂肪が滴り落ちそうであった。合田陽一郎という漆芸作家である。

異常に名声欲が強く、異常に金銭欲が強く、異常に女への執着心が強い男だった。神様がこの男の三大異常欲にうんざりして膨大な脂肪を与えた。早くこの世の舞台を降りるようにとの天の思し召しなのだが、本人はまったく意に介した様子はない。体中が痒くなるほどの脂肪を身にまといながら摂生とは無縁の生活を送っている。時々体から発火するという噂がある。脂肪が燃えるらしい。おれはこういう物騒な肉体の持ち主には近づかないようにしている。今日は運が悪かった。

「芸術には無縁のあんたが」

合田は細い目を意地悪く光らせた。脂の臭いがむっと立ち込めた。

「この会場にきているのはほとんどが芸術に縁のない連中だよ。あんたも含めてな」

おれは感情を殺して言葉を返した。

合田の首筋がどす黒く染まった。この男には漆芸家としての才能は針の先ほどもない。あるのは本人がプライドと称する異常に強い自己愛だけである。おれは合田の内臓脂肪が黄色から橙《だいだい》色へ変色していく様相を透視した。赤に近くならないうちにこいつのそばを離れねばならない。脂肪が炸裂してナパーム弾になる。巻き添えを食うのはごめんだ。おれは合田に背を向けた。

「おい、待て」

合田が追いかけてきた。

「枕男。親の因果の報いの枕男」

合田はおれの背後から汚れた文句を浴びせかけた。蛆《うじ》のわいた不快用語を。おれは会場を出てトイレの方角へ足を向けた。合田はしつこく追ってくる。

「枕。枕。わたしは哀れな枕ちゃん」

脂肪男はおれの後ろから歌いながらついてきた。おれは無用のいさかいは避けるつもりでいたが、考えを変えた。おれはあたりに人がいないのを確認して振り向いた。

「かわいそうね。枕ちゃん。そんな体でどうやって生きていくの。お布団が恋しいわ。哀れな枕ちゃん」

脂肪の漆芸家は遊戯のような仕種をしながら歌い続けた。おれへの侮蔑でゆがんだ顔が左右に揺れた。天の声が「死刑に処してよし」と判決を下していた。おれは嫌々ながら合田に足払いをかけた。二百キロ近い脂肪の塊がもんどりうった。どすん、ではなく、ぶちゃあっという胸の悪くなるような圧縮音が広がった。おれは真っ黄色い脂肪が飛び散るのではないかと思わず顔をそらせた。おれは脂臭さにむせながら、合田の髪をわしづかみにしてその体を引きずった。脂肪こそ飛び出なかったが、皮膚からたっぷりとにじみ出た脂が潤滑油になり、二百キロの肉体は軽々と床の上を滑った。

「おい、こら、なにをする。離せ」

漆芸家は脂肪のような悲鳴を上げた。彼は手足をばたつかせ抵抗したが、筋肉も脂肪なので赤ん坊ほどの力もない。おれは合田の体をシャッターの下りた場所まで引いていった。そこはつい先頃まで高級ハンドバッグを売っていた店である。ホテル側も売り上げを期待した店だったが一年と持たなかった。店のオーナーはテナント料を滞納したまま夜逃げをしてしまった。今この一角はホテル内のゴーストタウンと化している。おれは合田をシャッターのそばまで引きずり、側頭部を蹴り上げた。おれが器物を動かすところを見られないように昏倒させるつもりだったのだが、頭部にも厚い脂肪がついているために蹴りが効かない。もう一度蹴り上げたが、それでも効果がない。おれは面倒臭くなってシャッターを動かすことにした。シャッターのような大きい、設置された物体を動かすのはむずかしい。おれの器物を動かす能力にも限界があるのだ。普段ならこのような扱いにくい対象を動かすことはしないのだが、今日は脂肪男から侮蔑を受け、おれとしても精神の緊張が高まっているのでやってみることにした。おれはシャッターに思念を送った。青白い煙がたゆたうように現れ、渦を巻き、光の矢になって金属の蛇腹に突き刺さった。シャッターが大きく波打った。おれは意識を集中した。シャッターは小刻みに揺れながら上昇し始めた。おれの怒りを受け止めたようにシャッターはうなりを上げた。合田はおれが特殊な能力でシャッターを動かしていることに気づいていない。自動シャッターの操作スイッチを押したと思っているのだ。おれはある程度の隙間が出来るとシャッターを止めた。合田の肥大した体を床とシャッターの間に押し込む。おれはシャッターに降りるよう命令した。シャッターはぐんぐん降下し、合田の体にギロチンのように食い込んでいく。

「うわ、うわ、はさまれる。体がつぶされる」

おれは合田のそばにしゃがみ込んだ。

「助けて欲しかったら、『林隆は自分の肛門を舐めるのが趣味』といえ」

「な、なに」

「早く言わんと体がつぶされるぞ。ほらほら」

「馬鹿馬鹿しい」

合田は鼻で笑った。

「体がつぶれるのと、おれのいう通りにするのとどっちが馬鹿馬鹿しい。ほれほれ、腹のあたりからラードがはみ出てきた」

「いいます、いいます。ええと、ええ、なんだっけ」

「林隆は自分の肛門を舐めるのが趣味」

「林隆は自分の肛門を舐めるのが趣味」

「自分の名前をつけ加えろ」

「えっ」

「お前の名前だ」

「ご、合田陽一郎」

「よし。お前の声はテープに取った」

「な、なんだ」

「馬鹿めが。林隆はお前が猟官運動をしている国立芸術大学の学長の名前だ」

「ええっ」

「お前が今日おれにされたことを警察に届けたりしたらこのテープを国立芸術大学へ送る」

「ひええっ」

「黙っていれば送らない」

「いいません。警察なんかへはいきません」

「よろしい。ではもうしばらくシャッターの圧迫を受けろ」

「うぎゅうう。か、体がつぶれる」

「つぶれているのは脂肪だ。少しは脂をしぼった方が健康にいい」

「死ぬう。死ぬう」

「耐えろ。おれの心を傷つけた罰だ」

　おれは脂がしぼられていく音を聞きながら、そこをあとにした。合田はこの街の職業訓練校で漆芸を教えている。彼の夢は東京の国立芸術大学で漆芸を指導することだ。そのため、何年も前から知人である彼《か》の大学の教授を百足山市に招待し、接待をしている。おれは料理屋で何度かその場面を見たことがある。二百キロの脂肪の塊がコメツキバッタのようになっておべっかを使っていた。浅ましい、見苦しい、情けない光景だった。接待が功を奏して彼の夢はあと一歩のところまできているはずだ。今日のことは、彼は口が裂けても言わないだろう。あと二十分したらホテルに電話をする。「シャッターに人がはさまれています」それからこうつけ加える。「救出の際は火気厳禁」。現場は脂まみれだろう。引火に細心の注意を払いながらの救出活動になる。

11

おれは銀扇ホテルを出た。

道路をへだてた向かい側に青松デパートがある。休日だから人が多い。おれは信号待ちをしながらショーウインドーの前を行き交う通行人を眺めていた。若い男女が睦まじげに歩いていく。幸せそうな二人。おれは思わず首を突き出した。女は志保だった。志保は男の肩に頭を寄せるように歩いている。男も志保の方に体を傾けている。志保は男の顔を見上げて笑っていた。男も志保をいとおしげに見つめていた。

(ほう)

おれは信号が変わったことにも気づかず立ちつくした。おれが今見ているもの。男と女が歩いている風景だ。寄りそって歩く男と女だ。おれはまだ眼前の現実を信じられなかった。ここまでの道筋が緊張を強いられるものだったから身構えること以外の発想しかなかったのだ。

ロマンスという手があった。

おれは我に返り、あわてて道路を渡った。

おれは志保と青年のあとを追った。背後から見ると二人の姿はいっそう恋人同士に見えた。男は長身で贅肉のない体つきだ。麻のジャケットとグレーのコットンパンツというラフすぎないカジュアルさが好ましい。短髪の後頭部が二枚目だった。男前は後ろから見ても男前なのである。

快哉を叫んでいいのか。いいだろう。

志保の精神状態は最悪の域を脱していたから一安心ではあったのだが、これでもう一段階安心度は上がった。恋を知った女が自殺などするわけがないからである。おれは彼女の護衛人としての任務を解かれてもよさそうだった。

志保がこの青年と接近したのはいつ頃のことだろう。男女の仲が燃え上がるといってもそれなりの助走期間が必要である。志保が首を吊ろうとしていたとき、この青年はなにをしていたのか。その頃には二人の関係は生じていたはずだが。二人の背中を追いながらおれは疑念も感じた。

奇声は右耳から入ってきた。人間離れした声である。ショーウインドー前の通行人が一斉に声の方向を向いた。

客待ちのタクシーが列をなしている。

声はその中の一台からだった。鼻に大きな絆創膏を貼った運転手が窓から身を乗り出して指を差していた。その指先はおれに向けられていた。

「ぎゃみゃああ」

運転手は春の雄猫のような声を発した。そいつが誰だかすぐにわかった。おれが鮨屋に入る前に張り倒し、鮨屋を出て黒髪に会ったあと、また出くわして頭突きを食らわせた、あの運転手である。おれは停車したタクシーに駆け寄り、罵声を浴びせようと歯をむいた運転手の口をふさいだ。おれの手の中で、おれの頭突きで砕けた鼻骨がぐにゃりと動いた。

ここで志保に気づかれたくはない。

「騒ぐな」

おれは手に力を込めながらショーウインドーの向こうを確認した。志保と青年はなにごともなかったように歩いていく。似合いの二人だ。おれは思わず見とれてしまった。手の平のなんともいえぬべとつきにおれは気がついた。運転手の顔が紫色になっていたので、おれはあわてて手を離した。口と一緒に鼻もふさいでしまったらしい。脳への酸素供給を止められた運転手は眼球を膨れ上がらせていた。おれはそいつの頬を叩いて目を覚まさせた。

「これでビールでも飲んでくれ」

おれは運転手の胸ポケットに千円をねじ込んだ。殴り倒し、頭突きを食らわせ、今度は窒息だ。さすがにおれも罪の意識を感じたのである。

志保と青年の後ろ姿は遠くなっていた。

遠ざかるほど彼等は恋人らしくなっていくようだった。

おれは志保に連絡をするタイミングを考えた。男女の逢瀬を邪魔するのは野暮というものだ。あれこれ迷ううちに日が暮れて、ますます電話をかけづらくなった。恋人同士なら食事もするだろう。そのあとでカクテルグラスを傾けることもあるだろう。もしかすると一夜をともに過ごすこともあるかもしれない。おれは連絡することを断念した。それならそれでけっこうなことである。

おれは行きつけの縄暖簾《なわのれん》で焼き鯖と小松菜のおひたしでビールを飲み、梅茶漬けで夕食を仕上げた。家に戻って布団に入ったが眠れない。二百キロの脂肪の山が歌う「かわいそうな枕ちゃん。お布団が恋しいわ」の歌が耳について離れない。おれはよほどこのまま深夜バスに乗って東京へいき、芸術大学の学長宅を訪ね、合田陽一郎の処分についての相談をしようかと思ったほどである。睡眠導入剤を口に入れかけたが、やめた。それは蹴り飛ばすためのもので、服用するためのものではない。おれは布団を抜け出した。

おれの足は山道を上っていた。手には芋焼酎の一升瓶と缶ビールを六本提げていた。

おれはどこへいこうとしているのか。一人のおれがもう一人のおれに尋ねていた。

竹林を抜ける風音が鳴っていた。冬の風と竹林なら虎落笛《もがりぶえ》だが、夏の風と竹林の組み合わせはなんというのだろう。

無縁墓地のこんもりとした輪郭が黒髪の家からもれる灯に浮かんでいた。

玄関の戸が以前きたときより戸らしい位置に収まっていた。それでも立てかけてあるだけの引き違い戸であることに変わりはない。

おれは戸の隙間から体を差し入れ、勝手に上がり框《がまち》を踏んだ。

「いるかあ」

返事はなかった。室内は混乱をきわめているので、人間と廃物の見きわめすら難しい。

段ボール箱の向こうに二本の足が見えた。おれはぎくりとした。黒髪の身になにか起きたのかと思ったのである。だが、すぐにおれは胸をなで下ろした。

黒髪は高いびきで眠っていた。

「こら」

おれは黒髪の耳元でがなった。

「まだ寝るには早い。何時だと思ってる」

午後十一時半である。無体はおれの方だが、今夜はそれが正しいのだ。

どいつもこいつも。おれは無性に腹が立ってきた。自分の都合のいいときばかりおれを悩ませやがって。たまにはこちらのスケジュールを優先しろ。おれに甘えるんじゃない。

おれは不平の文句を並べながら黒髪の頭を揺り動かした。

「起きろ。朝がきた」

髪が割れ、浜に打ち上げられた鯨のような黒髪の顔がむき出しになった。黒髪は仰向けになったままおれの顔に張り手を叩きつけた。おれの体は裏返しになって吹っ飛んだ。ものすごい力である。おれは起き上がって呼吸を整えた。

このまま帰るわけにはいかない。

意地でも起こしてみせる。

おれは黒髪に飛びかかった。黒髪も体を起こして反撃した。取っ組み合いになった。上になり下になり拳を振るいながらおれは一体なにをしているのだろうと思った。夜の夜中、女を起こすために当の本人と摑み合いをしているのである。おれは困った。体は格闘しているのに心は本当に困ってしまった。

なぜならおれはとても幸せだったからである。

格闘はすぐ終わった。二人とも破れ畳に沈み込み、心臓の早鐘がおさまるのを待った。

それから抱き合った。黒髪がしがみついてきたからだ。

おれも抱きしめてやった。おれの何倍もでかい小山のような女体を。

黒髪は泣いていた。

「なにかあったのか」

おれは聞いた。

「なにもない」

「なにかあるから泣いてるんだろ」

「ない」

そういいながら黒髪はおれの胸を拳でごんごん叩いた。叩きながらしがみついてくるのである。しばらく彼女のするがままにさせておいて、おれは黒髪の体を引き離した。

おれは起き上がって持参した焼酎と缶ビールを取りにいった。流しから使えそうなコップを持ってきてそれに焼酎をそそいだ。コップの中に小さな蜘蛛が這っていて突然の焼酎の襲来に泡を食って飛び出していった。

「飲め。目が覚めるぞ」

おれは焼酎のコップを突き出した。

「ひどい奴だ」

黒髪はぶつぶついいながらそれを受け取った。

「せっかく寝てたのに」

「おれはな」

焼酎を口に含んでおれは黒髪を睨んだ。

「いつもそういう側なんだ」

「どういう側だ」

「他人からいつも生活を乱される側だ」

おれはコップを膝に置いた。

「だからたまには他人の生活を乱したい」

「なにもおれの所にこなくても」

黒髪は目をしょぼつかせた。おれ、と彼女は自分のことをそういう。

「とりあえずお前の所しか思い浮かばなかったからだ」

「ひどい奴だ」

酒を飲むほどに目が冴えてくるというときがある。この夜がそうだった。持参した焼酎の一升瓶があっという間に空になった。首から下はアルコールの風呂につかりながら頭だけは寒風にさらされている。黒髪も同じらしい。全身はぐにゃぐにゃなのに首から上は素面《しらふ》の顔をすげ替えたかのようだった。

「お前、なにを忙しそうにしている」

黒髪はおれに目を合わせずにいった。

おれが志保のためにあちらこちらと動き回っていることを知っているらしい。

「ひどい目にあった娘がいてな」

おれは答えた。

「その子の身の安全が決まるまで面倒を見なきゃならない」

「お前のおせっかいか」

「おせっかいじゃない。使命だよ。おれの」

「その女はなにをされたんだ」

「レイプだ」

おれは一瞬迷ったが正直に答えた。黒髪ならこの話をしてもかまわない。

「前代未聞の連続強姦事件だよ」

「すんだのか」

黒髪は独特のいい回しをした。解決したのかという意味である。

「いや」

おれは焼酎の最後の一滴をなめた。

「まだだ。どう決着がつくのかおれにもわからん」

「嫌な話だ」

黒髪は瞼を閉じたまま顔を上向けた。

「おれもされたことがある」

黒髪は目を開けた。

「子供の頃だ」

黒髪の大きな体が縮んで見えた。

おれは彼女の告白に驚きはしなかった。姿形がどうであれ女は女だ。おれはそのことを疑ったことは一度もない。

「昔はこれでも可愛かったんだ」

黒髪はいった。冗談めかしてではなく、真剣な表情だった。

黒髪は美人ではない。今は。しかし、その顔はなにかの拍子にえらく整って見えることがある。うまくすれば美人の人生を歩めたかもしれない、と思わせる微妙なバランスが仄見《ほのみ》える顔立ちなのである。目鼻立ちに屈折が加わる以前、思春期の前期、彼女が美少女であったことは容易に想像できる。大柄で、大人の体を持った少女。その容姿は男の欲望を誘った。

彼女は災厄に見舞われた。強姦事件のすべての被害者にトラウマが残るように、黒髪の記憶にも事件の衝撃はこびりついているに違いない。その外見からつい誤解してしまいがちだが、彼女もまた絶望の淵に沈み、誰かの支えを必要とした女性の一人なのである。

おれは沈んだ空気を避けたかった。

「おれだって美少年だった」

おれはそう切り返した。

黒髪は掛け合いに乗ってこず、目を一点にすえていた。

「今ならあいつ、八つ裂きだ」

黒髪はおくびを吐いた。彼女の脳裏には、何十年かの昔、少女の自分に不埒な真似をした男を引き据え、成敗している光景が浮かんでいるのであろう。

「おれも、レイプ犯がお前にずたずたにされるところを見てみたい」

おれは軽口をたたいたつもりだったが、妙に真面目な口調になってしまった。

黒髪はそれがおかしかったらしい。

黒髪が笑い、おれもつられて蕎麦殻を揺すった。

「今日」

黒髪が表情を戻した。

「里見の所から使いがきた」

「里見病院か」

黒髪はうなずいた。

里見はこの街で三代続く病院の院長である。世間によくある傲慢無礼なタイプの医者で、患者を見下してものをいう。病気の人間を頭ごなしに怒鳴りつけるのである。この男の父親も祖父もそういう医者だった。おれも以前それとは知らず里見病院にかかり、怒り心頭に発した経験がある。おれは風邪をこじらせて肺炎の一歩手前だった。里見は息も絶え絶えのおれを前に日ごろの生活態度が悪いからそうなるのだとえらそうに説教を始めたのである。おれは呼吸困難で動くのもやっとだったが、そいつを椅子ごと蹴り倒した。おれは看護師にタクシーを呼ばせ、県立病院の呼吸器専門外来へ転がり込んでことなきを得た。どこの世界に呼吸困難で死にかけている患者を前に治療もほどこさず説教をたれる馬鹿がいるか。こういう人物の経営する病院が三代も続いてきたことがおれには驚異である。田舎の人間は従順だから医者とはそういうものだと思い、がまんをしているのだろうか。

里見には東町茶屋街振興協議会の代表としての顔もある。協議会は歴史的町並みの保存や観光イベントなど地域の活性化と文化財保護の活動をしている。いかにも地域リーダー然とした行動だが、おれにいわせれば里見は古い建物の歴史的価値や景観の美を理解しているわけではなく、社会に認知された紋切り型の地域活動を真似、田舎臭い文化人意識を満足させているにすぎない。やり方も強引で一種の権力誇示の面がある。異を唱える住人はいない。地域振興、環境保全。錦の御旗を有力者が振れば誰しも頭《こうべ》をたれるのである。本来は協議会の代表を務めるのは茶屋の旦那衆であった。人品骨柄、人徳のそなわった粋人が中心になり茶屋街の文化事業を進めてきたのである。そこへ外部から割り込んできたのが里見だった。里見は狡猾な手口と金にものを言わせ、協議会代表の座を奪い取った。

茶屋の旦那は遊びにはたけているが、アク強く立ち回らねばならない政治的な活動は苦手だ。里見のような押しの強い、厚顔無恥の輩には手もなくひねられてしまうのである。

里見は街をふんぞり返って歩く。人を人とも思わぬ傲岸な態度であるが、おれの姿を見ると目をそらし、急にこそこそとしだす。

里見の次男は医大を出て現在インターンをしている。この次男は医大生時代、海外から大麻を取り寄せて使用していた。遊びに使うだけではなく、密売もしていた。おれは別の事件を調査中、ちょっとした偶然でそれを知った。おれはよほどの凶悪事件ではない限り、素行不良者の行動には関心を持たないことにしている。だから里見の次男の件も明るみに出すつもりはなかった。だが、里見はどこからかおれのことを嗅ぎつけ、血相を変えてやってきた。おれが息子の大麻所持の証拠を握り、警察に通報しようとしていると誤解したらしい。

里見はボストンバッグから無造作に札束を取り出した。五百万近くはあったのではないかと思う。おれを金で黙らせようというのだ。おれは里見の次男のやったことなど取りざたするつもりはないといった。金も必要ないといった。里見はおれのいうことを信じなかった。おれが金額をせり上げようとしていると勘違いしたのだ。里見が引き下がろうとしないのでおれは怒ってみせるしかなかった。

「おれに黙っていてほしけりゃ金を持って帰れ。警察に通報してほしいんなら金を置いていけ」

ようやく里見は引き下がった。

そのときは病院の診察室でおれが里見を蹴り倒してからまだ間もなかったが、里見はおれに気づいた様子はなかった。医者が患者から暴行を受けることなどめったにあるものではない。覚えていてもよさそうなものだが、もしかすると里見という医者にとってその程度のトラブルは日常茶飯事だったのかもしれない。

里見は今も疑心暗鬼なのだろう。

おれが息子の麻薬犯罪をネタにいつ脅しをかけてくるか。だからこいつはおれの姿を見るとこそこそと隠れる。まあ、このような輩にはこちらが切り札のカードを持っていると思わせておいた方がなにかと都合がいいので、そのあたりは相手の誤解のままにまかせてある。

黒髪のところにきた病院の使いは里見の秘書をしている細木という男だろう。元法律事務所の経理係だったが、事務所の金を着服して刑務所に入った。出所して、いく当てもなくぶらぶらしているところを里見に拾われた。

愚にもつかぬ男だが、法律に詳しいので雑用係兼法律顧問のような役割として里見は重宝しているようだ。

「家族の居場所を教えにきた」

黒髪はいった。

黒髪が行方をくらましたあと、彼女の夫は子供を連れて街を離れた。夫は行く先を誰にも教えなかった。

「里見はおれの家族の居場所を探し当てた」

「なんのために」

当然親切心からではあるまい。里見はそのような人間味のある男ではない。

「おれをこの街から追い出すためだ」

「お前が家族を追って街を出ていくと思ってるんだな」

「おれはとうの昔に知ってた」

黒髪はガラスのない窓から暗闇を見ていた。

「調べたんだ」

黒髪の家族は北海道の根室にいた。夫は学生時代、根室でアルバイトをしながらひと夏を過ごした経験がある。そのときの思い出をよく話していた。だから行く先のおおよその見当はついたのである。

「根室までいった」

黒髪の声で闇の向こうに根室の灯がともったようだった。

「家族に会ったのか」

おれの質問に黒髪は首を横に振った。

「女と暮らしてた。よさそうな女だった。子供達もその人になついてるみたいだった」

黒髪は張り込みの刑事のようにかつての家族を遠くから眺めた。彼女は三人の前に姿を見せるつもりはなかった。

「おれはおれの勝手で家を出た。いまさら、のこのこと出ていけるか」

黒髪はおれを見て相槌《あいづち》を求めるような目をした。おれは黙ったままでいた。

「あのくず医者は」

黒髪は言葉を吐き捨てた。

「おれがこの街に戻ってきたことを向こうに話したらしい。おれが家族に会いたがっていると嘘までついて」

黒髪は唇を震わせた。新しい生活を始めたかつての家族の心を乱した里見への怒りだ。

「あいつ、とにかくおれを追い出したいんだ。おれがここで暮らしてると観光客がこなくなるそうだ。病院の使いの男が遠回しにいいやがった」

近頃は旧廓跡を見物してから百足山の寺院群を散策する観光客も多い。この化け物屋敷が観光巡りのさまたげになるというのである。黒髪にとって二重の屈辱だ。元家族までだしに使われたのだから。

「おれの名前を出せば里見はこなくなる」

おれはいった。

「あいつとは親しいのか」

「親しいといえば親しい」

里見がこの街から追い出したいのは黒髪よりもおれの方だろう。おれが黒髪を連れてこの街を出るといったら、奴はいくらぐらい餞別《せんべつ》をよこすだろう。おれはその額を計算してみた。

「おれが口をきいてやってもいい」

黒髪はおれの言葉に反応はしなかった。闇へ視線を投げたままだ。

焼酎の酔いがようやく首から上にあがってきた。おれは黒髪の手に自分の手を重ねた。

「なにかあったらおれを呼べ。おれの連絡番号は知ってるな」

黒髪の手の甲がかすかに動いた。

おれが玄関を出ようとすると黒髪が声をかけてきた。

「燕の塒入《ねぐらい》りって知ってるか」

「知ってる」

おれは立てかけただけの格子戸に半分体をはさんだまま振り返った。

「河生潟に燕が何万羽も集まるんだってな」

黒髪の頬が上気していた。

「うん」

おれはいった。

「五万羽も六万羽も。それ以上かもしれん。この地方の燕が全部くるんじゃないか」

「南の国へ帰る前にそこに集まって海を渡る訓練をするんだろ」

「訓練かどうかは知らんが」

おれは体を戸口にもたせかけた。

「オリンピック選手団の結団式に見えんこともない」

「空が燕の大群でいっぱいになったあと、一斉にその群れが葦とかセイタカアワダチソウの中へ入るんだな」

「そうだ」

「燕の塒入り」

「うん」

「一度見てみたいんだ」

「一見の価値はある」

「連れていってくれないか」

「毎年場所が変わる。河生潟は広いから前もっての情報収集が大変だ。それに相手は燕だ。こちらの期待通りというわけにはいかん」

「見られなくてもいいから連れていってくれ」

黒髪はおれから離れた場所で喋っている。その距離が切実さを感じさせた。

「考えとく」

おれはそう返事をした。

おれは黒髪に燕の塒入りの話をしたことがあるのだろうか。よく憶えていない。黒髪がどこかで人に聞いただけのことかもしれない。

八月の終わりから九月の上旬、燕の子育てが終わる。この時期、街とその周辺からすべての燕が姿を消す。燕は広大な干拓地河生潟に移動し、南の国へ旅立つまでの日々を過ごすのだ。潟の上空を何万羽の燕が埋めつくす、この世のものとは思えぬ光景をおれは毎年見にいく。人を連れていったことはない。

おれは黒髪の要請に心を決めかねるまま坂道を下った。眼下に茶屋街の屋根が黒々とうずくまっている。紅殻格子《べんがらごうし》の通りにおれは戻った。

このまま寝床に再突入のはずだった。おれの足は家に向かなかった。恐ろしいのである。まだ眠れないのではないかという恐怖があった。

路地裏にぽつんと灯がともっている。

「ナッツ」というバーである。午前一時二十一分。店じまいの時刻だが二杯は飲めるだろう。バーテンダーとアルバイトの女の子が一人の小さな店だ。女の子は帰ったあとで、マスターが一人だけで洗い物をしていた。客はいなかった。この建物もおれの住まいと同様格子造りの元遊廓だ。畳敷きになっているのでいちいち靴を脱がねばならない。まあ、おれは靴を履いていないので関係はないのだが。

おれはハイボールを注文した。その瞬間この夜のツケがどっと回ってきた。夕方から摂取したアルコールがどこかのダムに塞き止められていて、それが決壊した感じだった。

「大丈夫ですか」

マスターの声が遠くに聞こえた。

店の主人はスコットランドへウイスキーの買い付けにいき、戻ってきたばかりである。三十代の若い主人だ。色白の好男子で、カクテルを作るときの指先が美しい。そういえばこの主人はスコットランドへ行く少し前から髭をのばし始めたのだった。「自分は童顔だから、髭で貫禄をつけていくんです」とかなんとかいっていた。今の彼の顔に髭はない。

「成田空港で麻薬犬のチェックを受けました」

主人は旅の終わりのエピソードを披露した。声はますます離れていく。麻薬犬も臭いだけではなく、人相風体を見て判断することがあるらしい。その日の麻薬犬にとっては主人の髭面が要注意の対象だったのだろう。

貫禄をつけるつもりで生やした髭は彼の国での商談にあまり意味はなさなかったが、麻薬犬の注意を引く程度には効果があったようである。

おれはハイボールのあとに林檎のブランデーを飲んだ。甘い。おれはウイスキーのストレートを注文し直した。なにやら破壊のためにやみくもに爆弾を投下するヘボ爆撃手のような心地になってきた。

薬か酒か。薬と酒か。どちらの選択もおれに快眠を与えてくれない。おれほど他人の眠りに貢献している枕もいないのに。

12

おれが志保にかかわる理由はもうない。

志保を襲った怪物は二度と災いをもたらすことはないだろう。そして、彼女には新たに心のよりどころが出来た。これはおれが街角で見かけた光景から判断しているだけだが、あの男と志保の関係は友人以上のものであることは確かだ。残された懸念は、「大丈夫か」ということだ。「あの男は大丈夫なのか」である。志保との出会い、これまでの経過が尋常ならざる事態の連続だったから、おれとしても慎重になっているのだ。娘を持つ男親の気分である。ひどい体験をした娘にはハッピーエンドをもたらせてやりたい。おせっかいであることはわかっている。それでもなお念には念をだ。

電話が鳴った。

おれは体内の発信音でいい知らせと悪い知らせがわかる。いい知らせは胸全体がほっこりするような響きがある。悪い知らせは下腹が鳴る。この電話は下腹のそのまた下で鳴っていた。

「はい」

おれは不機嫌そのものの声を発した。

「千両か」

「おれ以外にこの電話に出る奴はいないよ」

「お前のことだから携帯をどこかに忘れたかと思って」

「携帯じゃない。どこかに忘れてくるとかいう種類のものじゃないんだ。おれのは」

「そうだったな」

電話はおれの親父だった。

「元気にしてるか」

「まあね」

「夏も終わりだな」

「ああ」

「今年の夏は楽だった。去年の暑さはひどかったが」

「ああ」

「蚊が少なかった」

「そうかい」

「そのかわり蜘蛛が多かった」

「おれは忙しいんだよ」

「わしだって忙しい。こんな電話などかけている暇などないんだ」

「じゃ、かけてくるなよ」

「夏が終わるじゃないか」

「夏が終わるのが不満なら気象庁にでも文句をいってくれ」

「千両」

親父の声が沈んだ。

「なんだ」

「今年も燕が巣立った」

おれの脳裏に燕の巣が浮かんだ。木造三階建ての一番高い軒にかかった、通常の六、七倍はある巨大な巣。おれの母親の頭蓋骨を砕いた燕の巣。今おれの実家にある巣は一階の軒に遠慮がちにかかっている。不思議なもので、おれの母親が巣の落下事故で死んでから数年間燕はこなかった。燕も責任を感じたのだろうか。そのうちに季節にはちらほらと燕が姿を見せ始め、元のように巣をかけるようになった。

「たまには母さんの墓参りに帰ってこい」

「わかってるよ」

「ところで」

親父の声のトーンが変わった。

「前にも話したが、テレビのコマーシャルに出る気はないか」

「父さん」

おれの声もギアが替わった。

「二度とその話はするなといったろう」

「新商品なんだ」

「おれを見世物にする気か」

「長男が家業に協力するのは当たり前だろう。お前がＣＭに出てくれれば売り上げは倍増だ。なんといっても川島寝具店の生きた商標だからな、お前は」

「おれが生まれたとき、分娩室の外で失神してたくせに」

「あれはお前、体調が悪かったからだ」

「とにかく、ごめんだ。なにが悲しゅうて、おれが枕や布団と並んで世間へ愛嬌を振りまかなきゃならんのだ」

　おれは親父の声を発する下腹に向かって唾を飛ばした。

「お前は一応我が社の取締役だぞ。給料だって払ってる」

「だから協力してるだろ。頭のおかしなクレーマーの相手や、父さんが妙な宗教団体と揉めたときだって、女との別れ話がこじれたときだって。荒っぽい、汚い仕事は全部おれが片をつけてきた」

「お前が出てくれればなあ」

「英二を出せばいいじゃないか」

　おれは弟の名前を口にした。

「英二に枕の着ぐるみを着せてＣＭに出せばいい。父さんも一緒に。親子枕だ。受けるぞ、これは」

「そんなみっともない真似ができるか。枕の格好など」

「みっともない？　あんた自分の子供をみっともないというのか。枕のどこがみっともない。おれの存在がそんなに恥ずかしいのか」

「そうはいってない」

「そういってないなら、どういってるんだ」

「お前が生まれたとき」

親父は急に涙声になった。

「母さんと夜通し話をした。この子をどう育てていくか。いっそ親子心中をしようかと母さんはいった。わしは首を振った。たとえ枕であってもこの世に生を受けた命だ。どんなことがあっても育てると」

親父は声を振りしぼった。おれはだまされない。すべて嘘だからだ。おれを命に代えても一人前の男に育てると決心したのは母親で、このろくでもない父親はおれの生まれた日、愛人の家を三軒梯子したのである。親父は分娩室の外で気を失った。意識を取り戻すと病院を飛び出した。妻と生まれた我が子の顔も見ずに。この男は「みそぎ」と称して女の元へ走ったのである。親父は一週間家に戻らなかった。おれの誕生から逃れるように。

「お前の千両という名前にも深い深い意味がある」

親父はいった。

「意味などない」

おれは切り捨てた。

「招き猫の千両小判だ」

「誰から聞いた」

「聞かんでもわかるわ」

おれは電話を切った。これ以上、下腹に向かって怒り続けると腸捻転になる。

おれは実家の家業を人に話したことはない。「川島寝具店」。地元では名の通った会社である。従業員が五十人ほどの小さな企業だが品質と技術で信用を築き上げてきた。創業は文久二年。生麦事件のあった年である。幕末の混乱期になにを思って先祖が布団屋を始めたのかわからないが、ともかく百五十三年続いてきた商店だ。商いの最盛期は大正から昭和初期にかけてで、当時の近郷近在の婚礼用布団は川島寝具が一手に引き受けたといわれている。

「この地方の、大正、昭和の新婚夫婦は全部うちの布団の上で子を作った」

というのが祖父の口癖だった。おれは酒に酔った祖父からその話を聞くのが嫌で、祖父が酒を飲み始めるとどこへ隠れようかと避難場所ばかりを探していた。

この数年、我が川島寝具は新商品の開発に力を入れている。「美人抱き枕」とか「フットピロー循環布団」というあざといネーミングの商品がそれである。健康志向、サプリメントブームに便乗したような商法で、おれは老舗寝具店が自分の首を絞める結果になるのではないかと危惧している。

おれは恥ずかしいのだ。布団屋という家業がではない。枕に生まれたことがでもない。布団屋に枕が生まれたことが恥ずかしいのである。見え透いている。話が出来すぎているではないか。生命を司《つかさど》る何者かの、受けを狙った浅ましい性根が丸見えである。おれを川島寝具店の若夫婦の元へ運んだコウノトリの顔が見てみたい。こんな陳腐で噴飯ものの生命誕生を企画した責任者は、この愚かしい結末を自省し、末代までの悔恨としつつ、己の役職の重責を自覚せねばならぬ。

おれはアホだのボケだのといわれるのは一向にかまわない。だが、悪趣味な出生を笑われることだけはがまんがならない。

だからおれは人に実家の話をしない。

ＣＭへの出演？　今度そんな話を親父が持ちかけてきたらおれは実家に乗り込んで家に火をつける。

志保に連絡しようとした矢先に、よりによっておれの神経を一番苛立たせる人物が介入してきた。やたらにおくびが出た。父親と会話をすると胃にガスがたまるのは、これはどういう心理のなせる業なのであろうか。

おれは乱れた心を落ち着かせるのに苦労した。風呂に入り、遅い朝食をとり、小一時間ほど外をうろついて、ようやく親父の電話がかかってくる以前まで時間を巻き戻すことができた。

おれは志保に電話をし、職場が退けてから会うことにした。

夏の盛りからすると日は短くなった。

五時をすぎると日差しの中に見えない薄闇が潜み始める。おれは百足山中央公園にある赤煉瓦造りの現代文学記念館の脇で彼女を待った。文学記念館は元旧制高校の校舎である。帝国大学の予備教育を受け持った男子校の建物は城下町の風情によく似合う。おれがベンチに座ってほどなくすると志保の姿が見えた。

おれは立ち上がって彼女と向き合った。彼女は職場に復帰している。事件と自殺未遂の痛苦までも抱えて。よく耐えたとおれは思う。

志保の顔は生き生きとしていた。その表情を見ただけで昨日のデパート前の情景が彼女にとってなにを意味するものであるかがわかった。

「元気そうだね」

おれがそういうと、志保の頬がかすかに赤らんだ。彼女は仕事帰りだから地味な服装である。それが鮮やかなワンピースでも着ているように見える。恋人の出現がそうさせているのだろう。若い女とは不思議なものだ。

「昨日、君を見たよ」

「え？」

志保は笑みを残したまま、少し驚いた顔をした。

「彼氏と歩いていただろ。だから声をかけなかった」

「知らなかった」

志保は照れ臭そうにうつむいた。頬の赤みが耳元にまで移動した。

「こういうのを天網恢恢疎にして漏らさずっていうんだ」

おれはそれを口にしたあとで、自分の言葉におかしみを感じた。天網恢恢。室井老人と大村・高安コンビの話をしているときもこの成句が出てきたのだった。

「びっくりしたよ」

おれは彼女と並んで歩いた。旧制高校のグラウンド跡に出来たこの公園は、整備された都市の森だ。広い芝生と深い樹林。おれはここへくると都会へ出てきた気がする。村である地方都市の中で一番都市を感じるのが公園の緑であるとは皮肉な話だ。親子連れや、ジョギングをする人々が行き過ぎた。

「びっくりって？」

志保が小首をかしげた。

「だって、まさか今の君がデートするなんて思わないもの」

志保が困ったような表情になった。

「喜んでるんだよ、おれはね。ただ、本当に驚いた」

おれはあわててつけ加えた。

「あの彼とはつきあいが長いの？」

おれは詰問口調にならないよう注意した。電話ではなく直接会うことにしたのは、当たりさわりのない会話の中でそのことを聞き出したかったからである。電話だとどうしても質問を浴びせる形になってしまう。

「彼は」

志保はうつむきかげんに歩いていた。歩調もゆっくりである。

「あの日、会った人」

「えっ」

「わたしが襲われた日、帰り道で人を撥ねたでしょう。それが彼」

「本当かい」

おれはぽかんと口を開けて立ち止まった。志保も足を止めた。

「わたし、自分が加害者だという自覚もないまま、彼のお見舞いにいきました。白い部屋に彼の顔だけがぼうっと浮かんでいたのを憶えています。なにを喋っていいのかわからなくて。彼の方も同じで、二人で人形みたいに固まってたんです」

志保は軽いまばたきをした。

「でも、何度もお見舞いにいくうちに少しずつお互いの気持ちが通じ合って」

消毒薬の臭いと血のついたガーゼ。傷を治療するための病室に変化が訪れる。交通事故の加害者と被害者のぎくしゃくとした会話が、男女の語らいに変わっていく。おれには青春映画の一場面のような光景が見えた。

「彼の存在を意識するようになったのに、どうしてあんな真似を」

おれは自殺未遂の話などを持ち出すつもりはなかったが、思わず口にしてしまった。

「自分の気持ちを疑ったんです。わたしは罪の意識からこの人を無理やり好きになろうとしてるんじゃないかって。彼にしても、事故の衝撃で一時の感情があふれただけのことじゃないかと。苦しかった。彼を好きになっていくのに考えはいつもそこに突き当たるんです」

志保は胸元で軽く拳を握りしめている。白い、小さな指だった。

「男に襲われたことを彼に打ち明けられないこともつらかった。あの男から電話があるたびに心臓が縮み上がって、体がどこかへ持っていかれそうな気持ちになりました」

志保が暗い海から必死になって這い上がる。彼女は浜辺を走る。大きな棘のような手が彼女を追いかけ、足首をつかみ、海の底へ引きずり込む。彼女はそんな夢を何度も見たという。淀んだ海中で自分の足首をつかんだものの顔を見たとき、彼女はどれほどの恐慌をきたしたのだろうか。夢ではない。現実のおののきである。今おれが聞いても胸がしめつけられる。

志保は異常な事件に巻き込まれた。それがきっかけで彼と出会った。交通事故の加害者と被害者として。二人の間に芽生えた感情を彼女は疑った。心の半分は受け入れながら拒否した。このときの彼女は自分の手に幸福が戻ってくることなど信じられなかったのだ。

揺らぐ彼女を発作的行動へ追い立てたのは高安である。この変質者の、皮膚を粟立たせる声が、志保のかすかな希望を奪い去ろうとしたのだ。犯罪者の冷血は有無をいわせず人の歴史を切断する。おれが志保の救難信号をキャッチしたのは偶然にすぎない。

おれは目の前の娘を見つめた。この娘の命を助けて本当によかった。もったいない。これこそ本当のもったいない話になるところであった。

志保は迷妄を突き抜けて幸福の待つ場所に真っ直ぐ進むことを決心した。昨日おれの目撃した風景は志保の未来である。おれは考えなくてもいいことを考える。志保はその後、暴力を受けたことを恋人に打ち明けたのだろうか。女性にとって恋人にこの事実を打ち明けるのはつらい決断であろう。おれはため息を吐《つ》いた。それは彼女が決めることだ。あるいは二人が受け止める事案だ。おれがかかわれる問題ではない。

おれは志保を食事に誘った。おれが関知できる最後の仕事をこなすための情報を得なければならない。公園をそぞろ歩きしながらでは聞き出せることに限界がある。おれは志保を「黒い牡牛」というスペイン料理店に連れていった。店名は物々しいが、出てくる料理は手軽である。そもそもスペイン料理かどうかも疑わしい。明日看板を「イタリア料理」にかけ替えても誰からも文句は出ないだろう。まあ、地方都市のレストラン事情なんてこんなものだ。

おれは二万六千円の赤ワインを奮発し、「鰻の稚魚風冷凍シロウオのオリーブ油煮」というのを注文した。冷凍シロウオと断っているところは正直で好感が持てた。ウエイターが「今日は

『リヨン風クネル、ナンチュアソース添え』がおすすめです」というのでそれも注文した。リヨンというのはフランスの地名ではなかったか。おれはウエイターに質問しなかった。

おれは志保から情報を聞き出すことができた。

浦山浩。それが彼の名前である。浦山はガス給湯器大手の会社に勤めている。家族は両親と弟。百足山市郊外の新興住宅地に四人で暮らしている。浦山は給湯器の部品の設計をする技術者だ。センサーやポンプなどの設計一筋で、志保の話から想像すると求道者タイプの堅実な人物が浮かび上がる。おれは技術者が好きだ。知性と純粋さ。研究者と職人の感覚を合わせ持ったところがいい。勤め人でありながら出世競争を傍観しているようなイメージがあるのも好ましい。おれは志保の父親ではないが、婿候補の条件として、第一関門は突破といったところだ。

明後日、浦山は東京本社に出張することになっていた。

これはおれにとって願ってもない展開だった。おれは志保の話を聞きながら浦山の自宅に忍び込む算段をしていたのだが、彼が百足山市を離れるのなら都合がいい。家族が一緒の自宅より、ホテルに彼が一人でいる方が対処しやすい。

志保は自分の勤務する介護施設のトラブルを聞かせてくれた。認知症の男の老人が女の部屋に入ってくるという話だ。施設の側は認知症による徘徊と認識しているが、女の方は「病気を装っている」と主張する。つまり、猥褻目的の意図的行為だというわけだ。

女の方は九十三歳だが頭はしっかりしている。それだけに男に侵入されたショックは大きいのである。双方の家族が会って協議することになった。さいわい両家族とも良識のある人達で穏やかに話し合いはついた。女の入居している部屋は以前その認知症の男が入っていた部屋であった。そのために間違えて入ってきた可能性が高い。女が部屋を変わることになった。女の家族は、被害者である自分の身内が部屋を移らねばならないことにちょっと不満げだったが、新しく移る階が介護度の低い、元気な入居者が多いと聞かされ最後は納得した。

この場合、片方が認知症の男で、片方が女で健康だったことが問題を大きくしたが、双方とも認知症のときは珍妙な形になる。侵入した方も侵入された方も状況が理解できない。九十歳の男同士が仲良くベッドに並んでいたなどという例もあるのだ。

おれは志保の話に笑ったが、正直驚いていた。志保が職場の出来事を面白おかしくおれに聞かせたからだ。しかも、その内容は男が女の部屋に侵入する話である。おれは志保の心が再生していることを実感した。

「黒い牡牛」の料理はともかく、二万六千円の赤ワインの価値はあった。おれは知りたい情報を得られたし、なによりも志保の回復を確認することができた。ウエイターがやってきて、「お食事の仕上げに、『パッタイ』はいかがですか」といった。おれは断った。パッタイはタイ式焼きそばである。

志保の話しぶりでは、彼女は高安が大火傷を負って病院へ搬送されたことを知らないようであった。高安の顔写真は出なかったから、仮に新聞やテレビのニュースを目にしても自分の事件と結びつけることはなかったのだろう。それならそれでいい。彼女も知りたくないといっていたのだから。

13

浦山浩が何時の列車で東京へ向かうのかわからない。志保を通じて聞き出すことは可能だが、それでは志保がおれの行動に不審を抱くだろう。おれは浦山の記憶の中に侵入するつもりだった。浦山の行状を知るにはそれしかない。志保は嫌がるに決まっているから、彼女におれの目論見《もくろみ》を伝えるわけにはいかない。おせっかいな話ではある。男女の愛情は移ろいやすいものだし、今日の情熱が本物でも明日にはどうなるかわからない。それはいい。一年後、二年後に二人が別れることになろうとおれの知るところではない。おれが確認したいのは今だ。浦山の人となりである。浦山の身辺を調べておきたいのだ。

おれは神経過敏になっている。これも高安という怪物の記憶の中を泳いだせいである。大手給湯器メーカーの技術者という好ましい肩書きの浦山だが、一皮むけば猟奇的犯罪嗜好を持つ人物ということもありうる。実際おれはそういう奴を何人も見てきた。まあ、今回に限りその可能性はゼロに近いと思うのだが。

おれは浦山の自宅のそばに身を潜めている。おれの姿を見る者があっても誰も怪しまない。そこはごみ集積場である。おまけにこの日は週二回の「燃えるごみの日」である。生ごみと一緒に衣類や布くずを出す日だ。

午前六時十五分。すでに生ごみの袋がいくつか置いてある。生ごみは鴉よけのネットをかぶせてあるが、衣類や布団の類は紐で縛ってかたわらにまとめてある。おれは古いクッションやボロのぬいぐるみとくっつき合って体を縮こませていた。情けないことにおれと身を寄せ合う廃物の中に枕があった。まだ新しい、きれいな枕である。感触からすると中身はウレタンのようだ。持ち主と相性が悪かったのか、枕としての機能が低かったのか。おれは生命体で枕は器物である。おれは彼等と心を通わせることはないのだが、それでも零落した仲間を見るようでつらい。涙が出た。自分までが焼却場へ送られるごみになったような気分である。

中年の女が近づいてきた。右手にごみ袋、左手に毛布を抱えている。毛布は巻いてビニールの紐で縛ってある。三、四枚の毛布をまとめたらしく、嵩が大きい。女は足先でネットをまくり上げて生ごみを放り込んだ。粗雑な動作だった。女は毛布を抱えてこちらを振り向いた。おれは不吉な予感がした。予感は当たった。女は毛布を抱え上げておれの頭上に投げ下ろした。

丸めて固く縛った毛布は重い。しかも分量がある。頭上から軽乗用車が落下してきたようなものだ。全身がひしゃげる衝撃があり、視界が真っ暗になった。捨てられた枕を思い、気分が滅入っていたときであったから、おれは逆上した。おれは跳ね起きて、投げつけられた毛布の塊を抱え上げ、女の背中をめがけて投げ返した。円筒形の毛布はミサイルのように女の後頭部を直撃した。女の体はそのまま前方に素っ飛び、アスファルトの地面に叩きつけられた。おれは女が失神したと思ったが、女はすぐに立ち上がった。頑丈な体に出来ているらしい。女はぶるぶるっと頭を振って体の向きを変え、あたりをきょろきょろと見回した。何事が起きたのか理解できないようであった。女は薄気味悪そうに背後を気にしつつ戻っていった。

女が持ってきた毛布は路上に放置されたままである。おれは周囲に人がいないことを確認し、丸められた毛布に思念を送った。毛布は人間が腹筋運動をするように半身を起こし、それから立ち上がった。小さな足が生えている。毛布はおれの指示通りにちょこちょこと歩いてきて、集積場の、彼が納まるべき場所に体を横たえた。

車のエンジン音がした。浦山の家である。おれは駆けていった。ガレージから車が出ようとしているところだった。運転しているのは浦山である。浦山は車を出すと一旦降りた。おれはその隙に車に忍び込み、後部座席の下に身を隠した。おれの体は便利に出来ている。万が一見つかってもおれはその瞬間に化ける。生命の気配を消すのだ。おれを知っている人間がその状態のおれを見てもおれだとはわからないだろう。そのときのおれは枕そのものになっているからだ。

浦山はガレージのシャッターを下ろすと車に戻ってきた。車が発進した。駅に向かうのであろう。予想通りの時刻だった。東京へ出張する勤め人はたいてい早朝に出発する。浦山もそうであった。

駅までは約三十分。浦山は百足山駅の駐車場に車を止めた。浦山は車を降り、ドアをロックする。おれは車内から鍵を開け、外に出てドアを再びロックした。おれは小走りに浦山のあとを追った。浦山は切符の予約をしていなかったようで、彼は窓口で当日券を買っていた。自由席だ。おれも彼の後ろに並んで東京行きの切符を買った。

次に出る東京方面の列車は七時四十分発である。浦山はたぶんこの列車に乗るのだろう。彼は売店で弁当とお茶を買っていた。待合室には六、七人の乗客がいた。観光客らしい男女が一組と、あとは商用で出かけると思われる男達だった。

七時四十分発の特急「青鷺」がプラットホームに入ってきた。長距離列車が独特の排気音を立ててホームに滑り込んでくると、おれはいつもどきどきする。自分が乗る予定のない列車でも胸が高鳴るのだ。この日はあまり楽しくない用件で乗るのだが、それでもやはりおれは軽い興奮を覚えた。おれは浦山の後ろにくっつくようにして列車に乗り込んだ。車内はがら空きだった。これなら浦山の姿を見失う心配はなさそうである。

車両の中ほど、窓側の席を浦山は選んだ。

おれは浦山の席と通路をはさんだ右隣に座った。通路側の席である。浦山の様子を観察しやすいようにその場所を選んだのだ。浦山はスーツ姿である。ネクタイはしていない。長身を窮屈そうに折り曲げて座っている。彼はバッグから書類を取り出し、熱心に見入っていた。端正な横顔である。額から右頬にかけての薄い傷は事故の名残だ。あと二、三週間もすれば跡形もなく消えてしまうだろう。おれは浦山の人物に合格点をやりたい気分になった。この、ハンサムで、清潔感があって、人柄が良さそうで、仕事熱心な青年の心の中におれは毒蛇のように侵入しようとしているのである。おれは自己嫌悪の念にかられたが、やむをえない。これが最初で最後なのだと自分にいい聞かせた。

浦山が東京に一泊することは志保から聞いていた。おれはホテルの部屋に侵入して浦山の記憶を読み取るつもりだった。おれは浦山の様子を絶えずうかがった。彼は座席を倒して書類を読んでいる。横顔に疲労の色が見える。昨夜遅くまで出張のための準備をしていたのかもしれない。

百足山を出てから四十分もたった頃、浦山は居眠りを始めた。最初はうつらうつらといった感じだったが、次第に首の傾きが深くなった。軽いいびきも聞こえた。おれは予定を変更することにした。彼がホテルの部屋で就寝するのを待つまでもない。おれは腰を浮かし、車内の前方と後方を確認した。朝早い列車なので、乗客のほとんどは寝足りなかった分を取り戻そうとするかのように目をつむっていた。

おれは浦山の横へ席を移った。おれは気配を殺す名人だから絶対に気づかれない。浦山は熟睡していた。おれはタイミングをはかり浦山の首の後ろに体を滑り込ませた。浦山の眠りにさらに深度を与える。これで彼が目を覚ます恐れはない。乗務員がきても大丈夫だ。自分の枕を持って旅行する人間はわりあいに多いのである。宿で眠るときだけではなく、移動中の列車の中でも彼等はそれを使う。座席で使う枕にしてはおれの体はかさばりすぎているが、そこまでチェックする奴はいない。

浦山の記憶に侵入してすぐにおれの緊張はほぐれた。犯罪者だとか、後ろ暗い仕事に手を染めている人間の記憶世界とは空気が違うのである。これは他人の家庭を訪問した際に感じるその家の匂いに似ている。

浦山の記憶の断片を拾っていく。

一週間前。二週間前。一か月前。無作為に記憶の画像を覗いていく。

職場の風景が映る。同僚の顔。風呂や給湯器の部品が無造作に転がる机の上。銀色の丸い物体が大写しになる。浴槽の吸入口に取りつけるアダプターだ。浦山が開発中の給湯器の部品であろう。浦山がその部品を手に取って会議室で説明をしている場面が現れる。上司らしい中年の男の顔が何度も映る。浦山がその人物に研究成果をアピールしたいのだということがわかる。浦山の仕事への邁進《まいしん》ぶりは記憶の欠片《かけら》の中でも際立っている。おれはさらに彼の心を手繰った。志保の姿が見えた。彼女の表情がさまざまな角度で記憶のスクリーンに映し出される。志保の目。志保の唇。志保の指。彼女を見る浦山のまなざしが優しい。まぎれもなく愛しい女を見る男の視線である。志保とデートをしている画像がいくつか現れる。志保の笑顔。風に揺れる志保の髪。女の顔。女の顔。おれは記憶の場面を戻した。志保ではない若い女。前髪を斜めに流した硬い表情の娘だ。

年齢は志保よりやや上か。浦山と女が映る。

二人は車の中だ。フロントガラスの向こうには海岸が見える。浦山はハンドルから手を放して煙草を吸っている。助手席の女は浦山に顔を向けていた。硬い表情が一層険しくなっている。

「他の子とつきあってるの？」

女の声が響く。浦山は無言のまま。浦山の額と頬の傷は現在よりも生々しい。時期的には今より一月《ひとつき》ほど前といったところか。記憶は錯綜する。見知らぬ女の顔と志保の顔が交互に現れ、その顔が微笑んだり、しかめ面をしたり、泣いたりした。病室が映る。

志保が怯えたような表情で立っている。おれは志保が初めて浦山を見舞ったときの光景だと思った。浦山の記憶は事故の場面に切り変わる。これは浦山が病室を訪れた志保を見て事故の記憶をフラッシュバックのように蘇らせたということだ。つまり、記憶の中の彼の記憶ということになる。不気味な擦過音。舞い上がる土塊《つちくれ》。ねじ曲がったオートバイの車輪。志保が走ってくる。撥ね飛ばされた浦山の所へ彼女が駆け寄る場面だ。このときの志保の顔は造作があいまいだ。のっぺらぼうに近い。事故の衝撃で浦山の記憶が飛んでいるのだ。病室に立ちつくす志保。浦山の記憶は志保の姿を克明に残している。その表情や震える肩や危なげな足元を。それだけ彼女と改めて対面したときの印象が強かったのだろう。志保ではない女の全身が映る。女は真正面を向いている。その顔がいきなりアップになる。

「他の子とつきあってるの？」

浦山の記憶を遡ると志保の姿は消え、その女一人の風景になる。女の家とおぼしき建物が映り、女の両親と思われる初老の夫婦が出てくる。初老の夫婦と女と浦山。四人が食事をするシーンも現れる。女の家に招かれた日の情景であろう。食卓にはワインと手の込んだ料理が並んでいる。娘の両親との交流まであったところを見ると、浦山と女の関係は結婚の直前まで進んでいたのかもしれない。女の家は雰囲気がいかめしい。建物は古く重厚で、戦前に建てられた洋館のようだった。

記憶のスクリーンは劣化する。時間を遡るほどに記憶の画像は粒子が粗くなるのだが、その理由は時間の経過だけではない。記憶の主《ぬし》の対象への熱情が大きくそれを左右する。浦山の心の中で前の女の画像は薄れ、志保の姿はますます鮮明になっていくのである。

浦山は志保を両親に紹介していた。浦山の自宅が出てくる。広いリビング。洒落たソファに両親と弟。向かい合って浦山と志保が座っている。志保は緊張している。どちらかといえば社交は苦手な娘のようだから彼女にとって苦行の一日であったろう。浦山の父親は銀行員タイプの怜悧そうな顔立ちをしていた。浦山はこの父親にあまり似ていない。

父親の表情が何度も大写しになるのは浦山が父親の反応を気にしているからだ。父親が志保をどう思ってくれるのか。面接試験のようなものである。父親は志保に愛想よく振舞ってはいるが、細縁の眼鏡の奥から冷徹な視線を投げているのがわかる。息子の嫁候補を慎重に観察しているのだ。母親も神経質そうな女だ。品のいい顔立ちだが、感情をこじらせると扱いにくい婦人かもしれない。志保が姑として仕えるには気骨の折れる相手であろう。浦山家の志保への距離をおいた視線はやむを得ないところではある。志保はこの家の長男を車で撥ね、怪我をさせた加害者なのだから。このあたりの感情はこののちもわだかまりとなって残るのではないか。

弟は浦山とはタイプが違う。太っていて内気そうだ。学生なのか。それとも、フリーターか派遣社員か。いずれにせよ、大手企業の社員という感じではない。弟は体つきに似合わず腰が軽い。母親のいいつけ通りによく動く。志保にお茶を出したり、奥からアルバムらしきものを出してきて志保に見せたりと、サービスがいい。志保がこの家に嫁として入るのは大変そうだがこの弟は味方になってくれそうである。

おれは浦山の記憶を彼の小学校の頃まで遡り、検証した。まことに健全な生い立ちで隠微な部分がない。おれにいわせれば面白味がないほどである。機械いじりは子供の頃から好きだったようで、ラジオを分解したり、自転車を改造したりして遊ぶのが日常だった。父親の車のエンジンに手をつけてこっぴどく叱られた記憶も出てくる。画像が不鮮明な古い記憶の中でこの場面だけが鮮やかなのは彼の頭に焼きついた思い出だからであろう。

おれは浦山の頭の下から抜け出した。

自分の席に戻り、しばらく息を整えた。他人の記憶を読むのは疲れる。肉体労働の疲れならいいが、頭の芯がよじれるような不快な疲れだ。おれが年を取ったらこのような作業はできなくなるかもしれない。おれがもし人の心に侵入している最中にぽっくり逝ってしまったら——。女の上で死ぬのは腹上死だが、人の頭の下で死ぬのはなんというのだろう。

おれはシートにもたれたまま顔だけを横に向けた。浦山は熟睡している。彼が目を覚ますのはもう少しあとになる。

（まあ、いいか）

おれは判定を下した。彼氏としては悪くない男だ。志保の他につきあっていた女がいたのは意外だったが、よくある話だ。普通の男なら複数の女とつきあった経験があるのは当たり前である。志保は浦山家の嫁としてやっていけるのか。そこまではおれが気をもむ必要はない。そもそも、二人がまだ結婚するとは限らないのだし。

車内販売のカートがきたので缶ビールを二本買った。おれは一本を浦山の膝の上に置いた。プライバシーを侵害したおれからのちょっとした詫びのつもりである。目が覚めた浦山は狐につまれた心地になるだろうが。

おれは自分の缶ビールを開け、飲みながら出口に向かった。もう東京までいく理由はなかった。おれは次の停車駅で降り、百足山市へ戻るのだ。

百足山に着くとまだ昼前だった。おれは駅の中にある「猪八」という店に入った。朝の八時からやっている居酒屋だ。缶ビール一本ではむろん足りない。それに今日はお祝いだ。志保と浦山の将来に――、おれは一人で杯を上げた。この店の女店員はどいつもこいつも顔が醜く、愛想が悪い。食い物の味も「砂を嚙むよな」という表現が似つかわしい。ところがこの日は肴が旨かった。女店員のきれいだったこと。愛想がよかったこと。

14

その夜、おれは眠った。

七時頃に床に入り、目覚めたのが翌朝の五時過ぎだった。十時間以上を熟睡したのである。奇跡だ。

おれの神経は解放された。おれの役目は終わった。本当に肩の荷が下りたのである。

レイプ魔は再起不能。彼氏は人柄がよく仕事熱心で男前。おれはもう志保という娘のことでわずらわされることはないのだ。

おれはまだ眠れそうだった。その通りだった。おれは再び横になると深い眠りの淵に落ちていった。

誰かが扉を叩いていた。

扉は鉄で出来ていて頑丈な錠がついていた。向こうからは絶対に開けられない。おれは扉を叩いているのが誰であるかを知っていた。昔世話になった南アルプスのシャンソン歌手だ。シャンソン歌手は背負子《しょいこ》で十五キロのポリタンクを担いでいる。ポリタンクの中身は屎尿《しにょう》だった。シャンソン歌手は四時間あまりの道のりを南アルプスからここまで人間の排泄物を運んできたのだ。扉は激しく鳴っている。シャンソン歌手には世話になったが扉を開けるわけにはいかない。おれは後ろめたい。気がとがめる。けれど開けられない。開けてはいけない。血の匂いがした。口の中が鉄臭い。おれは激痛で目が覚めた。痛みは口の奥からだった。おれは奥歯で自分の口腔の粘膜を嚙み切ったのだ。指を入れると血の混じった唾液が糸を引いて垂れ落ちた。戸が鳴っていた。誰かがうちの入り口を叩いていた。

おれは飛び起きた。足がふらつく。熟睡すると人間の体は目覚めるまでに時間がかかるものだ。おれは三歳児のような動作で板戸の鍵を開けた。

戸口に立っていたのは志保だった。

おれはまだ寝ぼけていたので、思わず志保の背後へ視線を泳がせてしまった。屎尿を背負った南アルプスのシャンソン歌手はいなかった。

「どうしたんだ」

「千両さん」

志保の体が前のめりになった。おれはその体を支えた。おれは志保の体を抱きかかえるようにして部屋に入れた。

「何度も電話したんです」

志保の喉がヒューヒューと鳴っていた。おれは体の通信回路を昨夜遮断したことを思い出した。なにごとにもわずらわされずに眠りたかったのだ。

「すまない。気がつかなかった」

「あいつがまたきたの」

「えっ」

おれの心臓がふくらんだ。志保の表情もあの日のひきつったそれに戻っていた。

「ドアにまた変なものが」

おれの意識は完全に覚醒した。

「あいつは今動けないはずだが」

おれはめまぐるしく思考を働かせた。七度の火傷を負いながら歩き回れる人間などこの世にいるのだろうか。

「志保さん」

おれは志保の目にいった。

「君はここにいろ。あの部屋にはもう帰るな」

「でも」

「必要なものがあればおれが取ってくる」

あのマンションを出る相談をこの前に志保としていたのだ。丁度いい。志保に部屋を移らせよう。

「部屋を出ることを誰にもいうな。仕事も休んだ方がいい」

おれの助言に志保は迷いを見せた。志保は高安に襲われたあとも職場を離れた。たびたびの職場離脱では仕事を辞めざるを得なくなるかもしれない。おれはこの件に関しては彼女の返答を待たずに家を出た。

愛車ダットサン・ブルーバードは近くの駐車場に停めてある。駐車場から入り組んだ細い路地を抜けるのは一苦労だ。おれは毎度のことながら悪態をつきつつ廓町の迷路を脱出した。

時刻は朝の八時四十七分。志保は出勤のために部屋を出て、ドアにぶら下がっているおぞましい物体を発見した。彼女はそのままおれの部屋に駆けつけたのであろう。

マンションのドアには豚の足が三本ぶら下がっていた。生の豚の足である。これを茹でればもつ焼き屋のメニューになるが、生々しい皮と強《こわ》い毛が残ったままのそれは呪詛《じゅそ》の儀式の道具である。ドアの下は黄色い汚水で濡れていた。おれは豚の足をドアの取っ手からはずした。おれはもうそれを警察に届けることを考えなかった。三度《みたび》志保が疑われるだけのことである。

おれは再び車を走らせた。向かう先は「奥野病院」。高齢者が入院すると二度と生きては出られないという悪名高い病院である。

病院の駐車場から玄関口へ歩きながら、おれは乱れる思考をまとめた。高安は動けない。動けるはずがない。志保のマンションのドアにもつ焼き屋の食材をぶら下げたのは別の人物であろう。

高安に頼まれてそいつがやったのだ。葬儀屋の社長の顔が浮かんだ。高安があのような変質行為を依頼できるとしたら自分の兄しかいないのではないか。高安の兄は配下の者に命じて弟の要望をかなえてやったのだ。

高安の兄は弟の犯罪にうすうす感づいているのかもしれない。兄は動物園の清掃係を辞めた弟を自分の会社に雇い入れた。あの兄弟は肉親の絆が強いのだ。下水槽の汚水とシェイクしたどぶ色の血液があの二人を結びつけている。おれはもう容赦はしないと心に決めていた。今度は高安を煮立った醤油の大鍋に放り込む。最初からそうすべきだったのだ。

おれは受付で高安の見舞いにきたと告げた。見舞いの時間には早すぎるが、友人の容体が心配でたまらないのできたといった。おれの顔は殺気立っていたから、その心境を表すにはちょうどよかった。

「高安さんは退院されました」

受付の女の言葉に、おれの全身は一瞬、三倍ほどに膨張した。

「退院？」

おれはカウンターの上に這い上がり、そこで仁王立ちになった。

「動けるわけがない。下半身がくっつくような大火傷なんだろう」

「それが、その」

受付の女は困惑しきった表情である。

「強引に退院なさったんです。院長先生も止めたんですけど」

「歩けないはずだ」

「ご自分で歩いて出られました」

おれはカウンターの崖から谷底へ落下した。

「あいつの下半身は壊死《えし》しているはずだ」

おれの裏返った声が峡谷にこだました。

「先生もおっしゃっていました。烏賊の煮物状態だと」

女は崖の上から身を乗り出しておれを見下ろした。

「責任感の強い方です」

「責任感？」

「職場に復帰されるそうです」

おれは腰を抜かしたまま受付から玄関まで這いずった。

責任感。なんの責任感だ。レイプ神への忠誠か。おれはダットサン・ブルーバードを駆りながらうめいた。野口英世は火傷で手の指が癒着したために筆舌につくしがたい苦労をした。あの男は陰茎も陰嚢も太腿も渾然一体とした体になりながら退院し、職場復帰しようとしている。野口英世も偉人ならあの男の妄念も傾倒に値するといえるかもしれない。ただし、奴の復帰しようとしている職場は黄熱病の研究室ではない。強姦の現場だ。

しかし、そんなことがあり得るのか。烏賊の煮物の下半身で我が偉人はなにをしようというのか。

煮こごりのような空が施設の屋根にのしかかっていた。

セレモニープラザ梅が池はバーベキュー専門店のコックのように客を待ち構えて立っていた。さあ、なにから焼きましょう——。おれに注文はない。腹はへっていないのだ。おれは目に見えぬ料理人に断りを入れ、ホールに足を踏み入れた。

喪服姿の参列者達がぞろぞろと歩いていく。

弔いに用はない。今日のおれの用件は送迎バス運転手の健在振りを確認することだ。

おれはホールの入り口に立っている若い職員に声をかけた。

「送迎バスは着きましたか」

「は？」

職員はいぶかしげな顔をした。

「送迎バスです」

「どちらのご葬儀でしょうか」

おれは言葉につまった。送迎バスは一台ではないのだ。

「ええと、あの、高安さんが運転しているバスなんですが」

「ああ、松田様のご葬儀ですね」

若い職員は有能であった。一言おれが口にしただけで、その葬儀の始まる時刻とホール内の場所を教えてくれた。だが、おれは見も知らぬ人物の葬儀に参列するためにきたわけではない。

「高安さんは今どちらに」

「はい？」

「高安さんです。知り合いなのでちょっと挨拶していこうと思って」

「ああ。あの人は今休憩室にいると思いますが」

職員は休憩室の場所を手で示した。おれは職員に礼をいい、そちらへ向かって歩き出した。休憩室は駐車場の中にある。バス用の駐車場は屋外だが、こちらは乗用車専用の屋根つきの立体駐車場だ。タクシー会社の待合室のような場所が見えた。おれが近づいていくと中から三人の男達が散らばるような感じで出てきた。一人は弁当を手に、二人は湯飲み茶碗を手にしていた。三人は自分達が出てきた休憩室を見やりながら顔をしかめていた。笑っている男もいた。送迎バスの運転手らしい。

「どうしたんですか」

おれは声をかけた。男達は苦笑いの表情をおれに向けた。

「臭いのなんの」

「弁当どころじゃない」

「まいったな」

男達は誰に向けるでもない台詞を口々に吐き、おれの脇をすり抜けていった。おれはゆっくりと休憩室に近づいた。それが漂ってきた。三人の男を追い出した汚臭が。烏賊の醤油煮だ。烏賊の煮物は日にちがたつと生臭くなるが、おれが今嗅いでいる悪臭は腐敗のせいだけではない。素材の烏賊がそもそも尋常ではなかったのだ。

おれは邪念が放つ臭気というものがあることを知った。三人の同僚を部屋から追い出し、壁越しに立つおれを躊躇させているものがそれである。休憩室には大きなガラス窓があった。くつろぐ人間を外から監視するための開口部のようだ。高安の姿が見えた。窓は側面についているので弁当をかき込む高安を横から眺めることができる。おれは壁に身を寄せ、気取られないように部屋の中を観察した。高安の姿には見えない皮膜がかかっているようだった。半透明のぶよぶよしたゼラチン質の皮膜——。

この生き物は現世にありながらすでにその半身を幽界にまぎれ込ませているのかもしれない。おれの目が吸い寄せられたのは、高安の顔の汗である。病巣を抱えた人間の皮膚に吹き出る不吉な汗だ。高安は忙しく箸を動かす。咀嚼する。その顔に結露のような汗が浮いていく。

高安は弁当を食べ終えると空の容器をごみ箱に投げ入れた。おれは場所を移動し、駐車中の車の陰に隠れた。高安が出ていく。以前よりやや蟹股《がにまた》気味の歩き方は火傷の影響であろう。腰まわりが膨らんで見えるのは包帯を巻いているせいかもしれない。前かがみに膝を曲げ、路面の磁力に吸いつけられるように歩いていく。長い腕をだらりと垂らしたまま歩くので大型の猿のようにも見える。半月形の目が上目遣いに笑っていた。薄気味の悪いことこの上ない。並の人間なら歩行どころではない。とうに死んでいる。この男は半ばこの世の者ではないから死にようがないのだ。

新たな不安が頭をもたげた。高安が再び志保の周辺に気配をさらけ出し始めたのは怪我の影響ではないだろうか。高安はもう女を襲えない体のはずだ。肉体の変化が女への欲望を別の形に変容させたということは考えられないか。おれは自分の想像に笑ってしまった。高安が花束を手に志保にプロポーズをするのだ。淫欲は捨てて精神の愛を深めたい――、志保にそういうのである。ドアの取っ手にぶら下げた豚の足はこれまでの習慣が思わず出てしまっただけで、間違いだった。本当はブーケを飾りたかったのだと。

おれは自分で自分のジョークに意気消沈した。高安が悔い改めて強姦魔から詩人へ宗旨を変えようと放置しておくわけにはいかない。過去の罪が重すぎる。いずれかの決着を見なければならぬ運命にあるのだ。おれと彼《か》の男とは。高安をこの世から抹殺する。否だ。おれは人殺しではない。それはできない。なにがあろうとそれだけはならぬ。高安を今度こそベッドに寝たきりの、二度と起き上がれない体にする。それしかない。汚れた月だ。濁った星だ。おれを照らす正義の照明はどこか歪んでいる。

乗用車が駐車場に入ってきた。メタリック・グレーのメルセデスベンツだ。喪服を着た家族が降りてきた。

喪服の五人は騒がしく喋りながらおれの前を通り過ぎた。遺産額がどうのこうのという会話の断片がちらりと耳に入った。おれは駐車場のバスの中で遭遇した桜餅の肌をした奥さんのことを思い出した。「自宅を担保に生活資金」という「あの女」の話をしていた。

彼女はどうしたのだろう。その後、話し合いはうまくいったのだろうか。

おれは葬儀場の空を見上げた。小津安二郎の「小早川家の秋」のラストシーンで火葬場の煙突から煙が立ち昇る場面がある。笠智衆扮する農夫が川辺で煙を見上げて、「誰かが死んだ」とつぶやく。セレモニープラザ梅が池の空には煙は見えない。そして、おれも笠智衆ではないからつぶやかない。

15

体の中で発信音が鳴ったとき、おれは反射的に目に見えないなにかに蹴りを食らわせようと膝を上げていた。

おれの住まいの一番奥の部屋に志保がいる。

裏口も窓もなく、息詰まる部屋だが侵入者を防ぐには都合がいい。

発信音は続いた。おれは何度も体をびくつかせた。志保をかくまっていることと、これから夜ふけてやろうとしている自分の行動予定におれは気が立っていた。

「誰だ」

おれは体の受話器をはずした。

「おれ」

ぶっきらぼうなだみ声が耳に飛び込んできた。黒髪だった。

「どうした」

「すぐにきてくれ」

「なにかあったのか」

「くればわかる」

黒髪は場所をおれに伝え、電話を切った。

おれは舌打ちした。再度見えない敵に向かって蹴りをくり出した。よりによってこんなときに。おれはこれから部屋の奥にかくまっている娘のために一仕事せねばならないのだ。

あいつにかまっている場合ではない。

夫と二人の子供を残し、ふらりと家を出て家庭を崩壊させ、またふらりと舞い戻った女。身勝手で粗野で壊れた女。

なぜ、今ここでおれがあいつの所に馳せ参じねばならないのか。酒乱で喝上げが専門でアルプスみたいな体をした女のために。

なにかあったら呼べとおれはいった。おれがいったのだ。わかっている。

おれはいつだってそのつもりなのだ。

あの救いがたい女こそ誰よりも守ってやらねばならぬ存在なのだ。わかっている。だが今は時間がない。時間がないのにおれはいかねばならないのか。いかねばならぬ。

おれは一人問答をしつつ、体はすでに行動を起こしていた。志保には戸締りを厳重にするよういいおいて、おれは家を出た。

おれの楽園はいつになったらおれを中心に成り立つのだろう。おれの都合とおれの勝手ですべてが動くおれの楽園は。

黒髪が指定したのは小学校だった。

おれはダットサン・ブルーバードを停めてある駐車場へ向かおうとしたが、思いなおした。その場所へは裏道を抜けていった方が早い。裏道ならおれの足である。

おれは路面を滑空するように走った。

二十分きっかりで着いた。

校舎はひっそりとしていた。グラウンドにも人影がない。土曜日の午後である。そもそもこの小学校は平日でも生徒の姿を見ることは少ない。クラスは一学年に一クラスしかないのだ。市街地にあるのに山の分校並みだ。

子供の絶対数が足りないのである。

正門脇の通用口が開いていた。

通用口を入ると黒髪の姿が見えた。

彼女は校舎の角に立って手招きしていた。

おれは周囲に注意を払いながら黒髪の方へ近づいた。人気のない小学校が彼女とおれの秘め事の舞台である。妙な気分だった。

黒髪はおれを校舎の裏へ連れていった。そこは花壇になっていた。生徒が作ったものであろう、花壇を囲うレンガの並べ方が荒っぽい。花の植え方も乱雑だった。

男の首が二つ、花の間に植わっていた。

首は生きていた。うめき声を上げながらぐねぐねと動いていた。びっくり箱から飛び出したばねつきの人形の首のように。それは土中から脱出しようとしていた。二人の男が埋められているのである。

花壇に埋められた男達が何者なのかおれにはすぐわかった。診察室でおれが蹴り飛ばした医者の里見とその秘書である。

二つの生首がおれを見て顔色を変えた。おれは首のそばに立って黙って見下ろした。

「出してくれ。体が冷える。心臓が止まる」

「お前ら刑務所いきだ。懲役だ」

「苦しい。息がつまる」

「土が鼻に入った。足の裏をなにかが齧《かじ》った。気持ちが悪い」

「この街で生きていけんようにしてやる」

「おれの知り合いの看守にいいつけてやるからな。お前ら監獄でいじめ殺されるぞ」

二つの生首が口々にわめいた。おれは突然変異の西瓜から待遇が悪いと文句をいわれている生産者の気分になった。やかましいので首の一つを黙らせることにした。おれは秘書の細木の背後に回って後頭部を蹴り上げた。首は一瞬六十センチほど伸び、振り子のように激しく左右に揺れた。首が元の場所に収まったとき細木の目玉は渦巻きになっていた。

おれは黒髪の方へ向き直った。

「こいつらをどうするつもりだ」

おれは二個の首を顎でしゃくった。

「埋めてから考えるつもりだった」

黒髪は放心したような顔つきである。

「埋めても考えが浮かばん」

黒髪の口調におれは苦笑した。

里見の顔のそばにスコップが投げ出してあった。穴を掘るのに使ったものだ。おれはスコップをつかんだ。

「早く出してくれ」

里見が首を伸ばした。おれはスコップの先端を里見のそばに突き立てた。それをさらに深く突き入れ、土を起こす。おれはスコップに山盛り一杯の土をすくい上げた。

「早くしろ。なにしてんだ」

里見がせきたてた。おれはすくい上げた土を里見の頭に振りかけた。

「うわっ、うわっ」

里見は悲鳴を上げた。

「お前は医者でありながら苦しむ患者の治療よりも、いばり散らすことを優先する奴だ。これと同じだ。お前は患者の頭に泥をかぶせて生きてきたんだよ」

おれはドライアイスの視線を里見に投げた。

「きさま、ただじゃおかんぞ」

里見が歯をむいた。おれはその脳天にスコップを振り下ろした。スコップの平らな面で力を抜いて叩いたつもりだったが、音だけは派手に響いた。

「偉そうにいえた義理か」

おれはさらに山盛りの土を里見の頭にかぶせた。

「やめろ。うぷぷっ」

おれは里見の顔の前にしゃがみ込んだ。

「お前、この女の家族の居場所を探し当てたんだってな。家族は行く先を誰にも知られたくなかった。お前は執拗に調べてそれをこの女に伝えた」

「知りたいだろうと思ったからだ。家族に会いたいだろうと」

「黒髪を街から追い出したかっただけだろ。家族の居場所がわかれば彼女がすぐにあとを追うだろうと」

「し、親切心からやったことをそんな風にいわれてはわしの立つ瀬がない」

里見はうそぶいた。おれは土を手ですくって里見の鼻の穴にすり込んだ。

「ぷはああっ」

里見は首を振って鼻汁と泥を吹き出した。

「黒髪はな、家族の居場所などとっくの昔に知ってたんだよ。元亭主は別の女と暮らしてる。いまさら会いにいっては向こうの迷惑になる。だから二度と会わないと心に決めてた。向こうの家族にしてもそうだ。なにも知らされない方が幸せだった。お前は彼女と元家族の平和を壊したんだ。その悪意で」

「わしの人情を悪意と取られるとは世も末だ」

非人間性のかたまりのような医者の口から人情という言葉が出たのでおれはびっくりした。こいつに人情があるならアルミニウムにも人間愛があることになる。

「こんな末世に生きていたくない」

里見は嘆いてみせた。

「生きていたくないか」

「死んだ方がましだ」

「では望み通りにしてやろう」

おれは里見の顔の周囲から土をかき寄せた。

顔の半分が埋まった。里見の首が酸素を求めて鶴のように伸びた。

「やめてくれ」

「死にたいんだろ」

「死にたくない。助けてくれ」

「お前が生きるためには約束をしてもらわねばならない」

「な、なんの約束だ」

「今日のことは忘れるという約束だ。それから黒髪には今後一切かかわるな。彼女の生活を乱すようなことはするな。約束ができんというならおれもお前の次男の麻薬犯罪を公表せねばならない。証人と証拠はそろってる。あれが明るみに出りゃ次男の医者としての将来は終わりだ。お前だってこの街にいられなくなる」

「や、約束する」

「この秘書にも今日のことは忘れさせるように」

おれは目の玉を渦巻きにしてぐったりと空を仰いでいる細木の頭をスコップの先でつついた。

「わかった」

「間違いないな」

「間違いない」

傍観者のように突っ立っていた黒髪がゆらりとおれに近づいた。

「こいつの長男はおれの家のある場所でレストランをやりたがっているらしい。おれの家と墓場を取っ払って商売をしたいそうだ」

黒髪はいった。

「なに」

「人から聞いた」

「本当か」

おれは里見を睨みつけた。

「知らん。息子のやることをいちいちかまっとれるか」

「あの場所は黒髪のあばら家と墓地さえなけりゃ一等地だ。ロケーションがいいからレストランをやればはやるだろう」

おれは足で里見の顔の周囲へさらに土をかき寄せた。

「お前が黒髪を追い出したがっているわけはそこだったのか」

「知らんといったら。そんな話は聞いていない」

里見は必死に弁明した。明らかに知っている顔だが、ここで話の真偽を確かめるつもりはおれにはなかった。

「まあ、ともかく」

おれはいった。

「そのことを含めての約束だ。お前はこれから帰って長男に伝える。『あの場所はレストランにはむかん。あきらめろ』と。どうせお前が資金を出すんだろうから息子もいうことを聞くだろう」

「どうだ」

おれは再びしゃがみ、片手で里見の頭に土を振りかけた。砂遊びの子供がするように。

「わかった」

里見は何度もまばたきをし、うなずいた。

バタバタと足音がした。

男が駆け寄ってきた。

「なにしてるんだ、そこで」

こわばった顔のわりに緊張感の欠けた声だった。

初老の男で、用務員だか宿直の教師だか区別がつかない。里見が男の方を見てなにか叫ぼうとしたので、おれは素早く体で里見の視界をふさぎ、後ろ蹴りをその顔に食らわせた。

「河豚《ふぐ》です」

おれは突如現れた男にいった。

「えっ」

「河豚中毒です。こいつら季節はずれの河豚にあたりやがって。いやしい奴らで肝を五人前も食うもんだから」

おれは二人の首を指差した。

「河豚にあたった？」

「河豚にあたったときは患者を土に埋めればいいっていうでしょう」

「土に」

「江戸の昔からの治療法です」

「ははあ。聞いたことがある」

男の表情が警戒から感嘆のそれに変わった。おれはぐったりした里見を振り返って目配せをした。

「な、お前らは二人で肝を五人前も食ったな」

おれは男に見えぬように踵で里見の顔面に圧力を加えながら促した。

「た、食べました」

「五人前の肝だな」

おれは念を押した。

「五人前の肝です」

「いやしい奴らだ」

おれは二つの首を指差しながら、用務員だか教員だかわからない男に向かって笑った。

「大丈夫かね」

男は首を伸ばしておれの背後を覗いた。

「効果てきめん。もう治りました。今、土から出してやるところです」

おれは両手を広げた。男が初老の年齢だったのがよかった。河豚にあたった人間を土に埋めるなどという落語のような話は若い者ならわからなかっただろう。おまけにこの男はひどく親切な奴で、スコップを振るい一人で里見と細木を掘り出してくれたのである。

泥まみれの二人の体は、日差しの下に引き出された土竜《もぐら》のようだった。細木はまだ意識が完全に戻っていなかった。里見も疲労困憊で救出してくれた男の問いかけにうなずくのが精一杯であった。

おれは昨夜の河豚仲間のふりをして里見の耳元で約束を守るようささやくことを忘れなかった。里見が今日ここであったことを口外することはないだろう。秘書にもそのことを従わせるはずだ。

当分の間、土竜のままでいることが彼の幸せである。

おれは黒髪を家まで連れ帰るつもりだった。

この日の黒髪は危なっかしい。目の焦点が合っていなかった。この女には時折このような心の空白状態がやってくる。おれが黒髪の手を引こうとすると彼女はそれを拒否した。

「一人で帰れる」

黒髪はおれを呼びつけ、揉め事の処理をさせ、ことが終わるとなにごともなかったかのような顔をしている。礼もいわない。

この女はまたどこかで金を脅し取れる相手でも探すのだろうか。

放っておくのは不安だったが、こちらとしても黒髪一人にかかりっきりになっているわけにもいかない。

特にこの日は。

おれは黒髪の後ろ姿を見送り、志保の待つ自宅へ戻った。

戸口に異常がないかを確認する。

格子戸を叩き志保を呼んだ。中から鍵をあける音がして戸が開いた。一人暮らしの人間にとって自宅の戸が内側から開くのを見るのは新鮮な体験である。志保の顔が現れるのと同時にいい匂いが流れてきた。料理の匂いだ。

おれがテーブル代わりに使っている碁盤の上に食事が並べてあった。

品数が多いのでおれは驚いた。

「買い物にいったのか」

おれは志保が外出したのかと思ったのである。

「冷蔵庫にあるもので作りました」

「へえ」

おれの冷蔵庫の中は独身者としては充実している方だが、それにしてもありあわせの材料で作ったにしては大したものだ。

「夕食には早いと思ったんですけど」

「いや、すまない」

志保の夫になる男より先に彼女の手料理を味わうことになった。

味もなかなかのものだったが、おれは箸を少しつけるだけにとどめた。この夜は体を軽くしておきたい。

16

丸子ハイツのシルエットは明瞭ではない。

シルエットは地の明るみがあってこそシルエットになる。この貧困地帯の闇には濃淡がない。夜にはすべてが朦朧というローラーで均一にならされてしまうのだ。

おれは気配を消して丸子ハイツの外階段へ近づいた。おれに好意を寄せている階段下のプロパンガスのボンベもおれに気づかない。階段へ足をかけたおれの体が固まった。階段の上にひらひらするものが見えたからだ。それは白い布切れだった。白い布切れは漂うように階段を伝い下りてきた。おれは後退りした。白いものは布切れではなかった。それは枕だった。おれと同じ姿の枕だった。そいつはおれの動きを真似るように軽くジャンプをして階段の下に降り立った。

おれは声を呑んだ。おれはそいつにつかみかかろうと手を伸ばした。おれはなぜか痼癪を起こしていた。おれとそっくりの枕がおれとそっくりの浮かれた動作をしていたからだ。

すでにそのときのおれは平静を失っていた。注意力を完全にそがれていたのだ。

背中に激痛が走った。筋肉の深部をなにかがつらぬいた。おれは反射的に体をひねり、そのまま後方に回転した。無意識の動作だったが、おれの本能はそれが危機から逃れる手立てであることを知っていた。体を反転させて逆の方向へ飛ぶ。前方へ走り、真横に走る。再び体を反転。おれの背中になにかが刺さっていた。おれはそれを抜くために矢のように動いた。おれの体に凶器を突き立てた奴はおれにそれを引き抜かせまいと、どこからか操作している。おれの背中のくさびは相手の手元とつながっているのだ。おれが引けば相手は力をゆるめ、おれが力をゆるめれば相手は強く引く。おれが右へ走れば相手は力をゆるめ、おれの動きが止まったところで左に引いた。駆け引きだった。おれは闇の中で見えぬ襲撃者へ怒号を送った。おれが何度目かに体を反転させたとき、おれの体にかかった負荷がすっと軽くなった。おれはさらに体をひねり背中のくさびを抜こうとした。その刹那、背中の凶器が一気に上方に吊り上がった。牙がさらに深く食い込んだ。相手はおれの動きを読んでいた。うめき声を上げる暇もなかった。おれの体は宙に浮いた。足が地面から離れていく。おれは階段の錆びた手すりにしがみついた。背中のくさびに力が加わり肉をえぐられる感触があった。指が手すりから離れた。おれの体は空中に跳ね上げられていた。放物線を描いて上昇する高速エレベーターに乗ったようだった。地上から十メートル以上もの上空におれは浮いていた。なにかが風を切る音がした。おれの耳元で狂暴で冷ややかなものがうなりを上げていた。金属的な光が走った。糸、それともワイヤ。ワイヤだ。鋼《はがね》が鋭い皮膚で闇を輪切りにしていく。切断された闇の切れ目を捕らわれたおれの体は飛行していた。おれは自分をコントロールする術を失った。そいつがいた。アパートの二階より高く舞い上げられたおれは初めて敵の姿を見たのだ。屋根に男が立っていた。月明かりがそこだけをスポットライトのように照らしていた。そいつは長い鞭《むち》を操っていた。いや。鞭ではない。竿だった。魚釣りの竿だ。釣り師が竿をしならせ、糸を躍らせて吊り上げた魚を空中で振り回しているのだ。魚はおれだった。強靱なワイヤと針にかかったおれは、なす術もなく釣り師の意のままに夜空を泳がされ続けた。意識が遠のいていく。おれにはワカサギほどの体力も残っていなかった。おれはそれでも釣り師の姿だけは頭に叩き込んだ。男はほおかぶりをして筒袖の短い着物を着ていた。背中には通い筒。下半身は褌《ふんどし》一丁である。昭和初期の釣り師のスタイルだ。そいつは笑っていた。うれしいだろう。獲物との駆け引きに勝ったのだから。釣り師の声が聞こえた。

「枕の友釣り成功」

ふざけやがって。どこの世界に友釣りにワイヤの糸を使う奴があるか。

川の匂いだなと思った。

流木と河原の石と葦の匂い。

星が見えた。粗雑な形の星だ。おれは星を数えた。十いくつで数え終わった。数までがいいかげんな星だった。おれの頭の下にはざらざらとした板の感触がある。背中の下にも同じ感触がある。足の下にも同じ感触があった。つまり、おれの体は板床の上に横になっているらしい。顔を右にひねると薄汚れた石油ストーブが見えた。ストーブの向こうには羽根の欠けた扇風機が見えた。顔の反対側には丸いチャンネルのついたテレビが見えた。テレビの横には立てかけた掘り炬燵のやぐらが見えた。やぐらには足が二本しかなかった。

おれは粗雑な星の正体を知った。おれの真上には屋根裏がある。屋根は赤錆びたトタンで、あちらこちらに穴が開いている。部屋は薄暗く、トタン屋根の穴から光が差し込んで星を作っているのだ。おれは起き上がろうとした。体が動かなかった。おれはおれの体の自由を奪っているものに気がついた。おれの体は針金で幾重にも縛られているのだ。

床が鳴った。床のきしみがおれの背中に伝わった。明かりが差し込んできたことでどこかにある戸が開いたのだとわかった。

「あっ。気がついた」

間抜けた声が、間抜けた台詞を放った。そいつはおれの頭の後ろから歩いてきた。

「もうちょっと眠ると思ってたのに」

ほおかぶりをした男の顔がおれにのしかかるように現れた。どこかの屋根からおれを釣り上げて思うさま屈辱を味わわせてくれた糞ったれ。昭和初期から時を越えて現代へ現れた釣り師だ。

「鹿を眠らせる量にしといたんだが、猪ぐらいにしとけばよかったかな」

腰までの短い着物を着た釣り師はおれのそばにあぐらをかいた。汚い褌と毛むくじゃらの脚がおれの顔にくっつきそうになった。ほおかぶりの中の顔は日に焼けて皺が深い。年寄りかと思ったが、顔つきは若かった。年齢のわからない妙な顔だ。

「まだふらふらするだろう」

釣り師はいった。

「なにをしたんだ。おれの体に」

「麻酔をした」

「なに」

「お前の背中に打ち込んだ釣り針はおれが作った。麻酔銃と同じだ。体に刺さると薬剤が流れ込む仕掛けになっている」

背中に激痛を感じたあと急速に力が抜けていったわけがわかった。おれはどんな魚も体験したことのないやり方で釣り上げられたのだ。

「よく眠れたよ。おれは不眠症だからちょうどよかった」

「そうか。そりゃよかったなあ」

釣り師は苔色の歯を見せた。

「あの枕は」

おれは仰向けのまま釣り師に視線を向けた。階段の上でおれをからかった枕のことだ。

「どうやって動かしたんだ」

「竿と糸だ。操り人形と同じだよ。お前とそっくりに動いただろ。鮎の友釣りは囮の鮎をどう泳がせるかが勝負だ。尾を振らせ、腹を見せ、野鮎を挑発する。野鮎は怒って囮に突っかかり、仕掛け針に引っかかる」

ほおかぶりの男はいった。

「お前、自分と同じ枕が縄張りに入ってきたのを見て腹が立っただろう。天然の鮎みたいに」

男は毛脛むき出しの脚をぴしゃぴしゃと叩いた。

「天然だ。天然だ」

釣り師ははしゃいだ。

「あんたが釣るのは人間だけか」

「なんだ？」

釣り師は眉間に皺を寄せた。

「人間なら魚より釣るのは簡単だものな」

おれは唇を歪ませてみせた。

「人間は嫌いだ」

釣り師の目から愛嬌が消えた。

「おれは鮎釣りの王様だ。瀬釣りの帝王だ」

「鮎釣りのチャンピオンが枕を引っかけたんじゃ、名折れだな」

「おれだってやりたくない」

釣り師はおれの頭をつかんで引き寄せた。爪が頭の皮膚に食い込んだ。

「社長のいいつけだからしょうがないんだ」

「痛い。痛い。わかったから離してくれ」

おれは泣き声を上げた。おれはこのいかれたアナクロ釣り師と掛け合いをしながら部屋の中を観察していた。崩落寸前といっていい小屋である。柱も梁も壁板も構造力学を無視してつなぎ合わせたような造作だ。元はまっとうな造りだったのかもしれないが、修理を重ねるうちに収拾がつかなくなったのだろう。それでも人の住まいだった痕跡がある。おれの意識が戻ったときに目に飛び込んできたものがそうだ。石油ストーブや扇風機やテレビ。それらははるか昔に寿命を終えていた。塗料は剝げ、錆びつき、ゆがみ、カバーははずれて内部の機械が露出していた。

小さな流しがあり、ガスコンロの上には七輪が載っていた。七輪だけは妙に新しかった。

流しの隣には洗濯機が置いてある。脱水槽のない洗濯機で、洗濯物を絞るための手回しのローラーがついている。昭和三十年代に発売された洗濯機だ。錆びの浮いた石油ストーブやゆがんだ扇風機もいいが、おれはこの洗濯機が特に気に入った。古び方がなんともいえない。老朽化のツボを心得ている。器物の朽ち方はすべからくこうありたい。

「高安社長とは長いつきあいなのかい」

おれはのんきな口調で尋ねた。

「昔からだ」

釣り師は答えた。

「昔からってどのぐらい」

「昔からだ」

「だからどのぐらい昔なんだよ」

「昔からだ」

釣り師の顔が険悪になった。おれはこの男が大祥運輸の社長を溺死させた実行犯かもしれないと思った。してみると、おれをこうして拉致監禁した目的もそういうことなのか。おれをすぐに川で溺れさせなかったのはおれから聞き出したいことがあるのだろう。

エンジン音がした。タイヤが小石をはじき飛ばす気配が耳に届いた。

「社長だ」

釣り師が立ち上がった。おれはそいつの股間を見上げた。褌がゆるんで陰嚢がはみ出ている。この世の見納めがこの股座《またぐら》だとするとおれの人生はなんだったのだということになる。だからおれは死ぬわけにはいかない。

戸が開いて人影が現れた。そいつはゆっくりと足を踏み入れた。葬儀屋の姿は小屋の薄暗がりの中で輪廓を少しずつあらわにした。

「生きてるのか」

これは高安が手下の釣り師に問うたのである。

「ぴんぴんしてるよ」

釣り師が答えた。高安はおれのそばへ近づいてきた。先端の尖った靴が大きくなった。いきなり靴先がおれのわき腹にめり込んだ。おれは空咳のようなうめき声を上げた。

「なにを嗅ぎ回ってやがる」

高安の靴底がおれの顔に押しつけられた。

肉の腐ったような臭いがした。こいつは腐乱死体の上でも歩いてきたのだろうか。

「梅が池に二回もきたな。銀扇ホテルにも現れやがった」

高安はおれがセレモニープラザ梅が池にいったことを知っていた。どこで見ていたのか。この男は自分の日常風景に五感を張りめぐらせているに違いない。異物はどんな小さなものでも見逃さない。後ろ暗い過去を背負った人間の習い性だ。

「祝賀会の日、銀扇ホテルで油漏れの事故があったと聞いた。現場に妙な格好の奴がいたらしいが、あれはお前か？」

漆芸家の合田をシャッターではさんで痛めつけたことを葬儀屋はいっていた。

「油漏れ」ではない。「脂漏れ」だと訂正してやりたかったが、おれは黙っていた。

「口からでまかせに嘘八百並べやがって。大祥運輸の社長の親戚にお前みたいな奴はいない」

「調べたのか」

「あの日、すぐにな」

高安は靴の踵でおれの鼻をこすった。鼻の周囲に血の臭いが広がった。こいつは人に痛みを与えるつぼを心得ていた。

「何者だ、お前」

「ただの市民だよ」

高安の靴先が今度はおれのこめかみにめり込んだ。火花が散った。

「ふざけた格好しやがって」

「好きでこの格好をしてるんじゃない」

「腹を掻《か》っ捌《さば》いて泥を詰め込んでやる」

「やめてくれ。おれの商品価値が下がる」

高安はおれのそばにしゃがみ込んだ。煤けた長い顔が接近した。額のミミズの数が増えたように思えた。弟とよく似た容貌だが、こいつの方は目がひどく神経質そうである。

「おれがあんたの弟のアパートへいくことがなぜわかった」

おれは口から血の泡を吐き出した。

「首男《くびお》にあとをつけさせた」

「首男？」

おれが問い返すと、高安の代わりに釣り師が得意げに鼻をうごめかせた。首男とはこいつの名前らしい。

「こいつは鮎釣りのとき、川に首まで浸かって竿を振る。首だけが浮いているように見えるから首男だ」

高安は首男へ顎をしゃくった。首まで川に浸かる釣り人はいるが、それが異称にまでなっているのは印象がよほど強烈だからであろう。確かに、ほおかぶりをしたこの茶色い顔が川面にぷかりぷかりと浮いている情景は気持ちのいいものではない。生首の川流れだ。

「弟を調べてるのか」

高安の目には殺気があった。

「あんたの弟は強姦魔だ。被害者の数は見当がつかん」

おれは高安の目を見返した。

「あんた、弟のやったことを知っているのか」

一瞬の間があった。

「あれは」

高安はおれの問いには答えず、ゆっくりと立ち上がった。

「子供のときからああだった。おふくろが心配して、神主にお払いをさせたり、修験者を呼んで祈禱をしてもらったりした。精神科の医者にも診せた。しかし、効果はなかったな。弟のような人間は好きにさせるしかないんだ。下手に押し込めるともっと手がつけられなくなる」

「十分に手がつけられない状態だ。おふくろさんはあきらめるのが早すぎたな。治療を続けるべきだった」

「あの病気は治らん。女に泣いてもらうしかない」

「ひどい論理だ」

「弟に火傷をさせたのはお前か」

高安の声が低くなった。

「知らんね。新聞には事故だと書いてあったが」

「煮えたぎった醬油をかぶって朝まで気がつかないなんてあり得ない」

「あんたの弟は普通じゃない。神経も鈍感なんだろう」

おれは芋虫のように動いて体の向きを変えた。

「あんたの弟は病院を抜け出したらしい。人づてに聞いた。ちゃんと歩いてたそうだ。並の人間なら死んでる。しかし、これでよかったんじゃないか。あの男はもう二度と女に悪さはできまい。本人のためにもそれが幸せだ」

「なにが幸せかは弟自身が決めることだ」

「あんたの弟にそれを決める資格はない」

高安はおれの頭の後ろからこっちを覗き込んだ。逆さまの顔がおれの視界いっぱいに映った。

「どう殺して欲しい？」

高安はすごんだ。

「お好きに」

おれは答えた。

「人間一人を消すのはわけもない」

高安はそういったあとで口の端で笑い、つけ加えた。

「いや、枕一つか」

高安はおれの体を、値踏みをするように眺めた。

「だろうな。あんたの商売は人を燃やすことだから」

釣り師がもじもじしていた。

「やっぱり川かな」

高安は手下の方を見た。

「首男も川を使うのが好きだし」

「大祥運輸の社長を殺《や》ったときのようにか」

おれの言葉に高安は呼吸を止めた。

「嗅ぎ回っていたのは弟のことだけじゃなさそうだな」

葬儀屋はポケットに手を入れて、おれのまわりを回った。

「銀扇ホテルで第七大祥丸の沈没事故の話を振ってきやがったが、なにを知ってるんだ。お前は」

「噂を聞いただけだ。第七大祥丸の転覆事故は、大祥運輸の杉本社長とあんたと大村船長が共謀した保険金詐欺事件だと。杉本社長の溺死も秘密が漏れるのを恐れてあんたと大村が口封じをしたと。そうなのか？　どうせおれを殺すんだろうから、冥土の土産に聞かせろよ。殺ったのか」

　高安の肩が上下に揺れた。笑っているらしいが声は漏れ出てこなかった。

「歴史の筋書きは幾通りもある。あの事件のあと、おれと大村船長は警察の取り調べも受け、世間の噂にもさらされた。おれは妙な気分だったな。それはまわりの想像が肝心なところで的がはずれていたからだよ。保険金詐欺事件として一括りにするのは勝手だが、細部の検証は正確にやってもらわないと落ち着かない。あの頃、おれは腹の中で笑ったもんだ」

「どういうことだ」

「教えてやろう」

　高安は壊れた石油ストーブの上に腰を下ろした。

「船を沈めて保険金を騙し取ろうと計画したのは大祥運輸の社長と機関長の森末、そして甲板員の佐伯だ。事故で死んだ二人だよ。大村船長とおれはなにも知らなかった。おれ達は見たんだよ。森末と佐伯が船底に細工をしているところを。あいつらは排出口の船底弁を開けて機関室に海水を入れようとしていた。船尾管の押さえの金具もはずそうとしてたな。二人を問い詰めると船を転覆させる計画を白状した。おれと船長はそのとき思ったのさ。阿吽《あうん》の呼吸で。一瞬のうちに合意したんだよ。この計画はいただきだと」

「あんたたちが共犯者に代わって主役になったわけか。それで二人を殺した」

「海に放り込んでやった。あいつらだっておれ達を殺すつもりだったんだからおあいこだ。そのあと、あいつらが細工しようとした船底を元に戻した。狸の泥舟じゃあるまいし、船底に穴なんか開けたら偽装がばれちまう。船長が岩礁に船をぶつけて座礁させることを提案した。まあ、あの日の海の荒れ方じゃ、なにもしなくても船は沈んだかもしれんが。まさに乗りかかった船だ。おれ達はやるしかなかった」

「泥棒の上前をはねたわけか」

「人聞きの悪い。おれ達は田舎者の考えた垢抜けないやり方をスマートに遂行してやったんだ」

救助された高安と大村船長を見た杉本はとまどっただろう。生きて帰るはずのない人間が目の前に現れたのだから。だが、すぐに共犯者が死んで勿怪《もつけ》の幸《さいわ》いだとほくそ笑んだ。

「杉本は分け前を出す必要がなくなって小躍りしただろう。そこへおれ達が乗り込んで、船で起こったことを聞かせてやった。あのときの杉本の顔といったらなかったな」

「しかし、杉本はあんた達の要求を突っぱねた。金を出さなかった」

「いくらかは搾り取ってやった。だが、あの馬鹿、自分の立場がわかっていなかった。出し惜しみしやがって」

「で、殺した」

「おれ達を甘く見すぎたのが運の尽きだ」

高安は首男を見やった。

「あのとき、こいつはまだ十五だったが、おれの指示を完璧にこなした」

高安は首男の背中をなでた。ほめられた釣り師はほおかぶりの顔を醜くほころばせた。

「だが、今日のこいつは呆《ぼ》けだ」

高安の平手が首男の頬に飛んだ。首男の鼻から鮮血が散った。頑丈そうな釣り師の体がよろめいた。

「馬鹿が。針金なんぞで縛りやがって」

「だ、だって」

「針金の痕を残した土左衛門じゃ事故に見えんだろうが」

高安は首男を蹴り上げた。首男のむき出しの脚が真っ赤になった。

「予定変更だ。焼くぞ」

高安はおれの体の処理法の変更を明言した。

「おれは川の方が好きだ」

首男は涙声で主張した。

「お前の好みで決めるな」

「焼くのは手間だ」

「こいつの体には針金の痕が残ってる」

「溺死の方がいい。しばらく沈めとけば魚が食うから針金の痕はわからなくなる」

「焼きだ」

おれの頭越しにおれの体の調理法が検討された。

「あんたの焼き場かもしれないが、正式の手続きもなく焼却炉を使うのはまずかろう」

おれの口出しするところではなかったが、おれは苦言を呈した。

「明日は葬式が四件ある。棺桶にお前の体を少しずつ分けて入れる。少々の増量は誰にもわからん」

「知恵が回るな」

おれは感心した。おれは一日で四回葬式を出してもらえるのだ。ギネスブックものの記録であろう。おれは釣り師へ顔を向けた。

「雇い主の意見に分があるようだな」

おれの体を縛りつけていた針金はゆるみ続けている。少しずつ、目立たぬように。針金はおれの指示を忠実に守っていた。おれは体をふくらませて針金と体の間にできた隙間を隠した。おれは針金にもう少し待つように命じた。おれは拉致され、拘束されている。おれは一人。向こうは二人。その二人は殺人者だ。だがおれは不利ではない。おれを取り囲むようにして仲間がいる。家電製品としての役割を終えた廃物達。「気」の生じやすくなった古い器物がおれの号令を待っているのだ。

葬儀屋の社長と首男は部屋の隅でなにやら相談をしていた。声をひそめているが狭い小屋の中なので会話の断片が耳に届く。「解体」「血抜き」「部位ごとに」という言葉が聞き取れた。通常は屠畜場にでもいかないと耳にすることのない用語である。高安は首男になにかを指示をした。首男は小屋の外へ出ていった。高安はおれの方に歩いてくる。

「決まった」

高安はおれのそばで腰をかがめた。

「ここでやる。お前の体を切り分けて今夜焼き場に運ぶ」

「わざわざのお知らせとは、ごていねいなことだ」

おれは上体を起こした。

「なあ、お前」

高安はいった。

「おれはお前に冥土の土産として大祥丸沈没の真相を話してやった。お前もこの世への置き土産として話せよ」

「なにをだ」

「弟をあんな目に遭わせたのはお前か？」

高安の視線がおれの視線にからんだ。

「そうだ。おれがやった」

おれは答えた。相手も正直に話した。返礼というものだ。

「そうか」

高安はうなずき、納得したというように背筋を伸ばした。首男が帰ってきた。彼は手にチェーンソーを抱えていた。樹齢六百年の巨木でも一刀両断できそうな大型の自動鋸だ。

高安が首男を見た。

「それは使うな」

高安は首を横に振った。

「だって、今これを使えって」

「気が変わった」

高安はおれの方へ再び顔をひねった。

「糸鋸《いとのこ》を使う」

「糸鋸でばらばらにするのは大変だよ。時間がかかる」

「だからいいんだ。できるだけ時間をかけて苦しめてやる。こいつが地獄へいく前に地獄体験のリハーサルをさせる」

「じゃあ、糸鋸を買いにいかなきゃ」

首男はにたりと笑った。

「車の工具箱に入ってる。替え刃もたっぷりあるはずだ」

「用意がいいなあ。さすが社長だ」

「早く取ってこい」

チェーンソーから糸鋸へ、おれの処刑法は格上げされた。兄弟愛の賜《たま》ものだ。おれとしては糸鋸の方が繊細で好ましかったが、この場では荒っぽい切断工具が有効だ。おれはチェーンソーの有用さを確信した。首男がチェーンソーを片手に小屋を出ようとした。そこへおれは思念を送った。青白いおれの意志が自動鋸に突き刺さった。エンジン音が炸裂した。首男の手にしたチェーンソーが跳ねた。

「うわあ」

チェーンソーは首男の手を離れ、天井近くまで跳ね上がった。切断機械は自由を得た歓喜を表すかのように取っ手を支点に空中でスピンした。回転刃が猛烈な速度でうなりを上げ、空気を引き裂いた。それは、コントロールを失った墜落寸前のヘリコプターの動きにも見え、ラリったバレエダンサーが空中浮揚をしながら凶器を振り回している姿にも見えた。

「うわ。うわ」

首男は逃げまどっている。鋸は彼を追っていた。チェーンソーの動きは予測不能に見えながら目標を過《あやま》たなかった。釣り師の頭上に真っ向から切りかかり、側頭部と肩口を薄くそいだ。胴を払い、腹の脂肪を裂いた。四つん這いで逃げる釣り師の後頭部に回転刃が噛みついた。おれは相手に深手を負わせぬよう注意を払ったが、完璧にコントロールはできない。ときにはチェーンソーの刃が相手の骨まで食い込んだ。

高安は唖然としてこの光景を見ていた。身じろぎもしない。おれは自分の体を縛りつけていた針金に命令を下した。針金は一気にふくらんだ。おれの体からはじけるようにそれは離れたのである。針金はからまった様態を自らほどき、うねうねと伸び、一匹の線虫となって床を這った。

「化け物」

それは高安がおれに投げかけた言葉だった。この男は観察すべきものを観察していた。チェーンソーや針金は相手ではない。恐怖すべき対象はおれなのだ。

おれには自分の殺気を制御しかねる瞬間がある。今がそうだった。高安は跳び退《すさ》った。おれから安全距離を取るように。高安は後退りをしながら猫のような動作で体を翻し、外へ飛び出した。

「くそ。くそ」

釣り師は灯油のポリタンクを振り回しチェーンソーに応戦していた。チェーンソーは空中浮揚をしていなかった。床に立ち上がって釣り師を追いつめていた。回転刃を獲物に見せつけるように首を振り、間合いを詰めている。チェーンソーが体を揺らせるたびに小型バイクほどのエンジン音が高くなったり低くなったりした。おれは小屋の外へ出た。高安の車が見えた。キャデラックの四輪駆動車だ。高安は後部のドアからなにかを取り出していた。散弾銃だった。おれはあわてて小屋に戻り、戸を閉めた。戸に鍵はなかった。おれは手当たり次第にそこらにあるものを戸口に集め、バリケードを作った。気休めだがないよりはましだろう。高安の足音が接近した。轟音が響き、小屋の戸の半分とバリケードの一部が吹き飛んだ。おれは箪笥《たんす》の陰に身を隠した。相手の手元の猟銃を操ることはできる。だがそれには相手との距離が近くなくてはいけない、命と引き換えの作業だった。銃声が立て続けに上がり、小屋の壁や柱の一部が粉微塵になった。小屋の戸の残った半分が吹き飛んだ。

木屑と土埃が舞った。

「社長」

首男が救いを求めていた。チェーンソーは首男が盾にしたポリタンクをがりがり削っていた。タンクが割れ、変色した古い灯油が流れ出た。腐った灯油の臭いが広がった。

「助けてくれ」

ポリタンクで鋸の刃を防いでいた釣り師は絶叫した。ポリタンクが切断されたら次は彼の番かもしれない。おれはチェーンソーに彼の殺害まで命じていないが、器物の動きは予測しがたい。こういう状況で下手に近づくとおれ自身がやられてしまうこともある。高安が銃を構えた。耳をつんざく破裂音。チェーンソーが吹き飛んだ。

チェーン状の鋸刃がガイドバーをはずれてうねうねと宙に舞った。床に落ちた自動鋸の本体はエンジンを露出させて痙攣していた。おれは散弾銃の威力に背筋を凍らせた。

「出てこい。化け枕」

高安の怒声が響いた。

高安の声には緊張が混じっていた。悪行を重ねてきた人間は無謀ではない。高安はおれの特殊な能力を目の当たりにした。散弾銃という強力な武器を抱えていても彼は慎重を期さざるを得ないのだ。おれは箪笥の陰から布団を積み上げた場所へ移動した。小屋の中は広くないが、ごみ屋敷のようになっているので遮蔽物はある。おれは梁の上に目をやった。四、五メートルはあろうかという黒い線虫が梁の上を這っていた。おれの体に巻きついていた針金だ。おれに気を吹き込まれたそれは生命の神の支配を受けることなく、ただ動いている。それ自身、なぜ自分が動いているのかも知らない。首男の姿が見えた。手にスパナを握り締め、すり足でおれの姿を探していた。首男とおれの目が合った。

「社長、あそこだ」

首男が叫んだ。おれは梁の上の怪物に落下を命じた。轟音。おれの頭上を散弾が放射状に広がるのと、線虫が落ちてくるのとはほぼ同時だった。黒い線虫は首男に巻きついた。錦蛇が獲物に飛びかかるように。銃口が吠えた。おれの隠れている布団の山が震えた。着弾した散弾がすさまじい塵埃を巻き上げる。綿と黴の作った煙幕が視界をさえぎった。おれは目の前にある枕に同化することを考えた。生命の気配を消して本物の枕にまぎれ込む。危険な手だった。相手は必ず引き金を引くだろう。まぎらわしいものにはすべて散弾を打ち込むに違いない。そういう相手である。おれは擬態をあきらめた。おれは枕をつかんで放り投げた。銃声が三度鳴った。おれの代わりに粉砕された枕の詰めものの臭いが立ちこめた。おれはそのすきに再び移動した。そこへまた着弾。思念を送る間もなかった。これでは奴の手から銃を奪えない。

「社長、社長」

首男が悲鳴を上げている。線虫が首男の体に食い込む音が聞こえた。おれは石油ストーブに始動を命じた。石油ストーブは全身を震わせたかと思うと、すっくと立ち上がり、高安に突っかかっていった。高安の散弾銃が火を噴いた。

放射状に発射された散弾はストーブの正面に着弾した。ストーブは四散した。アルミの破片が舞う。それでも器物はあきらめなかった。千切れたストーブの上半分がむくむくと起き上がり、おれの指令通りに敵に向かっていったのである。おれは原形をとどめぬ石油ストーブが勇敢に戦っている間に、もう一つの器物に思念を送っていた。洗濯機だ。おれが一目見て気に入った昭和三十年代製造の一層式洗濯機。洗濯機はのっそりと起き上がった。たくましい手足が生えていた。おれが見込んだ通り並みの器物ではなかった。何百万台だか、何千万台だかの中の一つにそれが生まれることがある。その洗濯機には四億四千万の神が宿るのである。おれはヒンドゥー教徒ではないがそう信じている。この洗濯機を排除したり、粗末に扱うと天罰が下るのだ。

洗濯機は絞り機ローラーの取っ手をぐるぐる回しながら舞台に現れた。器物は普通、音を立てないが、この洗濯機は静かな怒りを秘めたような低いモーター音を響かせていた。高安が洗濯機に気がついた。大口径の散弾銃が神の宿る洗濯機へ向けられた。銃に思念を送る間はなかった。おれは高安に飛びかかった。おれは高安の背中から首に腕を回し、締め上げた。高安の上体が弓なりに反った。銃口が天井を向いて咆哮した。射撃の反動とおれの加えた力で高安はおれを背負ったまま後方に転倒した。高安は銃床を背後に振っておれの顔面を砕こうとした。おれは高安の目に指を入れた。ずぶりと生温かいものに指先がめり込んだ。高安の振り回した銃床がおれの耳元をかすめた。おれは目潰し攻撃をやめなかった。どこまでも指を突っ込んでやるつもりだった。指から腕ごと。高安の喉から人間以外のなにかの音声が漏れた。高安の手から銃が落ちた。おれはそれを蹴り飛ばした。散弾銃は床の上を回転しながら滑った。高安の爪がおれの皮膚に食い込んだ。やつの魂胆は手に取るようにわかった。高安の爪がおれの皮膚に食い込んだ。やつの魂胆は手に取るようにわかった。おれの蕎麦殻をつかみ出そうとしているのだ。おれは歯を食いしばった。内臓が抜かれる前にこいつの脳味噌をえぐり取ってやる。おれは葬儀屋の頭に攻撃を加えながら、床の上の不思議な光景に気づいた。石油ストーブの部品がこぼれた灯油の上をよちよちと歩き回っている。部品はストーブの燃焼部分である。旧式ストーブの円筒形のあの部分だ。焼けて変色した金属の筒が水たまりで子供が遊ぶように動いている。かちゃかちゃと音がする。円筒形の器物はしきりに灯油に自分の体をこすりつけていた。おれはそいつがなにをしようとしているのかを理解した。燃えたいのだ。彼は灯油を燃やす仕事に復帰したいのだ。器物の神はひたむきな彼の心を受け入れた。円筒形の内部に明かりがともった。それは火だった。着火したのである。炎は静かにふくらんでいった。古い灯油の汚れた炎であったが、それは確かに燃焼だった。円筒形の体はみるみる真っ赤になった。おれは目頭が熱くなった。器物にはそれぞれの属性がある。動き出した器物にもそれが残っている。そのことを承知しているはずのおれがこんな気持ちになるとは。おれがその感動的光景に気を取られたのはほんの一瞬だったが、高安はそれを感じ取った。高安はおれの体をかつぐように前方へ激しく上半身を回転させた。背負い投げを食らったおれの体は円の軌道を描いて床に叩きつけられた。おれが立ち上がるより早く高安は体勢を立て直した。高安の前蹴りがおれの顔面に入った。おれは吹っ飛びながら視界の隅で床の散弾銃をとらえていた。武器を支配せよ。おれの頭の中でなにかが叫んでいた。だが、おれが銃に思念を送る前に高安の手がそれをつかんだ。高安は勝ち誇ったように散弾銃を構えた。引き金に指がかかった。高安の体が宙に浮いた。頑強な腕が彼の体をつかみ上げていた。神の洗濯機である。高安はもがいた。その拍子に彼の手から銃が落ちた。銃は灯油で濡れた床の上で跳ねた。洗濯機の腕はぐんぐん伸びて高安をさらに高く吊るした。洗濯機は暴れる高安の体を梁にぶつけた。はずみをつけて二度、三度と叩きつけた。さらに、吊るしたまま後頭部をつかんでぐりぐりと壁に押しつける。高安の顔は変形していた。彼はゆがんだ口でまだ神を罵倒することをやめなかった。

《愚か者》

雷《いかずち》のうなりをおれはそのとき確かに聞いた。

「ちくしょう」

首男は針金虫との格闘を続けていた。首男の体に針金が食い込み、どこまでが針金でどこまでが首男の体なのか判別がつかなかった。

人間の呼気と金属のこすれ合う音が入り混じり、千切れた針金と首男の着物の切れ端が飛び散った。

「どいつもこいつも灰にしてやる。痰壷《たん》にぶち込んでやる。腐れが、穢《けが》れが、屑《くず》家電が、疫病《えきびょう》枕が」

高安は足をばたつかせてあらん限りの悪態をついていた。神の洗濯機は厳《おごそ》かな顔つきで罪人の面罵を受けていた。洗濯機は高安を無造作に自分の腹に収めた。洗濯槽に投げ入れたのである。高安は洗濯槽に逆さまに突っ込まれた。高安の腿の中ほどから足の先までが突き出ていて、脱出しようともがいていた。洗い物を詰め込んだ洗濯槽が回り始めた。それは二、三度ぎくしゃくとした動きをしたあと、高速で回転した。高安の下半身はその速度以上に回った。洗濯槽の運動は脱水用のそれであった。

昭和三十年代の一層式洗濯機には脱水機能はなく、これだけの馬力もない。神の洗濯機は家電メーカーの工場で与えられた能力を超越した力を会得していた。洗濯機の中に水はない。水の代わりに人間の絶叫が渦を巻いていた。洗濯機は高安を洗い終えるとその体を吐き出した。人間が西瓜の種を口から吹き飛ばすように。高安の体は部屋の隅まで飛ばされ、洋服箪笥の扉を突き破った。箪笥の破片と埃が舞った。葬儀屋は壁と箪笥の間でぼろ雑巾のようになっていた。それでも彼は立ち上がった。高安はふらつきながら床のスパナをつかんだ。首男が落としたスパナだ。高安は工具を振りかざして洗濯機に躍りかかった。高安の動物の遠吠えのような怒声が走った。神の洗濯機は軽々とその突進を受けた。葬儀屋のスパナが絞り器のハンドルをはじき飛ばしたが、神はものともしなかった。神は長い腕で高安の肩をつかむやその体を持ち上げ、再び自分の洗濯槽に呑み込んだのである。高安は神の腹の中で攪拌《かくはん》された。

神の胴は激しく震え、モーター音は天上高く轟いた。洗い作業は長く続いた。洗濯機は二度目の仕置きを終えると高安の体を吐き出した。高安は飛蝗《ばった》のように飛翔し、空き瓶の山に頭から突っ込んだ。床に伸びた高安は巨人の吐き出した吐瀉物に見えた。呪文のような唸り声を上げるのでかろうじてそれが人間だとわかる。

「おれの銃は」

高安は床を這いながらうめいた。その声までが反吐《へど》のようだった。

「銃はどこだ」

高安の口から赤いよだれが流れ落ちた。散弾銃は炎に包まれていた。灯油の火はゆっくりと広がっていた。おれは小屋を出るには頃合いだと判断した。

「勝負はついた」

おれは宣言した。

「ここに残って焼け死ぬか、外に出るか、好きにしろ」

首男は針金虫を体にまとったまま起き上がってきた。こちらもこの世の者とは思えぬ姿である。チェーンソーに受けた傷やら、針金虫に締め上げられた痕やら、五体がつながっているのが不思議なくらいだった。しかし、闘いは彼の粘り勝ちだったらしい。首男の体にからみついた針金はただの残骸に変わっていた。首男はおれに突っかかってはこず、彼の雇用者の方へよろめく足を向けた。

「社長、出よう。焼け死ぬよ」

首男が高安の肩を揺すった。高安は死魚の目をしていた。おれは二人を放っておいて外に出た。渓流の景色が広がっている。おれは初めて小屋の外観を見た。不思議な小屋だった。屋根にタイヤが載せてある。小屋が傾ぐほどの数だ。それだけではない、小屋の壁にもずらりとタイヤを立てかけてある。これも半端な数ではなかった。屋根のトタンが風で飛ばされないためと、本体の倒壊を防ぐための処置なのであろうが、小屋の持ち主の美意識と世間への怨念のようなものが迫ってくる光景だった。砂利を踏む音がした。振り返ると高安が立っていた。彼は炎を構えていた。それは散弾銃だった。炎に包まれた銃を彼はおれに向けているのだ。焼けた銃身をつかんだ指が焦げていた。高安は熱さを感じていないようだった。

「やめろ。その銃は使えない」

「ありがたく思え。最高級の散弾だ。蕎麦殻枕ごときにはもったいない」

高安は正気の消えた目でいった。おれは銃に思念を送り、それをはじき飛ばそうとした。

その刹那、轟音が空気を裂いた。暴発は高安の手元で起きた。火薬と血の臭いが充満した。高安の体が崩れ落ちた。おれは立ちつくし、間をおいて、高安の元へ歩いた。高安の両手首は吹き飛んでいた。彼の下顎も消失していた。ポンプアクション式散弾銃は機関部と銃床の間で二つに折れていた。炎はなおも廃物となった銃を包んでゆらめいている。

「病院へつれていけ。間に合うかどうかは保証せんが」

おれは死にかけている男の忠実な部下に声を送った。釣り師は離れた所に立っている。彼の後ろには渓流が見えた。波が日差しを受けて光っていた。

「社長はもうだめだ」

釣り師はいった。彼は竿を握りしめていた。おれはこの男が釣り師の意地を通すつもりなのだと思った。

「昨夜、おれを釣り上げたのはその竿か」

おれは顎をしゃくった。おれを釣るために作った特製の竿だが、遠目には普通の竿と変わらない。

「お前を囮にして釣りたい」

「おれは囮にはならん。おれの姿を見たら鮎が逃げていく」

「鮎以外のなにかを釣るんだ」

おれを囮にして釣るなにかとは何なのか。

おれはそれ以上考えをめぐらせることをしなかった。

釣り師は竿をしならせた。空気を切る音がした。ワイヤの糸だ。釣り針は見えないが、おれには音でその位置がわかった。優美なカーブを描いて糸が躍り、釣り針が飛んできた。こんなものはなんでもない。昨夜は闇の中で不意打ちを食わされたから不覚を取ったが、正体を知ればどうということはない。おれは首をちょっとすくませるだけでそれをかわし、釣り師の方へ戻っていく釣り針とワイヤに思念を送った。稲妻が走り、宙空の凶器を撃った。釣り針は小さな閃光となって空の一点に張りついた。釣り師があわてて竿の動きに力を加えた。

竿がしなり、再びワイヤが弧を描いた。毒針がおれにアタックするために後方に飛んで力をためていた。竿と糸の発する音は怪鳥の鳴き声に聞こえた。おれの肉をついばむためにそれは距離を測っている。最初、糸は釣り師の思うままに空気を切っていた。だが、少しずつリズムが崩れていく。竿のしなりとワイヤの音に変化が表れた。釣り師の四肢がぎくしゃくし始め、その足元が乱れた。彼は打球を見失った外野手のように空を見上げてきょろきょろしていた。おれは上空を飛ぶ釣り針に渦を描くよう思念を投じた。螺旋の形に空気が切れていく。釣り師は友釣り名人の技を駆使して、糸の動きをコントロールしようとした。それはすでに手練の動作ではなかった。彼は我を失っていた。ワイヤと針の生み出す渦は速度を増し、釣り名人の手にも負えない世界に突入していた。空気の一角に白い渦が巻いた。その中心にはなすすべもなく立ちつくす釣り師の姿があった。

「うわあっ」

釣り師の体が泳いだ。彼は見えない障害物に膝をぶつけたようにつんのめり、激しく空を掻いて、頭から砂礫の中に倒れた。釣り師の全身にワイヤがからんでいた。彼は呪っていた。釣り糸を。彼はその道具から人生初の裏切りを受けたのだ。おれはワイヤの糸に獲物を瀬に運ぶよう命じた。釣り師の体は転がされるように川辺へ引かれていく。竿がそのあとをずるずるとついていった。おれは彼等の後見人ででもあるかのように瀬に向かってゆっくりと歩いた。

釣り師は浅瀬に体を半分沈めている。その姿は清流に投棄された巨大な蛹《さなぎ》のようだった。早い水流がその顔を打っていた。彼は瀕死の魚のように顔を上げて酸素を求めていた。この男は何人の人間を殺《あや》めてきたのだろう。狙う相手を水中に引き込み溺死させる。それはすべて釣り中の事故として処理されてきたのだ。

おれは釣り師にからみついている糸を少しゆるめてやった。ほんの少し、手足の自由がきく程度に。

「この川の、どのあたりに深みがあるのか、おれは知らん。お前はそこへいって泳ぐんだ。その窮屈な手足で川を渡れるかどうか挑戦してみろ」

おれは瀬の丸い大石の上に立って釣り師を見下ろした。

「これじゃ移動できん。もっと糸をゆるめてくれないと」

釣り師は荒い息の中でふてぶてしく笑った。

「そのままいくんだ」

「歩けない」

「案内人をつけてやる」

おれは岸辺の蘆《あし》の茂みへ顔を向けた。大きな流木がそこに引っかかっている。おれは思念を放った。青白い光の矢が茂みに突き刺さった。流木はごそりと動き出した。身体の半ばを岸辺に乗り上げていた漂流物は、流れに戻れるのがうれしくてたまらないとでもいうように水音を立てた。流木は大きな図体を左右にくねらせて這ってきた。幹に残った枝が短い前足と後ろ足になっている。水に浸かっていない背は白茶け、裏側は濡れて黒々としていた。その外観は大型水棲爬虫類にそっくりだった。

「鰐だ」

おれは寄ってきた流木へ顎をしゃくった。

「おれを食わせるのか」

釣り師の顔から血の気が引いた。流木はそれほど実際の生き物に似ていた。

「お前を引いていく」

おれは流木の鰐に合図をした。めりっという音がした。鰐が大顎を開けた。流木の裂け目が開いただけだが、それは大型爬虫類の口そのものだった。鰐は釣り師の体に嚙みついた。釣り師の悲鳴が上がった。鰐は巨体を左右に振って釣り師を流れに引き込んだ。本物の鰐なら嚙みついたまま体を回転させて獲物の体を食いちぎるところだが、おれはその指示はしなかった。

「しっかり泳げ。お前に殺された連中の霊がお前を水の底に引きずり込もうとするだろうが、負けずに泳げ。助かるチャンスはある」

「やめてくれ」

釣り師は必死に体を起こそうとしていた。

鰐は無慈悲にその体をくわえ、流れに乗って下流へ引いていった。

「助けてくれ」

釣り師の絶叫が渓流に響いた。水面を叩く音がとぎれとぎれに爆《は》ぜた。それはおれの内耳でしばらくとどまっていたが、次第に遠ざかり、やがて瀬の波音の中に消えていった。

おれは高安のそばへ歩いた。高安は死んでいた。恨みがましい死に顔だった。おれは顎が消失する前の彼の顔を思い起こそうとしたが、なにも浮かんでこなかった。

小屋から炎が上がっていた。

神の洗濯機も石油ストーブも中にいる。おれは彼等のために祈らなかった。器物は朽ちていく。誕生した瞬間から劣化が始まる。それは彼等の宿命である。一瞬の「気」を得た彼等に生の認識はない。機能に従い、動き、機能が停止すれば活動を終える。それだけのことだ。彼等を悼まないことが彼等への供養である。石油ストーブの部品が、こぼれた灯油の上でかつての勤めを果たそうとしていた姿が瞼に浮かんだ。おれは頭を振ってそれを脳裏の外へ追いやった。

器物は器物。物は物だ。

17

セレモニープラザ梅が池の社長の身に起きた変事は、弟のレイプ魔の心境にも影響をおよぼすだろうか。二人の兄弟愛の中身はわからないが、なんらかの形でそれは表れるはずである。

おれは志保の身を案じた。高安はもう女を襲えない。しかし、それは性的な意味ということであって、彼女が危害を加えられる恐れがなくなったということではない。おれは蛇が脱皮をするように、高安が火傷の皮膚を破ってもうひとつの姿を現すのではないかという妄想が頭から離れなかった。

葬儀屋と釣り師とのおぞましい闘いから戻っておれはすぐに行動に移った。志保をひとまず避難させることにしたのだ。シェルターは考えられる限りの一番安全な場所。室井老人の自宅だ。老人とおれの関係を知るものはいない。高安に嗅ぎつけられる恐れはまずないだろう。実は室井老人の家より志保の安全のためには完璧な場所がある。黒髪の家だ。誰もあの家に女を隠すとは思うまい。だが、おれはそれを黒髪にいい出しかねた。なにかがおれにそれを思いとどまらせたのだ。かわいそうなことをするな。かわいそう。誰が。黒髪がだ。

黒髪は拒否しないだろう。それゆえにおれはあの女の哀れさを感じることになる。言葉ではうまく表現できない。ともかくおれはそうしなかった。それがいいと思った。

老人は志保をあずかることを快く引き受けてくれた。室井老人にはこれまで志保についての詳しい事情は話さなかったが、すべてを打ち明けた。老人はしばし電話の向こうで絶句した。

「いいよ。わしの所は婆さんと二人だけだし。若い女の子がいればにぎやかでいい」

老人の声は温かかった。おれは志保を室井老人の家に連れていった。志保も老人と会って安心したようだった。おれはこの二人は相性がいいと確信した。志保が老人の家で暮らすのはどのぐらいの期間になるのかわからない。志保は一度部屋に戻り、着替えを取ってきたいといった。おれは部屋には戻るなといったのだが、やはりそうもいかない。といっておれが代わりにいくわけにもいかない。箪笥から若い娘の下着を引っ張り出してバッグに詰めるのは阿呆のすることだ。志保はおれの護衛つきでマンションに戻ることになった。

この日、おれは志保の恋人に会った。浦山浩。

志保がおれの家に呼んだのである。格子戸を開けると長身の浦山が立っていた。志保はおれを浦山に紹介した。

「志保さんがお世話になりました。お礼を申し上げます」

浦山はおれに頭を下げた。それはすでに志保の身内としての挨拶であった。おれは志保の後見役のようなつもりでいたから、妙な気分になった。しかし、考えてみれば浦山の方がおれより志保とのつきあいは長いのである。おれはいつの間にか小舅《こじゅうと》根性を起こしていたらしい。

浦山も志保の小さな引っ越しを手伝うつもりできていた。志保の荷物を運ぶのはおれのダットサン・ブルーバードの予定だったが、浦山がライトバンできたのでそちらを使うことにした。

志保がマンションの部屋で荷物をまとめている間、おれと浦山は廊下で待つことになった。

「志保さんから事件のことは聞きました」

浦山はいった。それは彼が志保から離れた場所で切り出したかったことであろう。

「なにもかも？　彼女の身に起きたことを」

「はい」

青年はおれを真っ直ぐに見つめた。誠実な視線だった。おれはこの青年が間違いのない人柄であることを知っている。おれほど短い時間の中でこの青年の内面を知った人間もいないのだ。浦山はおれのことを憶えていなかった。おれは東京行きの列車で隣り合わせの席に座っていたことを戯れに口にしてみようかと思ったが、自重した。

「志保さんとはこれからどうする」

おれは尋ねた。

「結婚します」

「そりゃあいい」

おれは胸が熱くなった。

「これはよけいなことかもしれないけど」

おれは少し口ごもった。

「志保さんが襲われたことや、彼女が自殺未遂をしたことは君のご両親には伏せておいた方がいい。打ち明けるにしても、もっと時間がたってからがいいんじゃないかな」

「ぼくもそう思います。親父もお袋もまだ彼女のことに抵抗があるみたいで」

「君を撥ねた女だから?」

「そうですね」

浦山は少し笑った。

「でもそのことは時間が解決するでしょう」

浦山は一度志保を自宅に招き両親にも紹介している。だが今回の緊急避難については内緒にしているといった。事実を伏せて相手をただのストーカーだと説明したとしても、浦山の両親からすれば、わずらわしい事情を抱えた女というイメージを持つだけのことだろう。

おれは浦山が以前につきあっていた女のことを聞いてみたかった。浦山の記憶の中に登場した表情の硬い娘。あの娘とは完全に手が切れたのか。しかし、これこそおれが口出しする問題ではない。

「千両さん」

浦山の表情が引きしまった。

「志保さんを襲った男のことですが、事故に遭って入院したんでしたね。でも、またこのマンションにやってきた」

「不安がらせたくないから彼女にはいわないけど、奴は彼女を襲えない体になった分だけ、よけいに彼女への執着が強くなったとも考えられる」

「警察へは？」

「警察は絶対に守ってくれない。警察がくるのは被害者が殺されたあとだ」

「彼女はぼくが守ります。どんなことがあっても」

「頼むよ。レイプ魔の決着はおれがつける」

おれは高安の潜む穴蔵を再訪せねばならないことがわかっていた。今度こそ要介護度百の重病人にしてやる。おれは鬼神になって奴に鉄槌を下すのだ。

18

葬儀場の経営者が猟銃の暴発事故で死亡
山小屋が全焼

セレモニープラザ梅が池の社長高安国太郎さん（53）が猟銃の暴発事故で死亡した。現場は百足山市井坂町の厚美川の上流。高安さんは狩猟が趣味で、一人でよく出かけていた。この日も山小屋に泊まり、猟をしていたという。高安さんは火事になった小屋のそばに倒れていた。高安さんの散弾銃は焼けており、高安さんは炎上する小屋から銃を持ち出そうとして事故に遭ったものと見られている。

厚美川で鮎釣りの男性水死

二十九日午後三時頃、男性の遺体が浮いているのを釣りにきていた人が見つけた。男性は年齢三十歳から四十歳ぐらい。腰までの短い着物を着ていた。釣り用のウエアやライフジャケットは身につけていなかった。遺体は流木の裂け目にはさまれていた。このため泳ぐことができずに溺死したらしい。男性が使用していたと見られる釣竿は近くで見つかった。男性の遺体には切り傷や打撲の痕があり、警察では事件との関連も含めて捜査中。

二つの新聞記事は別々の出来事として夕刊に掲載されていた。二つの現場はきわめて近く、どちらも遺体の状況に不自然さがある。にもかかわらずそれぞれ別件の扱いである。釣り師の使用していた釣竿は人間を捕獲するための特別なものだ。糸もワイヤである。警察はどう判断するのだろう。

この事件を解明するには推理力に加え、天才的な想像力が必要である。そんな捜査官はいない。世界中を探しても。まして、百足山市では。おれは流木の鰐と水中で格闘している釣り師の姿を思い浮かべた。彼の運命に同情の気持ちは起こらなかった。

おれの体内で発信音がした。

「はい」

「ああ、わしだ」

電話は室井老人からだった。

「今日は申し訳ありませんでした。突然無理なお願いをして」

おれは志保をあずかってもらった礼をいった。

「いや。それはいいんだ。うちの婆さんも娘が出来たみたいだって喜んでるよ」

室井老人の言葉に嘘はないだろう。おれはありがたくもあり、つらくもあった。経済的に楽ではない老夫婦の暮らしだ。志保の食費だけでもこちらが持ちたいのだが、老人はそれを承知するまい。この件については別の手立てを講じようとおれは思った。

「葬儀屋が死んだな」

老人もニュースを見ていた。

おれは隠すつもりはなかった。

「昨夜、あの葬儀屋に捕まったんです。麻酔銃のようなもので眠らされて山小屋に連れていかれました。奴はおれがなにを嗅ぎまわっているのかを知りたがっていた。知恵を絞ってなんとか逃げおおせましたが。高安が死んだのは自業自得です。奴は焼けた散弾銃をおれに向けて引き金を引いた」

「死にましたね」

「危なかったな」

「高安はおれを殺すつもりだったから、べらべらと昔のことを喋りましたよ。大祥丸の事件のことを。保険金詐欺を計画したのは大祥運輸の社長と死んだ二人の船員らしいです。高安と大村はそのことを知らなかった。航行中に事情を知って保険金の分け前にありつこうと計画に割り込んだんです。そして、船員二人を海に叩き込んだ」

「保険金詐欺の共犯者が二人擦《す》り替わったわけだ」

「杉本社長は大村と高安から保険金の分け前を要求されて腰が抜けるほど驚いたんじゃないですか。なにも知らないはずの二人がすべてを知っていたから。だから余計に金を出すのが惜しくなったんですよ。そのために社長は殺されたわけですが」

「高安と大村は骨折り損のくたびれもうけだったわけか」

「詳しいことはわかりませんが、二人は杉本社長を殺す前に脅して金をいくらかは引き出させたようです。高安はその後、葬儀会社を始めていますから、金はその元手になったんでしょう。大村の政治活動開始の資金にもなったはずです」

「鮎釣りの男が死んでたな。近くで」

「ええ」

「関係があるんだろ」

「死んだ釣り師は高安の手下です。若い頃から高安のそばにいて悪事を手伝っていた。杉本社長を事故に見せかけて殺したのもこいつです。高安と大村の行く手を阻む人間はみんなこの殺し屋が片をつけてきたんでしょう。おれもあやうく犠牲者の仲間入りをするところだった」

おれは思念の力の限りを使って葬儀屋や釣り師と対決したことだけは話さなかった。室井老人にはおれの能力を秘密にしておきたい。

「やれやれ」

老人のため息が受話器の向こうから聞こえた。

「聞いているだけで心臓が止まりそうだ」

「志保さんはどうしてます?」

おれは話を変えた。

「さっき夕食をすませたところだ。婆さんと茶を飲みながら話をしてるよ。いい娘だな」

「そうでしょう」

おれは親戚の娘がほめられたような気分になった。

「志保さんの身の安全のためにはできるだけ注意を払うつもりだが、一日中部屋に閉じ込めておくわけにもいくまい。たまには畑仕事でも手伝ってもらおうと思ってる。かまわんだろ、それぐらいは」

老人宅には小さな畑がある。家庭菜園の域を越えた、なかなか本格的なものだ。土いじりは志保のいい気分転換になるだろう。

「いいですね。志保さんも喜ぶでしょう」

「帽子と手ぬぐいで顔は隠すから、高安が見てもわからん。安心してくれ」

「すみません」

老人の細かい配慮におれは恐縮した。

「事件が落ち着いたら」

老人はいった。

「志保さんを河生潟へ連れていってやりたい」

おれは老人の提案に電話のこちら側でうなずいた。

「わしの舟があるんだよ。昔乗っていた釣り舟だ。従弟の家に預けてある」

老人の舟。伊勢湾台風の日、子供を乗せて河生潟へ漕ぎ出した小舟。四人の子供。見知っているはずなのに見知らぬ子供が一人――。

「前にお聞きしたことがある、あの舟ですか」

おれはいった。

「うん。古い木造船だが、手入れは欠かしてないから今も現役だよ」

村の子供。毎日見ているはずなのに、どこの誰とも知れない一人の子供。おれの耳の奥で老人が語りかける。

「わしは漁師になるのが夢だったんだ」

「そうおっしゃってましたね」

「店をたたんだら、それを実現するつもりだ」

「ちょっと遅すぎませんか」

おれは老人をからかった。

「道楽漁師だよ」

老人は照れているようだった。

おれはふと、思った。老人はあの子供と会うために再び櫓を漕ごうとしているのではないか。毎日見ているのに見たこともない子供――。

おれは奇妙な考えにとらわれる。あの子供は、未来に生まれてくるはずの老人の息子だったのではないか。生き辛かった生涯を、自らの手で断ち切った息子。街のことならすべてを網羅している老人が、息子のことはなにひとつ知らなかった。老人の心には大きな空洞がある。

もう一度出会いたい。もう一度我が子を抱きしめたい。喪失した父と息子の絆は、遠い過去の嵐の日、波に翻弄される小舟の上に用意されていたのではないだろうか。老人は過去へ向かって舟を漕ぎ出す。彼はそこで何に出会うのだろう。未来を知らぬ若者と子供。老人は彼等に助言するのだろうか。それとも、未来を変えることのできなかった己《おのれ》の無力を詫びるのか。おれの胸の奥から熱いなにかがこみ上げてきた。おれは狼狽した。

「わしの櫓を漕ぐ姿を若い人にも見てもらいたいんだ」

老人の屈託のない声におれは救われた。息を整えると気分は少しだけ軽くなっていた。

「そのときはおれも一緒に乗せて下さい」

おれはいった。

「いいね。事件解決のお祝いの場になれば最高だが」

「きっとなりますよ」

おれは自分に期待をこめてそう返した。

おれは老人に、改めて志保のことをよろしくと頼んで、通信を切った。

若き日の室井老人と、小舟にしがみつく四人の子供の姿がまだ揺れている。おれは意識に鞭を入れ、それを現実の状景に置き換えた。

畳の上に葬儀屋と釣り師の死を報じる夕刊があられもない感じで紙面を広げていた。

高安が自分の工房で妄想の粘土をひねっている。その手がこね上げる土の造形がおれの瞼の裏に現れては消えた。

高安は志保の心理をじわりじわりと追いつめることに喜びを感じている。高安は一人の獲物に集中する。だが、同時に奴は欲張りだ。一つ所にとどまるより、欲望を展開したい広域型の犯罪者でもある。高安は今、志保を歪んだ恋慕の情の中心にすえつつ、新たなハンティングの方策を考えているのかもしれない。

おれは大の字になって天井を眺めた。

高安が送迎バスのハンドルを握っている。

マイクロバスの座席には若い女が一人。

バスは葬儀場へ向かわずに山の奥へと走る。おれが以前、頭に描いたイメージだ。高安は現在の仕事を兄に与えられるままに続けてきたのか。彼自身のもくろみもそこに加わってはいなかったか。彼が街と葬儀場を往復しながら犯行の機会をうかがっていたとしたら。

マイクロバスの中は若い女でぎっしり。

宝船だ。おれは年末ジャンボ宝くじを当てた男みたいに狂喜乱舞する高安の顔を想像した。彼は喜びに打ち震える手でハンドルを握る。バスはどこへ。むろん山の中だ。

現実的ではない。彼が狙うとしたら少人数の女性だろう。葬式の送迎バスに若い女が一人というのはまずありえない。だが、三人か四人なら可能性はある。高安はその機会を待っていた。だから入院していても気が気ではなかった。ベッドで寝ている間に千載一遇のチャンスが逃げていくかもしれないと。三、四人の女を相手になにをするのか。烏賊の醬油煮で。なんでもできる。ゆがんだ性欲はどんなものにも姿を変える。監禁、殺害、それから飼育――。女を何十年にもわたり、家に閉じ込めていた男の話もあった。おれの頭は老人の声を聞いたおかげで柔軟に回り始めた。

二度と覗きたくない他人の脳内というのがある。犯罪者の頭の中がその筆頭だが、昨日今日でいえば高安の記憶がそうだ。

だが、奴の考えていることを知るにはそれが一番手っ取り早い。もう一度奴の記憶に潜入せねばなるまい。臭くて重いあの頭の下敷きにならねばならぬのかと考えると身がすくむが、やむを得ない。おれは高安のアパートへ向かった。まだ日が高い。今日は早めに部屋に侵入し、隠れて待つ。おれは高安を睡眠薬で眠らせてでも記憶に忍び込むつもりだった。夜中まで待っていられない。

丸子ハイツの外階段の下で重い金属が擦れ合う音がした。おなじみになったプロパンガスのボンベ五人組だ。鎖でつながれた姿が哀れを誘う。おれが思念を送っているわけでもないのにこの五本のボンベはおれを見ると反応するのだ。おれはボンベの腹を叩いて落ち着かせてやった。

おれは足音も気配も殺して階段を上がった。鮎釣りの首男が生意気にもおれを友釣りしやがったのがここだ。思い出すと怒りが蘇ってくる。

おれは高安の部屋の鍵を開け、中に入った。なんともいえぬ生臭さが鼻を突いた。火傷でただれた皮膚の臭いではない。この部屋にこもっているのは、冥府魔道をさまよう罪人《つみびと》の肺腑の臭いなのである。おれはポケットから睡眠薬の錠剤を取り出した。流しの上の魔法瓶にそれを二十錠ほど投入した。この程度の量であの化け物が眠ってくれるのかどうかはわからない。眠りそうもなければ頭を殴ってでも昏倒させる。高安が勤務を終えて帰ってくるまでにはまだ小一時間ほどあった。室内は以前とは比べものにならないほど散らかっていた。部屋の主の心が追いつめられているのがわかる。座卓に新聞が開いたままになっている。記事の一隅に赤い線がちらりと見えた。おれはかがみ込んだ。記事の一部をサインペンの赤で囲ってある。赤い乱雑な線はまるで記事にクレームをつけるために引いたかのようだ。それは歌劇団を主宰する女性の死去を報じる記事だった。

濃紫秋代（こむらさき・あきよ）――歌劇団主宰者、本名名瀬政子（なせ・まさこ）老衰で死去、九十五歳。
濃紫さんは一九一九年京城（現・ソウル）生まれ。三六年に宝谷音楽歌劇学校に入学。戦後進駐軍に接収されていた宝谷大劇場の公演再開第一作「椿娘」のヒロインに抜擢され、スターの座をつかんだ。以後、舞台や映画に活躍した。ヒット曲も多数。一九五三年に退団。翌五四年郷里の百足山市に帰り「濃紫少女音楽歌劇団」を創設。舞台女優、ミュージカル女優の育成にあたった。数々のスターを輩出し、西の「宝谷」北の「濃紫」とうたわれた。葬儀は故人の意志によっておこなわない。六日、東京渋谷の「紅ホール」でお別れの会が開かれる。濃紫歌劇団の若手団員三十六名が濃紫さんのヒット曲「りんどうの唄」を合唱する。

少女歌劇団などという古めかしいものがまだこの世にあったのかとおれは驚いた。まあ、現在はタレント養成学校みたいなものだろうが、ともかく少女歌劇団である。女だけの音楽学校。高安の頭の中身を覗くまでもなくそのたくらみが予測できる。高安はこのような情報を漁っていたのだろう。奴としてはセレモニープラザ梅が池の送迎バスで少女歌劇団のメンバーを運ぶような状況が望ましかった。だが、この歌劇団の主宰者は葬儀を行わなかったし、お別れの会も東京だ。セレモニープラザ梅が池の出番はない。高安の送迎バスには乗ってくれないのである。濃紫歌劇団のメンバー三十六名は東京まで電車で移動するのか、それともバスを使うのか。高校野球の応援団などはバスを使って甲子園へ乗り込む。

おれはなんとなくバスを使うのではないかという気がした。関係者も含めれば総勢四十名ほどの移動になる。電車よりバスの方が便利である。高安はどうするのだろう。若い女三十六人を乗せた東京行きのバスを襲うのか。バスを乗っ取って山奥へ運ぶ。まさに宝船。年末ジャンボ宝くじだ。異常性欲の権化でないと考えつかない大量性犯罪計画である。おれは高安が人里離れた場所にこの日のための秘密基地を用意してあるのではないかという気さえした。若い女を監禁し、いたぶるための施設。葬儀屋の兄が死んで遺産の一部が入ってくる可能性もある。彼の秘密の王国はその資金でさらに拡張、充実——。

ドアの向こうでかすかな気配がした。

おれは空気のように部屋を移動し、押入れに隠れた。ドアの外の気配は中に入ってこなかった。それは廊下で躊躇し、方向を転換したようだった。おれは押入れから飛び出した。ドアを細く開けた。人影はなかった。おれは廊下に出て階段を見下ろした。自転車に乗った若い主婦が子供を乗せて通り過ぎるところだった。高安の姿はなかった。

この夜、高安は帰ってこなかった。

次の日も、その次の日も。おれは三日三晩不潔きわまる部屋に張り込んだがついに高安は現れなかった。

気づかれた。高安は防衛本能も並の人間ではなかった。おれは高安の職場にもいってみた。葬儀場にも高安の姿はなかった。事務所に問い合わせると「欠勤しております」という返事が返ってきた。

セレモニープラザ梅が池は経営者の死とはなんの関係もなく黙々と稼動していた。葬儀屋の社長は自分で作り上げたこの施設で完璧に弔われたのだろう。人生の収支決算が合うような合わないような、なんともいいがたい結末ではある。

高安はどこに身を潜めているのか。おれは高安が仕事を休んでいると聞いたとき、兄の死の影響だと思った。高安は犯罪者特有の勘で兄弟の死を自分にとっての危機だと感じた。目に見えぬ包囲網が狭まっていることを悟ったのだ。

おれは濃紫少女音楽歌劇団に電話をした。百足山時事通信の記者だと騙り、「濃紫先生のお別れの会に出演される団員の方はいつ出発されますか」と聞いた。電話に出た女は、「出発は会の前日の五日午前十時。本校の前からバスが出ます」と答えた。

やはりバスだった。五日ならあさってである。

19

おれは午前九時前に濃紫少女音楽歌劇団の本部に着いた。女学校のような建物を想像していたが、いかめしい造りのビルだった。すでにバスは建物の前に横づけされていた。定員五十人以上の大型観光バスである。「百足山交通」の文字が車体に躍っていた。事務所のスタッフらしい男が二人、バスの前で打ち合わせをしている。大きなスーツケースをバスに運び込む若い女がいる。建物とバスの間を忙しく往復する中年の女がいる。生徒らしい少女が出てきて中年の女になにかを告げ、また引っ込む。建物の玄関口は出発前のあわただしい空気に包まれていた。おれはカメラを肩にかけ、首から偽記者の身分証明カードを下げている。適当にこしらえたものだが効果は絶大。首になにかをぶら下げているだけで人は安心する。妙な世の中だ。

おれは運転手の姿を探していた。高安が運転手を襲い、どこかに監禁して自分が運転手になりすます。そういう可能性もある。車内に高安が隠れる場所はない。屋根の上は？　おれはバスから離れ街路樹に登った。バスの屋根にも異状はなかった。

昔、ロバート・デ・ニーロの映画でデ・ニーロ扮するストーカーが車の底部にベルトで自分の体を縛りつけ、ついていく場面があった。

馬鹿馬鹿しいと思ったが、おれはバスの反対側に回り、人目がないのを確認してから素早く車体の下に潜り込んだ。バスの裏側は埃と油と排ガスで鍾乳洞の天井みたいになっていた。人が取りついて移動するのは無理だろう。高安の代わりに野鳥の死骸が引っかかっていた。道路に落ちたものが巻き上げられてからみついたのであろう。死骸は干からびてからからになっていた。

バスの下から這い出ると運転手らしい男が歩いてくるのが見えた。腹の突き出た風采の上がらない中年男である。男はバスに乗り込み運転席に座った。

運転手も本物だった。高安はどういう形で襲撃してくるのか。東京までは高速道路だ。奴が途中でなにか仕掛けてくるとしたらサービスエリアだろう。バスを乗っ取って女をさらうのはそこしかない。それとも東京に着いてホテルでくつろいだところを狙うのか。

高安は必ずくる。なぜなら、この犯罪計画は彼が俗界の名残を惜しむための祝祭だからだ。

おれは高安の寿命がつきようとしているのを感じていた。アパートの部屋にこもっていた臭気。休憩所で覗き見た高安の顔。あのときの顔には結露を思わせる脂汗が浮いていた。不吉な汗だった。高安はすでに人間界を離れ、幽界に足を踏み入れている。彼は普通の人間のようには死なない。その霊肉《れいにく》は還元されるだけだ。性の妄執を背負ってこちら側に紛れ込んでいた亡者が、本来の棲家に戻るのである。おれは奴を死に追いやる熱傷を与えたのではない。結界を越える力を授けたのだ。

玄関口から制服姿の娘達が出てきた。明日のお別れの会の舞台に上がるメンバーであろう。いずれも整った顔立ちだが特別の美人というのではない。娘らしいはしゃいだ声がバスの中へ消えていく。おれにはその光景がなにか引っかかった。娘達がバスに乗り込むとドアが閉まった。

おれは自分の車を停めてある駐車場へ走った。ダットサン・ブルーバードのドアを開けながら、おれはバスに少女達が乗り込む場面の違和感を思い起こしていた。車を出した。駐車場から歌劇団の建物まではすぐである。前方にバスが見えた。玄関で事務所の職員たちが手を振っていた。

おれは違和感の正体に気がついた。人数が少ないのだ。バスに乗り込んだ娘は三十六人もいなかった。二十人そこそこではないか。参加人員が減ったのだ。それともバスに乗らなかったメンバーはあとから追いかけるのだろうか。

追跡するのが大型バスだから走行は楽だった。相手に気取られないようによけいな神経を使う必要がない。大型バスの運転手は自分の車が尾行されているとはまず考えないからである。バスは高速道路へ入り、一路東京へと向かって走り出した。快晴である。バスの少女達は小旅行気分ではしゃいでいることだろう。歌劇団という特殊な世界だが、彼女達はまだ高校生の年頃なのだ。

バスは最初のサービスエリアを通り越して二番目のサービスエリアに入った。おれもバスに続いて休息所へハンドルを切った。バスが停まり、娘達がぞろぞろ降りてくる。おれは車を降りてあとから駐車場に入ってくる車を確認していた。入ってきたのは三台。高安の姿はない。歌劇団のメンバーは付き添いの婦人と一緒にレストランへ入っていく。トイレへ走る娘もいた。歌劇団の一行には男が三人同行していた。三人いれば高安に対抗できるだろう。おれはレストランへはついて行かず、トイレの近くに陣取った。あたりを見渡す。トイレに入る娘が一番危ない。高安は駅のトイレで女子高校生を強姦しているのだ。

「やあ」

声がした。顔を振り向けるとバスの運転手が立っていた。彼はハンカチで手をぬぐっていた。トイレから出てきたらしい。おれは彼の手のしずくがかからないよう少しだけ体をずらせた。

「あんた取材の人だろ。出発のときにいたよね」

運転手はおれを見ていたのだ。おれは上司の命令で東京まで歌劇団を追いかけて密着取材をするのだといった。当たりさわりのない話をしたあとでおれは運転手に聞いてみた。

「女の子の数がずいぶん少ないね。お別れの会には三十六人が出演するんじゃないの?」

「ああ、それね」

運転手は先刻承知だというように顔を上向けた。

「お別れの会へいくメンバーの一部を他の公演へ振り分けたんだよ。理事長が鶴の一声で決めたらしいね。理事長は亡くなった濃紫さんの息子でね、お母さんとは仲が悪かった。お別れの会なんかに貴重なタレントを送りたくないんだろう」

「詳しいんだな」

「おれは歌劇団の送迎をずっとやってる。専属みたいなもんだよ。劇団の裏話は嫌でも耳に入ってくる」

「貴重なメンバーを振り分けた公演ってなんだい」

「なんとかいったな。『公爵の娘』か。イギリス貴族の話らしい。今日そっちへ回された女の子たちはバックで踊る程度の役らしいけど」

「大がかりなミュージカルだね」

おれがそういうと運転手は苦笑した。

「百足山みたいな田舎の歌劇団だよ。大そうなもんじゃない。百足山城の坂下に芸能会館があるだろう。あそこでやるらしい。あの会館は何年か前に一度つぶれたんだが、葬儀社が買い取って最近また公演を始めたんだ」

「なんだって」

「なにが」

「会館を買い取ったという会社」

「葬儀社だよ。セレモニープラザ梅が池ってあるだろ。あそこが買い取った。葬式屋がミュージカルだぜ。どうなってんだろうね」

「その公演はいつだ」

おれの目の玉は飛び出ていたかもしれない。運転手はぎょっとしたように体を引いた。

「今日だよ」

おれは宙を飛んでいた。駐車場までの広い階段をほとんど着地せずに下りた。レストランに向かう家族連れがあわてて飛び退《の》いた。

おれは車に戻るまでに同じ台詞を三回くり返していた。

「ちくしょう」

おれは運転席に飛び込むなり、四回目のその台詞を吐いた。おれはダットサン・ブルーバードの床を踏み抜き、自分の足で走るつもりでアクセルを吹かした。ダットサンはびっくりしていた。びっくりしていたが嫌がってはいなかった。自分が車であることを乗り手が忘れないでいてくれることほど車にとってうれしい話はないのだ。

カーラジオが歌っていた。このカーラジオはスイッチも入れないのに突然鳴るのである。ザ・ピーナッツの「ウナ・セラ・ディ東京」だった。

哀しいことも　ないのになぜか
涙がにじむ
ウナ・セラ・ディ東京ム……
いけない人じゃ　ないのにどうして
別れたのかしら
ウナ・セラ・ディ東京ム……
あの人はもう　私のことを
忘れたかしら　とても淋しい
街はいつでも　後ろ姿の
幸せばかり
ウナ・セラ・ディ東京ム……

「ちくしょう」

おれは五回目の咆哮をした。こんなときにウナ・セラ・ディしとるんではないわ。

おれは別のバスを追っていたのだ。あやうく東京までついていくところだった。間に合うか。娘達を満載したバスはすでに地獄へ到着したあとなのではないか。おれは尻がもぞもぞした。頭蓋骨の蓋が開いて脳味噌が飛び出しそうだった。

葬儀屋の死に顔が浮かんだ。

高安社長は多角経営を考えていた。

それにしてもミュージカルか。畑違いの分野に手を伸ばすとろくなことはない。あの男も人間の弔いだけを考えていればよかったのだ。

「公爵の娘」の開演は何時だろう。ああいう興行は昼の部と夜の部がある。初日はどうなるのか。劇場から迎えのバスがいく。主役級は自分の車かタクシーを使う。今日の娘達は脇役だ。全員同じバスでいくのだろう。バスの運転席に座るのはむろん高安だ。本日の真の主役である。芝居の公演は何か月も前に決まっているから、高安はこの計画を公演のスケジュールに合わせて立てたのかもしれない。歌劇団主宰者死去の記事を赤線で囲ったのは、あちらのバスを襲撃することも考えたのだろう。結局、予定通り自分のバスに乗せた娘を餌食にすることに決めたらしい。動物園の清掃係を辞めたのもこの日のためなのか。大人数の娘を一挙に自分の腹の下に敷く。宝船。夢の通い路。年末ジャンボ宝くじの淫夢を乗せて高安の船がいく。

サービスエリアから濃紫少女音楽歌劇団の本部まで四十分かかった。おれは伊東ゆかりの「小指の思い出」を半分まで聴いたところで車から飛び降りた。おれが血相を変えていたものだから警備員が飛んできた。警備員もおれに負けないぐらい血相を変えていた。

「こら、どこへいく」

牛のような警備員がおれをがっちりと捕らえた。

「バスはどうした」

おれは叫んだ。

「なに」

「今日、芸能会館で公演がある。その出演者を乗せたバスだ」

「芸能会館の公演が出演を乗せるのか」

警備員は知能低劣だった。おれは運が悪い。よりによってこんなときにこんな奴に出くわすとは。

「女の子をたくさん乗せたバスだ。出発したのか、してないのか」

「ああ、それか」

警備員はうれしそうに腹をなでた。

「女の子を乗せたバスは東京へいった」

「そのバスじゃない。もう一つのバスだ」

「もう一つのバスというと、小さなバスか」

「そうだ。マイクロバスだ」

「あれはミニバスというんだ」

「やかましいわ」

「ミニバスはさっき出発した」

「どっちだ。どっちの方向へいった」

「ええと」

牛のような警備員は眉根を寄せた。

「どっちなんだ」

「ああ……ううう、確か」

警備員は自分でも歯がゆいらしく、頭をかきむしり顔を歪めた。おれは一メートル九十五センチ飛び上がり、そいつの頭頂部を殴った。意外に中身の詰まった音がしたのでおれはびっくりした。

「あっちだ」

警備員は迷わず左の方向を指差した。

「今出たばかりだから、まだ遠くへはいってないはずだ」

警備員はものすごく聡明そうな口調になっていた。

「気をつけていきなさい」

急に賢くなった警備員は道路の混み具合を説明し、安全運転をするようにと助言までしてくれた。おれは生まれ変わった彼に丁重に礼をいい、ダットサンに飛び乗った。

五分ほども走ると目標物に追いついた。

別名ミニバスというらしいマイクロバスは平和な後ろ姿を見せて走っている。歌劇団の生徒達を公演の会場へ運ぶのだから別のバスを使うのかと思ったら、葬儀場の送迎に使うのと同じバスであった。セレモニープラザ梅が池の文字が車体の後部に読める。おれはマイクロバスと並走し、速度を上げ、追い越しざま運転手の顔を確認した。高安である。半月形の目が不気味な色に光っている。顎がだらしなく下がっていた。笑いが止まらないのだろう。大間の本鮪を百尾釣り上げて帰港する漁師の顔でもここまで笑み崩れることはない。こちらのバスには娘がいっぱい乗っていた。車体がはちきれそうなほどである。窓越しの娘達の顔が平和であるところをみると烏賊の煮物の悪臭はなりをひそめているらしい。おれは速度をゆるめ、再びミニバスというマイクロバスの後ろについた。

高安の宝船は市街を離れようとしていた。

娘達は車の道筋を知らず、集団でいる安心感もあって最後まで気がつかないかもしれない。地獄の一丁目のバス停留所を降りてなお気がつかず、獄卒《ごくそつ》の鬼に引かれて淫祀《いんし》の部屋に投げ込まれ、初めて相手の術計《じゅつけい》に陥ったことを悟るのだ。

大型観光バスを追尾するようなわけにはいかない。高安の神経は鋭敏になっているはずである。要注意だ。おれはマイクロバスと自分の車の間に他の車をはさみ、接近しすぎないようにした。ファミリーレストランから車が急に出てきておれのダットサンの前に割り込んだ。強引な奴でおれは前方のスペースを譲るしかなかった。間に二台の車がはさまると見通しが悪い。おれは時折座席の上に立ち上がった状態でハンドルを握った。マイクロバスを見失わぬようにするためだ。こういう芸当ができるドライバーはおれぐらいのものだろう。

高安のバスが速度を上げた。おれは前の乗用車を追い抜いて追走した。追いつくと速度をゆるめ、再び間に車をはさんでついていく。おれは車での追跡をどこかであきらめねばならないと思っていた。高安に気づかれずについていけるのは一般道路を走っている間だけだ。車の影もない山道に入れば尾行どころではない。あとをつけているのが丸見えである。車の流れが悪くなった。すでに市街は抜けているので渋滞するような場所ではない。窓から体を乗り出して前方を見ると道路工事をやっていた。

車の流れが止まった。このタイミングしかない。おれはダットサン・ブルーバードを左に寄せ、道路から大きくはみ出した位置で車を停めた。そこは廃業したドライブインの敷地だった。あとで警察に大目玉を食らうだろうがやむを得ない。

おれは運転席を飛び出し、走った。車の列はのろのろと動き出している。おれは一台先のマイクロバスの後部へ飛びつき、反動をつけて屋根に上がった。こういうときおれの体は羽根のようになる。音も立てない。気配も感じさせない。後ろの車の男が目をむいていたが、彼は自分が目撃したものがなになのかよくわからなかっただろう。

おれは屋根に張りついて体を平たくした。おれのダットサン・ブルーバードが遠ざかっていく。誰かにいじめられなければいいが。おれは見知らぬ土地に愛犬をつないで出かける飼い主の気分になった。

マイクロバスの行く先はおれの予想通りではなかった。バスは四十分ほども走ると速度をゆるめた。国道沿いに泥田が続いている。

おれはここが蓮根《れんこん》栽培で有名な地域であることを知っていた。

蓮根畑のすぐ脇を電車が走っている。電車の風圧で蓮の葉が一斉に同じ方向に揺れていた。マイクロバスは倉庫のような建物の前で停まった。古い木造建築だ。農業用の倉庫だろうが、使用されている形跡はない。建物全体が傾《かし》いでいた。錆びついて波打ったシャッターが半分だけ降りている。バスの扉が開いた。高安が降りてきた。娘達の声が聞こえる。口々に不満を漏らしていた。どうやら状況が尋常ではないことに気がついたらしい。高安のあとから少女の一人が降りてこようとした。高安は恐ろしい形相で少女を睨《ね》めつけ、彼女をバスの中に押し戻した。バスの中のざわめきが高まった。高安は扉を拳で叩き、獲物の娘達へ野太い声を放った。脅しの一声で不平の声はおさまった。高安はバスの少女達をもう一睨みしておいて倉庫へ歩いた。おれは屋根の上でさらに体を平たくして高安の目を逃れた。高安は半分降りたシャッターの底部に肩を差し入れ、一気に持ち上げた。女の叫声《きようせい》のような金属音を引きずってシャッターは大きく口を開いた。高安はその作業中もバスの方へ視線を送り、牽制することを忘れなかった。中の娘達は集団で金縛りにあったように固まっていた。高安はバスに戻った。マイクロバスは農業倉庫の中へ移動した。

倉庫の中はがらんとしてなにもない。泥のついたショベルが二本、忘れ物の傘のように壁に立てかけてあるだけだった。高安はバスから降りてシャッターを閉め、再びバスに戻った。

倉庫の板壁は隙間だらけで日の光がサーチライトのように差し込んでいる。おれは高安がここで娘達を降ろし、縛りつけて倉庫で監禁するのかと思っていた。予測ははずれた。バスの屋根の下で悲鳴が上がった。振動が起こった。車体が揺れる。おれは窓に取りついて車内を覗いた。高安が一人の少女を押し倒し、のしかかっていた。高安の下半身は裸である。ずるずるに爛れた尻が狂暴な動きをしていた。少女のスカートはまくり上げられ、下着は引きちぎられていた。なんということだ。こいつはいきなり開始したのだ。開始――。おれはパニックに陥った。烏賊の醬油煮でなにを。バスの窓は開かなかった。おれは屋根から飛び降りて前部の扉に手をかけた。隙間に指を差し入れ引いてみたがびくともしない。車内の叫喚がふくれ上がった。おれは倉庫の壁に立てかけてあるショベルをつかみ、マイクロバスの車体へ走った。勢いをつけて飛び上がり、ショベルを横殴りに窓ガラスに叩きつけた。窓ガラスは粉微塵になった。おれは三度ショベルを叩きつけ、開いた穴に頭から突っ込んだ。高安は獣の声を放ち腰を律動させていた。そいつは溶けた陰茎で娘を犯していた。少女の声が裂けた。他の団員達は車内の後部へ逃げ、団子虫のようにひと塊になって金切り声を上げている。二十人以上の集団がたった一人の捕食者に制圧されていた。

おれはショベルを短く握りなおし、その尖った先端を高安の耳元へ突き下ろした。組み伏せられている少女の顔を傷つけまいとしたのでその分だけ穿《うが》つ力は弱くなった。高安の耳から血が飛び散った。高安は半身を起こし、おれに目を向けた。それは蚊か虻を見る目だった。奴にとってその程度の痛痒でしかなかったのだ。高安は痛みを感じないのである。おれはこの男がすでに半分この世の者ではないことを思い出した。高安の上体が起きたので今度は遠慮なくおれはショベルの刃をその顔面に叩きつけた。ショベルの刃が高安の口にめり込んだ。歯が割れ、歯茎の肉が飛んだ。おれの顔に血しぶきがかかった。怪物の咆哮が轟き、車両がびりびりと震えた。

「逃げろ。早く」

おれは娘達に叫んだ。

「逃げろ」

おれの視界が反転した。高安の手がおれの足をつかんで引き倒したのだ。高安の万力のような手がおれの体をつかんで持ち上げた。高安はおれを紙切れのように振り回し、座席の角に叩きつけた。おれの体はひしゃげた。体の右側と左側が互い違いの方向へずれた衝撃でおれの意識は薄れかけた。おれは耐えた。おれがやられたらすべては終わる。おれは高安の手を振りほどき、跳ね上がると高安の股間をめがけて突進した。烏賊の醬油煮部分は剝がれ落ち、今やタルタルステーキかユッケ状態になった股座におれの頭部がめり込んだ。高安が拳をおれの背中に振り下ろした。おれの背骨が腹の側に二十センチも曲がった。拳はおれの脇腹も狙ってきた。重い残忍な力だった。一撃ごとにおれのこの世が遠ざかる。だが、こいつが亡者ならおれも枕だ。恐れるものはない。おれは全身をねじ曲げられながら奴の急所に頭突き攻撃を加え続けた。はじけた赤い肉がおれの顔のまわりに飛び散った。高安の膝蹴りがおれの腹を狙ってきた。一撃目は体をひねってかわしたが、二度目の攻撃をまともに食らった。おれの体はそのまま天井まで飛ばされた。天井に衝突し、跳ね返って落下するおれを高安のストレートパンチが襲った。土木機械並みの破壊力を秘めた拳だった。おれの体は極限まで歪み、回転しながら運転席へ砲弾のように飛んだ。おれの背中で隕石の衝突があり、頭蓋の中で爆発が起こった。同時にクラクションが鳴り響いた。折れて吹っ飛んだハンドルが頭上から降ってきて床に跳ねた。クラクションは鳴り止まなかった。それは空襲警報のサイレンのような響きだった。視界が何度か途切れた。おれは数十秒意識を失っていたのかもしれない。おれは自分の体の衝撃を吸収してくれたハンドルを蹴散らして起き上がった。

おれは遺伝子の底から逆上していた。

高安は三人の娘を腹の下に敷いていた。娘達の脚を開かせ、一人一人の股に交互に腰を打ち込んでいた。娘の悲鳴と高安の法悦の息遣いが車内に渦巻いた。強姦魔はおれの存在など忘れたかのように行為に没頭していた。おれはジャンプし、高安の背中に馬乗りになり、その口に手をねじ込んだ。高安は噛みつこうとしたが、歯はすでにはじけ飛んでなくなっている。歯茎の圧力が呪いのように手の甲にかかった。おれはかまわず腕を押し込んだ。おれはレイプ魔の舌を思いきりつかんだ。舌を引き抜いてやるつもりだった。おれは体勢を変え、両手でそれを引っ張った。

おれは残りの生涯のために取っておいた筋力をすべて腕に込めた。粘膜が裂ける音がした。高安の喉から溶岩の吹き出る音声が漏れた。フランスのシャロレー牛の舌のようなそれが喉から顔を出した。高安はたまらず娘から体を離した。おれはさらに力を込め、高安の体を引き起こした。高安はおれの首を狙って手を伸ばしたが、おれは舌をつかんだまま相手を振り回し、攻撃をかわした。おれは舌を手綱にして高安の体を引き、バスの前方へ向かって突進した。高安は鞴《ふいご》のような息を吐いておれについてきた。ついてこざるを得ない。止まれば舌が抜ける。おれは加速度を十分につけたところで舌から手を離し、高安の体を下からすくい上げてフロントガラスに投げつけた。

高安の体が一瞬フロントガラスの中心で静止したように見えた。大音響が拡散し、粉々に砕けたガラスとともに高安の体はバスの外へ飛び出した。

高安は倉庫の床に落下し、跳ね上がって転がった。彼はすぐさま起き上がり、猿《ましら》のような動きで壁に向かって這いずった。高安は板壁の手前で勢いをつけ、肩から壁に体当たりをした。板壁が壊れ、強姦魔の体は板の破片を引っかけたまま、倉庫の外へ飛び出した。おれはフロントガラスが消滅した開口部から外へ飛び降り、突っ転びながら高安が開けた板壁の割れ目をくぐった。

高安が蓮根畑の畦《あぜ》を逃げていくのが見えた。その行く手には線路がある。おれはあとを追った。高安は線路へ向かって走っていた。轟音が接近していた。奴は電車に飛び込もうとしているのではない。鉄路を突っ切って逃れようとしているのだ。おれは風のように駆けた。

おれは徒競走では絶対に負けない。みるみる高安との距離がつまった。電車が迫った。蓮の葉がすでに揺れていた。高安が足を滑らせた。彼は両手をついてもがいていた。片足を泥田に突っ込んだのだ。黄色い車両がおれの視界でふくらんだ。パンタグラフが髷《まげ》のように勇んでいた。高安は泥田から足を引き抜いて鉄路へ突進した。奴はなにかを叫んでいた。高安の体が軌道の向こうへ躍った。鉄路が鳴り、枕木が揺れた。轟音と風圧が一帯を支配した。

おれは足を止めた。おれの目の前を、耳をつんざく音響を伴って鉄の車両が流れた。おれは尻餅をついた。風圧で立っていられなかったのだ。電車が通り過ぎるまでがひどく長い時間のように思えた。鉄路にはまだ風が舞っていた。見えない電車が通過していた。

高安の姿はなかった。十メートル以上向こうの線路脇に赤いものが見えた。おれは線路を越えてそちらへ歩いていった。

高安がいた。下半身だけの高安だった。それは枕木とバラストが途切れるあたり、雑草の中に仰向けになっていた。腰の部分できれいに切断されており、切断面は筋肉を巻き込み、蓋をしたような状態だった。周囲にさほど血は飛び散っていない。挽肉で形成したようなペニスがそそり立っていた。それは精液を吹き上げていた。

痙攣しながら、断続的に、間欠泉のように。

血の帯が続いていた。おれは帯をたどった。線路を越えた向こうには民家がある。血の帯は道路にうねうねと跡を残し、一軒の家につながっていた。赤い帯は玄関に侵入し、部屋の奥へ伸びていた。おれは案内を乞わずに足を踏み入れた。おれを誘導した血の帯は浴室へさらにおれを導いた。高安がいた。高安は女の上にのしかかり、両腕でがっちりとその腰を抱いていた。彼は息絶えていた。裸の女は失神していた。それはそうだ。入浴中に下半身を切断された男が入ってきたら誰でも驚く。おれでも驚く。

おれはなにも考えられなかったが、一つだけ確信していた。この女が陵辱をまぬがれたということである。それだけは確かだった。

20

おれは歌劇団の少女達を救ったヒーローとしてマスコミに派手に取り上げられた。取材が殺到したが、おれがマスコミに語ったのは歌劇団のバス事件に関してのことだけである。それもごく一部だ。警察には志保の事件についてある程度打ち明けざるを得なかった。おれが志保のために高安というレイプ魔を追っていたことを。

濃紫少女音楽歌劇団のメンバーが狙われていると推測したのは新聞を読んだからだと説明した。濃紫秋代の死去を報じる記事に、東京でお別れの会があり、三十六人の団員が出演すると書いてあった。そこにおれの勘が働いたのだと。実際、これはその通りである。新聞を読んだのは高安の部屋だったが、正直にいうと家宅不法侵入罪になるからここは省いた。高安が大火傷をした件について聞かれたが、おれは知らない、無関係であると答えた。ドアに鍵がかかった密室で起きた事故だから警察もそれ以上の追及はしなかった。

葬儀屋の社長と釣り師の事件についてはなにも聞かれなかった。猟銃の暴発。流木にはさまれた釣り師。山小屋の怪火。永遠に解明されない謎であろう。そして、それは濃紫少女音楽歌劇団の事件とはなんの接点もない。

おれはひょんなことから志保の自殺未遂に出くわし、彼女の命を救った。彼女を襲い、つきまとうレイプ魔から彼女を守るために働いた。最後は高安の犯罪計画を予測し、歌劇団のメンバーの危機を救った、——正確にいうと数人の少女が犠牲になったが。この範囲でおれが語る限りすべてが事実であり、疑念を持たれる余地はない。おれは単純に人助けをした勇敢な市民として振舞えばよかった。

志保の悪夢は終わった。本当に。今度こそ。もうあの怪物が彼女の元を訪れることはない。フラッシュバックのようにそれが蘇ることがあっても浦山がいる。彼女は乗り越えていけるだろう。

志保は新たな住まいに移ることになった。

おれは最後のご奉公をすることになった。マンションの部屋に残ったわずかばかりの家具を運び出す手伝いである。おれが自分で申し出たのだ。志保の身の回りの品物は彼女が持ち出しているから、あとは気軽に扱えるものばかりだった。浦山は彼女の新居の方へ手伝いにいく。マンションはおれ一人の担当である。なんとなく感慨深い。この建物の九階の一室からすべては始まったのだ。

おれはあの日のように階段を駆け上がることはせず、エレベーターに乗った。時計を見た。引っ越し業者がくるまでにはまだ時間がある。志保の部屋の手前でおれの足は止まった。先客がいた。若い太った男である。男はおれに気づいていない。彼は自分のやるべき作業に没頭していた。肥った男はドアの取っ手になにかを結びつけようとしていた。それはぬらぬらとして扱いにくそうなものだった。彼は何度も手を滑らせ、そのつど作業を一からやり直した。男は喉をぜいぜい鳴らし、汗だくになっていた。彼はドアの取っ手に生蛸をぶら下げようとしていた。蛸は生きており、うねうねと動いて太った男の指にさからっていた。おれは男の真後ろに立った。彼はまだ気がつかない。おれは口をぽかんと開けていたと思う。おれはレイプ魔高安に謝罪しなければならぬ。この犯罪に関しては、彼は無実だった。腸を肛門から垂らした鶏の死骸も、豚の生足も、みんなこの男の仕業だったのだ。志保に懸想《けそう》し、部屋に通ったストーカーはこいつだったのだ。おれの体から力が抜けた。若者の、丸い罪のない背中がさらにおれの脱力感をあおった。

このあと、男は儀式の仕上げをするはずである。そいつはどうにかこうにか生蛸をぶら下げ終えると背を丸めてもそもそし始めた。ズボンの前を開けているのだ。おれは用心のために後ろに下がった。黄色い液体が彼の股の間からほとばしり出た。生温かい、不快なアンモニア臭が立ち込めた。ドアに撥ねた小便が廊下に広がった。これで確定。有罪判決だ。男は体を揺らして滴《しずく》を切っていた。おれは一メートル八十七センチ飛び上がり、そいつの脳天へ拳を振り下ろした。

野菜くずを詰めた発泡スチロールを叩いたような反動がおれの拳に伝わった。それはこの上なく張り合いのない触感だった。肥った男はそれでも感電したように全身を震わせ、腰から崩れた。

「な、なにを」

肥った男は床で体をわななかせた。

「なにをするんだ」

男は脳天をなでながら上半身を起こした。細い目に恐怖が浮いている。

「なにをするんだとはこっちの台詞だ」

おれはドアの取っ手にぶら下がった生蛸を顎でしゃくった。

「なんの真似だ。これは」

「な、なんの真似って」

「生蛸屋かお前は」

「い、いいえ」

おれは八十センチ飛び上がり、そいつの脳天へ拳をめり込ませた。気合の乗らない音がした。

「生蛸屋かと聞いている」

「ち、違います」

「最初は腸を抜いた鶏、二回目は豚の足、三回目が生蛸。おまけに臭い小便まで垂らしていきやがって」

おれは言葉にするだけで全身の筋肉が壊死しそうだった。高安のような犯罪者もやりきれないが、この手合いも別の意味でやりきれない。

「女に惚れたのならなんで花束でも持ってこんのか」

「花束って、そんな」

肥った男は片頬で笑った。おれは全身で激怒した。

「なにがおかしい」

おれは一メートル五十三センチ後退し、はずみをつけて、そいつのこめかみに回し蹴りを食らわせた。発泡スチロールの中の野菜くずが乱舞した。おれの打撃は多少満足のいく触感を得た。

「乱暴はやめ、やめて下さい」

「乱暴でも乱売でもなんでもするわ」

おれはデブの若者に迫りながらずっと考えていた。どこかでこいつの顔は見たことがある。おれの気がゆるんだ隙を生意気にもそいつは感知した。男は体つきに似合わない身ごなしで起き上がりダッシュした。おれはそいつの足をすくった。肥った体が暑苦しく横転した。おれの頭の上で電球が灯った。男の正体がわかったのだ。

「お前、浦山の弟だな」

「えっ」

男は腹這いになったまま平泳ぎのように手足を動かした。立ち上がろうとしたのだが、おれが足でその頭を押さえているのだ。

「浦山の弟だ」

「どうしてそれを」

「神様はなんでも知ってるんだ」

「ええっ、神様ですか」

「びっくりした顔をするな。こっちがびっくりする」

東京行きの列車の中で読み取った浦山の記憶。浦山の家族と志保が食事をする場面にこの若者も登場した。肥った若者は志保にワインをついだり、料理を運んだり、まめまめしく働いていた。

「兄貴の彼女に横恋慕して、あげくがこの情けない真似か」

「違います、違います、それは違います」

「どう違うんだ」

「ですから、その」

「さっさといえ。いわんと警察に突き出す。お前のやったことは犯罪の中でも一等薄みっともない行為だ。お前の名前がテレビやインターネットに流れる。お前の家族が日本中のさらし者になる。お前の名は子々孫々まで一族の汚名として残るんだ」

「そ、それは困ります」

「困るなら白状しろ」

おれは男を押さえつけていた足を離した。肥った体が解放されて一回りふくらんだ。

浦山の弟は起き上がってパンダのように座った。小便で濡れた廊下に。

「志保さんは」

「うちの嫁には困ります。あの人は浦山家には合いません」

弟は一族を代表する顔つきになっていた。

「そんなこと、お前が決めることか」

「いや、あの、ぼくじゃなく、お父さんとお母さんが」

「両親がそういったのか」

おれの問いに肥った弟はうなずいた。

「兄さんには別につきあっていた女性がいます。麻美さんというんですが、両親はその女性と結婚してもらいたいと願ってるんです」

おれは浦山の記憶の中の硬い表情の娘を思い出した。「他の子とつきあってるの？」。娘の声が耳に残っている。

「麻美さんは学者の娘で、家柄もいいし、一流女子大も出てます。志保さんは専門学校だし、家も普通だし。兄さんは自分の心を錯覚してるんですよ。自分を車で撥ねた女と一緒になるというドラマチックな状況に酔ってるんです。映画の主人公にでもなったつもりなんですよ」

「勝手に決めるな」

「お父さんとお母さんがそういってます」

お父さんとお母さんに忠実な肥った若者はいった。

「こんな真似をしてなんになる」

おれは取っ手にからみついて脱出をはかっている蛸を見やった。

「志保さんが精神錯乱すればいいと。志保さんの頭がおかしくなれば兄さんも嫌気がさして麻美さんの所へ戻ります」

「お父さんとお母さんがそういったのか」

「いいました」

「ドアにこんなものをぶら下げるアイデアは誰が出した」

「お父さんです」

今度はお母さん抜きのお父さんだけであった。あの上品な顔立ちの浦山の父親がおぞましい黒魔術の儀式を仕切ったのだ。

おれは麻美とかいう女が学者の娘で家柄がよくて一流女子大を出ていて、という話はどうでもいい。志保が専門学校卒で普通の家庭の娘で、という話もまたどうでもいい。個人の価値観を他人がとやかくいっても始まらない。おれが問題とするところはただ一つ。腸を抜いた鶏と豚の足と生の蛸だ。

人類の生殺与奪の権をものすごくセンスの悪い神様が握ったらどうなるかという恐怖がおれには常にあるが、これはその個人規模の所業である。性格の悪さが罪悪であるかどうかは判定が難しい。だが、美醜を悟る心の欠落は罪であるとおれは考える。この肥った若者の両親に科せられるべき量刑は軽くあってはならぬ。

おれは発泡スチロールの頭を持った若者の肥体《ひたい》を見つめた。この男が両親の指示で志保の部屋のドアに変態的工作をしたおかげで、おれは考えなくてもいいことまで考えてしまったのだ。おれは高安がここに現れたのだと勘違いしていた。あれこれと気をもまされたことが今となっては腹立たしいが、志保を室井老人の家にかくまったことは無用の判断ではなかったはずだ。

高安が志保だけに猥褻な電話をしてきたのは単に変質者の気まぐれだとは思えない。明らかに彼は志保に特別の感情を持っていた。

高安が志保を強姦したあと、すぐに彼女の部屋に向かわなかったのは、周辺を行き過ぎる、目移りするほどの女達がいたためであり、本当の好物は最後にとっておきたいという捕食者の心理からであろう。志保が高安にとって至高の獲物であったことはまぎれもない。

高安が少女歌劇団のメンバーを餌食にしたあと、志保を襲うことを想定していたとすれば、それは彼の悪行のフィナーレになったのではないか。死を予感していた高安の犯行は、そこで過去にはなかった様態を見せていたかもしれない。志保を道連れに無理心中をするのである。地獄の業火だ。志保を両腕に捕らえた高安の姿が炎に炙り出される。邪淫の鬼の高笑いが聞こえる。志保の絶叫とその体が陰火の中に溶けていく。おれが志保の身の安全のために手を打たず、高安に打ち倒されていたとしたら、彼女の部屋は酸鼻をきわめる凶行の現場と化していただろう。

おれは阻止した。阻止し、現世に戻ってここにいる。それでもなお胴震いがおさまらない我が身がある。

おれはマンションの壁に頭を打ちつけていたようだ。浦山の弟がおびえた顔でおれを見ていた。おれは若者を帰した。その前にもう一度野菜くず入りの頭をどやしつけ、生蛸を取り払わせ、小便で汚れた廊下を掃除させることは忘れなかったが。

志保は幸せになれるのか。

婚姻は夫婦だけの問題ではない。夫と妻、双方の親戚が同時に親族になる。わずらわしいことであるが、その厄介さの一番が伴侶の両親だ。浦山は志保を守れるのか。志保はどれだけ強く賢くあれるのか。夫婦は夫婦、浦山の両親と絶交して生きる道もある。高齢の両親なら御しやすい。しかし、浦山も若く両親も若い。浦山が両親の引力から自由になれるにはまだ長い月日を要する。若夫婦の受けるストレスは並大抵のものではあるまい。なにしろ、敵は鶏に豚に生蛸なのである。おまけにお父さんお母さんに従順な弟もついている。

おれは気が滅入ってきた。おれに赤の他人である志保の将来まで憂えなければならぬ義務はない。おれは肺の奥から大きく息を吐き、この問題に区切りをつける結語をひねり出した。

おれはもう知らん。


「市民本位の情熱の政治を目指します」

耳元でいきなり馬鹿声が叫んだのでおれは思わず身構えた。声の主は選挙カーだった。

おれは志保のマンションを出て大通りを歩いていた。

「安心して子供が遊べる街。高齢者が幸せを謳《うた》える街。新谷健一はそんな街作りをお約束します」

鉢巻にたすきがけの候補者が車から身を乗り出しておれに手を振っていた。距離があるからよかったが、こいつがおれの真後ろでこの声を張り上げていたらおれは反射的にパンチを叩き込んでいただろう。

市長選挙なのである。大村市長も二期目を目指して立候補している。セレモニープラザ梅が池社長高安国太郎の盟友大村剛三。

結局この男には接近しなかった。漆芸家の祝賀会で挨拶する姿を見ただけである。葬儀屋の社長と共謀して機関長と甲板員を海に投げ込み、運輸会社の社長を溺死に見せかけて殺害した男。人殺しである。殺人犯が大手を振って歩いている。それだけではない。この人物は市政のトップに立っているのだ。

おれは、この男の記憶に潜入し、第七大祥丸沈没事件の犯行場面を見てみたいと思った。古い記憶は傷だらけで画像全体に紗がかかっているようなものが多い。記憶画像の劣化は本人の意思とは関係がない。本人が忘れようと封印している記憶でもおれが覗くと鮮明だったり、逆に大切にしている思い出の画像が不鮮明だったりする場合もある。だが、犯罪者の記憶はおおむね良好だ。一般人のそれに比べて色彩も生々しい。本人は忘れ去りたいのだろうが、なにかの力がそれを邪魔しているのかもしれない。大村の記憶を読み取り、そのまま映画にしてやったら面白かろう。地名や登場人物はもちろん変える。犯行現場のシーンは細部を忠実に再現する。殺人の実行者である本人にしかわからない場面を見せつけられた彼はどんな顔をするだろうか。残念ながらおれには映画作りの才能もないし、金もない。いつかおれに欠けた能力を備えた人物と出会い、それが実現できればいいと思う。

人を殺して逃げおおせた奴はたくさんいる。決定的証拠がないために無罪放免になる。釈放された元被疑者がテレビのインタビューを受けて晴れ晴れとした顔で答える。そいつが半年もせぬうちまた人を殺す。冤罪撲滅にそそぐ力と同じぐらいの情熱で彼等を糾弾せねばならぬ。

遠くない時期におれは大村の頭の下に潜り込むだろう。大村の記憶を読み取ったあと、おれはなにをするか。棚の上に大きな焼き物の招き猫がある風景が理想だ。招き猫が就寝中の大村の足の上に落ちて彼は全治二か月の怪我をする。

再選した大村市長　ご災難　両足を骨折

車椅子で登庁した大村市長の写真が新聞にでかでかと載る。おれは、しばらくは彼の車椅子姿を楽しめる。傷口が化膿し、菌が脳に回って発狂する。奴が市庁舎から飛び降りる展開になればさらにめでたい。さて、どうなるか。天運を祈ろう。大村の。

「市政刷新を致します」

甲走った声が響いた。選挙カーが走ってきた。今度はまた別の候補者だ。大村ではなかった。若い候補者である。候補者は愛嬌を振りまき、使い古された選挙用の語句を並べ立てていた。空疎で貧弱で退屈な訴えだった。おれは投票にいくかどうかを決めていない。いや、いくか。いくのだ。絶対いく。そして、ピンクのクマに「犯人」と書いて投票しよう。

母親の命日が近づいている。

おれは命日に毎年帰るわけではない。思い立ったときにふらりと墓参りにいく。実家にはほとんど寄らない。おれが毎年訪《と》うのは内里海岸の北にある河生潟だ。江戸時代の豪商福嶋清右衛門が開拓した広大な干拓地である。若き日の室井老人が伊勢湾台風の日に子供を乗せて船を漕いだ潟だ。おれはここに「燕の塒入《ねぐらい》り」を見にいく。燕は母親の敵《かたき》だが、なぜかおれは河生潟に燕が舞う風景が好きだ。黒髪もここへきたがっていた。おれは彼女に声をかけるかどうか迷ったが、結局、一人で足を運んだ。

夏の終わり、県周辺の燕はこの河生潟に集まって南の国へ渡るための準備をする。その数は五万羽から六万羽ともいわれる。帰燕の大コロニーが出来るのだ。夕刻、おれはセイタカアワダチソウの群落のそばに立って空を見上げた。

桃色に染まった雲の切れ間から四、五羽の燕がこぼれるように現れる。それを合図に数百羽の小さな群れが空のあちらこちらから飛来する。燕の群れはめまぐるしく形を変え、次第にふくらんでいく。

夕暮れの干拓地は騒然とした空気をはらんでくる。燕の羽音、鳴き声、それらが効果音になって緊張を高めるのだ。おれは県内の色々な場所を訪れて鳥を見ているが、鳥のいる情景に、ただ事ならざる感じ、全身がざわざわする感触を覚えるのはこの場所だけである。気がつくと空は燕の大群で埋めつくされている。高い空のそれは鳥に見えない。まるで風塵だ。工場地帯の空のようである。次の瞬間、おれは風圧を感じて身をすくませる。燕の一群がおれの首筋をかすめたのだ。その動きは鋭角的で攻撃的である。ヒッチコックの映画「鳥」のように何度もおれに向かって突進し、どこかへ消え、また突然現れ、おれを脅し、ものすごいスピードで飛び去る。

おれは何万羽という燕のうねりの中に立っている。燕の星雲の中に取り残されたちっぽけな虫みたいに。南へ帰るのだ。帰るのだよ。おれの母親の敵が口々にそうさえずっている。

おれがこの場所に立つのは何度目だろう。河生潟の燕の話を誰から聞いたのかよく覚えていない。気がつけば毎年この場所を訪れるようになった。理由はわからない。おれの母親の頭を直撃した巨大な巣。それを作った無責任極まりない母燕の子孫に会い、文句の一つもいうためにおれはここにきているのかもしれない。そう一人で笑ったこともある。おれは毎年燕の飛び交う季節になると落ち着かなくなる。軒の燕の巣を見ると不安になる。だが河生潟の燕の群れを見ると不思議に心が静まるのだ。地平線に明かりが灯り始める頃、燕の大群は一層ざわめき、風を起こして渦を巻く。燕の渦は急降下する。おれの顔や耳や肩をツバメがかすめていく。おれは体に無数の穴が開いたような心地になる。

何万羽の燕の群舞は突然終わる。それは信じられない光景である。はるか天空から黒い風のように吹き降りた燕の群れは地面すれすれのところで旋回し、最後の飛翔をくり返したあと、周辺のセイタカアワダチソウや蘆の群落の中に吸い込まれるのである。一瞬の出来事で、あとは羽音一つしない。これが「燕の塒入り」だ。日没の寸前、一羽の燕もいなくなった干拓地の畑におれは一人で佇んでいる。おれにとっての夏の終わりの儀式だ。

「すごいものですな」

いきなり人声がしたのでおれはぎくりとした。男がおれのほんのすぐそばに立っている。気がつかなかった。それほどあたりは暗くなっていた。

「噂には聞いていましたが、これほどとは思わなかった」

男は首から双眼鏡をかけ、バードウォッチャーのような格好をしている。年齢は四十代の終わり頃か。白髪混じりの髪を長くのばしていた。近頃は河生潟の燕の塒入りも街の噂になり、見物客が訪れる。この男もその一人であろう。

「歳時記では、秋燕の意は帰巣のいじらしさ、寂しさ、悲しさと記されていますが、この光景は違いますな。野生動物の凄みそのものだ」

男はいった。俳句を趣味としている男かもしれない。おれは文芸の方にはうといので生返事をしておいた。

「人間は呆然と立ちすくむのみだ」

男は燕の消えたセイタカアワダチソウの群落を見て一人でつぶやいていた。男が視線を向けているそのあたりもすでに黒々とした塊があるだけである。おれは男と一言二言言葉を交わし、挨拶をして別れた。

ダットサン・ブルーバードに戻ったおれはくしゃみを立て続けに三回した。背筋に軽い悪寒がある。風邪を引いたのかもしれない。

体調を崩したとき、おれのいく病院は決まっている。内科のいい医者がいて、おれとなんとなく気が合う。患者から見て取りつく島のない医者が多い御時世で、この医者は患者の話にじっくり耳を傾ける。おれにとって心強い存在なのだが、最近困ったことがある。おれの顔を見るとやたらに蕎麦殻を交換しろという。医者は蕎麦屋巡りに凝っていて、蕎麦粉についての薀蓄《うんちく》を傾ける。

「あんたには出雲産の蕎麦殻が合うと思う」

などというのである。おれは病院に蕎麦を食いにいくわけでも、蕎麦殻を交換しにいくわけでもない。病気を治してもらいにいくのである。風邪薬を処方してもらわねばならぬ。医者は親切心で蕎麦殻の交換をすすめる。「全国の特産蕎麦」などという本を見せ、解説する。

これがちょっとわずらわしい。

あとがき

小説を書き始めた頃は、小説を書くのだから小説家にならなければいけないのだと思っていた。考えてみればそんな必要はなにもなかった。

アイデアを出し、物語の筋立てを考え、キャラクターを造形し、執筆を始める。漫画も小説も書き手のすることは同じである。

ぼくは漫画を描くようにストーリーを考え、漫画を描くようにキャラクターを作り、漫画を描くように文章を書いてゆけばよかったのだ。

それだけのことだったのだ。

小説を書く前のぼくの職業が、普通のサラリーマンとか商店主とか炭鉱労働者とかだったら、こんなことは考えずにすんだかもしれない。なまじ小説と漫画に共通項があるものだから、わかりやすい道が迷路になってしまったのである。

小説を書くために漫画家をやめる必要などないことがわかって、とてもうれしい。

ぼくはこれからも漫画家であり続け、漫画を描いてゆく。表現方法は絵ではなく文章だけれど。「枕の千両」には、主人公も含め、社会風景の中の鬼胎ともいうべき人物が何人も登場する。それはぼくが漫画で好んで取り上げ、描いてきたモチーフである。時折噴出するギャグもある。昔なじみの読者には懐かしく、リラックスできる虚構世界であろうし、若い人には覗いたことのない奇妙な遊園地を巡るような体験を味わっていただけるはずである。ぼくの願いは、読者が軽い緊張感を持って読み終え、本を閉じたあとも、しばしそこに佇んでくれることだ。ぼくが絵描きとして表現力不足であったがゆえに見送ってきたもの、屈辱に甘んじて放棄してきたあれやこれや、ぼくはそれをこの作品で取り戻したつもりだからである。そこにこそ、ぼくが文章で漫画を描くことの意味がある。

　でも、これをぼくの漫画家としての矜持を改めて示した作品、と見られるのはちょっと困る。あくまで偶然、たまたまです。こういう指向の作品になったのは。「枕の千両」がスコット・フィッツジェラルドばりに「喪失と崩壊」の物語であっても不思議ではなかったわけだから、そのあたりはあまり気を回さないように。

うんと肩の力を抜いて、うんと面白がってください。

カバーを江口寿史さんに描いていただいた。

世界中の人から作品をけなされても、江口さん一人に面白いといってもらえたら生きてゆける。

ぼくにとってそういう存在である江口さんに本の表紙を描いてもらったのだ。ぼくがどれだけうれしいかわかっていただけるだろう。

ありがとう江口さん。おかげさまで本のグレードが上がりました。

フリースタイルの吉田さんには一方ならぬお世話になった。

吉田さんは個性の強い人で、普通の編集者とは違うアプローチを書き手に向けてくる人である。ぼくとしては戸惑うこともあった。だが、彼とのやり取りの中でぼくは多くのことを学んだ（この年で！）。作品にもそれを反映することができたと思っている。

なによりも、吉田さんという人がいなければこの作品が世に出ることはなかった。

改めて深く感謝を申し上げたい。

本当にありがとう。

そして、本当にお疲れさまでした。

山上たつひこ

燕の塒入りの季節に

【参考文献】

山上薫「燕の塒入り」（かざこし通信）
「川端伸也の事件回顧録②of京都みらい法律事務所」（http://www.kyoto-mirai.jp/memoirs2.html）
元検事の事件回顧録（その２）海難事故を装った保険金詐欺事件
小松和彦「日本妖怪異聞録」（講談社学術文庫）

本書は書下ろしです

山上たつひこ
一九四七年徳島県生まれ。出版社勤務を経て漫画家に。代表作は、『がきデカ』『光る風』『喜劇新思想大系』など多数。特に『がきデカ』は社会的にも大ブームとなり、掲載誌の「少年チャンピオン」を少年誌初の二百万部に押し上げた。一九九〇年、マンガの筆をおき、本名の〈山上龍彦〉として、『兄弟！尻が重い』『蟬花』『春に縮む』などを発表。二〇〇三年より、再び〈山上たつひこ〉として、小説『追憶の夜』（のちに『火床より出でて』と改題）を発表し、漫画「中春こまわり君」を描く。原作を担当した『羊の木』（いがらしみきお画）で、二〇一五年文化庁メディア芸術祭優秀賞受賞。

日本著作権協会（出）許諾番号1511333-501
「ウナ・セラ・ディ東京」作詞＝岩谷時子　作曲＝宮川泰

枕の千両

二〇一五年十二月十三日初版発行

著者　山上たつひこ

発行者　吉田 保
発行所　株式会社フリースタイル
東京都世田谷区北沢二-五-一〇
電話（〇三）五四三二-七三五八
振替東京 00150-0-181077
印刷・製本　株式会社シナノ
装幀　セキネシンイチ制作室

定価はカヴァーに表記してあります。
乱丁・落丁本は本社または
お買い求めの書店にてお取替えいたします。
ISBN978-4-939138-78-2
フリースタイルホームページ
http://webfreestyle.com

山上たつひこの本

光る風

「今日の日本」を予見した
衝撃のディストピア・ストーリー、
傑作『光る風』の完全版!!
定価　1900円＋税

喜劇新思想大系

日本漫画史に燦然と煌めく大傑作。
全作を時系列に収録し、未収録ページ、
カラーページをも完全再現した、まさに究極の完全版。
〈上下巻〉　定価 各2600円＋税

半田溶助女狩り

半田溶助が登場する
「鋼鉄男シリーズ」と「半田溶助女狩り」を集成した
「日本のギャグの性、いや聖典！」（by江口寿史）。
これぞエロスと笑いの狂宴!!
定価　1500円＋税

金瓶梅

山上たつひこが
中国四千年の文学史上最大の
色事師・西門慶を描いた爆笑的艶笑譚！
定価　1500円＋税